FANTASY

Die Welt der DRACHENLANZE bei Goldmann und Blanvalet:

Die Chronik der DRACHENLANZE
1. Drachenzwielicht (24510) • 2. Drachenjäger (24511) • 3. Drachenwinter (24512) • 4. Drachenzauber (24513) • 5. Drachenkrieg (24516) • 6. Drachendämmerung (24517)

Die Legenden der DRACHENLANZE
1. Die Brüder (24527) • 2. Die Stadt der Göttin (24528) • 3. Der Krieg der Brüder (24530) • 4. Die Königin der Finsternis (24531) • 5. Der Hammer der Götter (24533) • 6. Caramons Rückkehr (24534)

Das Heldenlied der DRACHENLANZE
1. Das Ehrenwort (24587) • 2. Verrat unter Rittern (24589) • 3. Das Schwert des Königs (24591) • 4. Heldenblut (24593) • 5. Unter dunklen Sternen (24594) • 6. Die Stunde des Skorpions (24595)

Die Geschichte der DRACHENLANZE
1. Die Zitadelle des Magus (24538) • 2. Der Magische Turm (24539) • 3. Die Jagd des Todes (24540) • 4. Der Zauber des Palin (24541) • 5. Der edle Ritter (24542) • 6. Raistlins Tochter (24543)

Der Bund der DRACHENLANZE
1. Ungleiche Freunde (24602) • 2. Die Erben der Stimme (24603) • 3. Die Stunde der Diebe (24604) • 4. Finstere Pläne (24605) • 5. Das Mädchen mit dem Schwert (24606) • 6. Verspätete Rache (24607) • 7. Schattenreiter (24673) • 8. Das Siegel des Verräters (24674) • 9. Stahl und Stein (24675) • 10. Das Schloss im Eis (24676) • 11. Der Zauber des Dunkels (24677) • 12. Die Jäger der Wüste (24678)

Die Zauberprüfung (24907)

Die Krieger der DRACHENLANZE
1. Der Dieb der Zauberkraft (24816) • 2. Die Ritter der Krone (24817) • 3. Verhängnisvolle Fahrt (24845) • 4. Tödliche Beute (24846) • 5. Die Ehre des Minotaurus (24847) • 6. Die Ritter des Schwerts (24887) • 7. Theros Eisenfeld (24888) • 8. Der Lanzenschmied (24889) • 9. Diebesglück (24890)

Drachenauge – Stories aus der Welt der Drachenlanze (24908)

DRACHENLANZE – Die Neue Generation (24621)

Die Erben der DRACHENLANZE
1. Drachensommer (24708) • 2. Drachenfeuer (24718) • 3. Drachennest (24782) • 4. Die Grube der Feuerdrachen (24783)

Weitere Bände sind in Vorbereitung.

MARGARET WEIS · TRACY HICKMAN

Die Chronik der Drachenlanze 6

DRACHEN DÄMMERUNG

Aus dem Amerikanischen übertragen
von Marita Böhm

DRAGONLANCE™

BLANVALET

Die Originalausgabe erschien unter dem Titel
»DragonLance: Chronicles (Volume 3: Dragons of Spring Dawning.
Book 3)«
bei TSR, Inc., Lake Geneva, WI, USA

Umwelthinweis:
Alle bedruckten Materialien dieses Taschenbuches
sind chlorfrei und umweltschonend.
Das Papier enthält Recycling-Anteile.

Blanvalet Taschenbücher erscheinen im Goldmann Verlag,
einem Unternehmen der Verlagsgruppe Bertelsmann.

Deutsche Erstveröffentlichung 11/89

Published in the Federal Republic of Germany
by Wilhelm Goldmann Verlag GmbH

Umschlaggestaltung: Design Team München
Umschlagillustration: Larry Elmore
Innenillustration: Jeffrey Butler
Satz: IBV Satz- und Datentechnik GmbH, Berlin
Druck: Elsnerdruck, Berlin
Verlagsnummer: 24517
VB · Herstellung: Peter Papenbrok/Sc
Made in Germany
ISBN 3-442-24517-6

Abanasinia
KRYSTALMIRSEE
XAK TSAROTH
SOLACE
Que-kiri
Que-shu
Que-teh
TORWEG - PASS
DÜSTERWALD
HAVEN
QUALINOST
NEUHAFEN
QUALINESTI
Alte Straße
PAX THARKAS

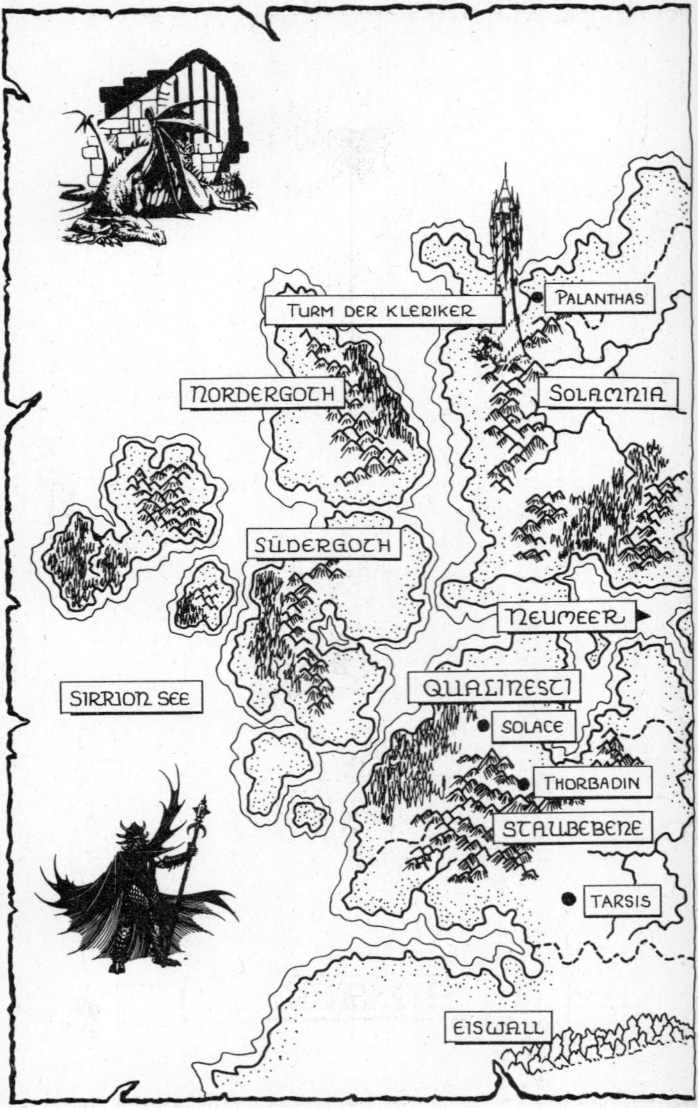

TURM DER KLERIKER
PALANTHAS
NORDERGOTH
SOLAMNIA
SÜDERGOTH
NEUMEER
SIRRION SEE
QUALINESTI
SOLACE
THORBADIN
STAUBEBENE
TARSIS
EISWALL

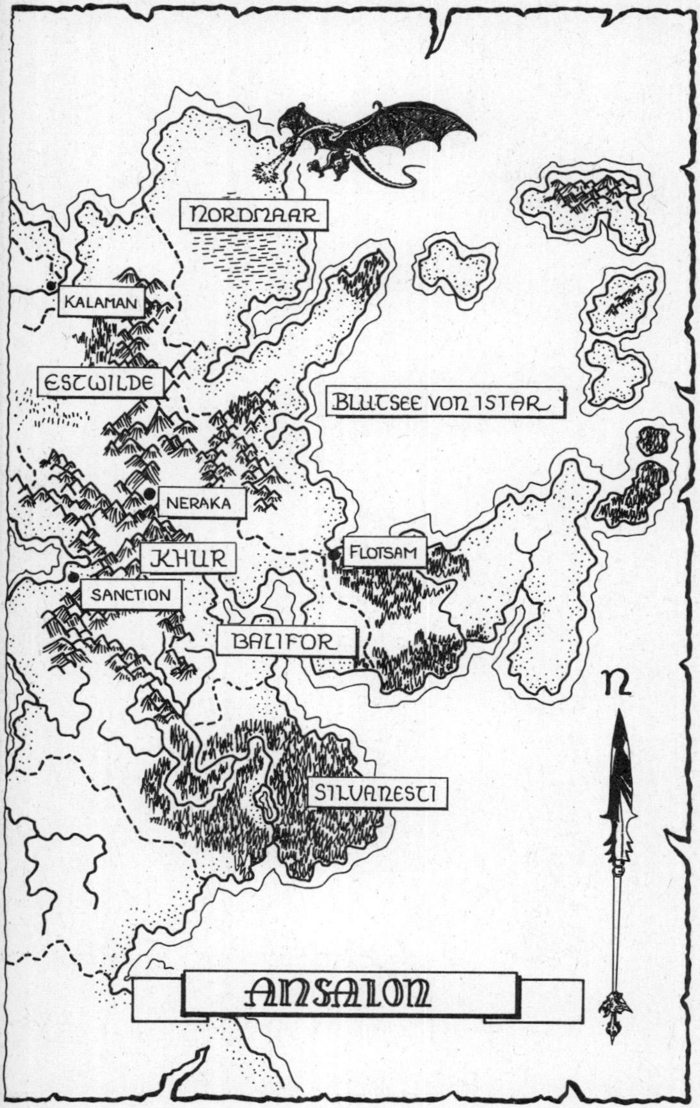
NORDMAAR
KALAMAN
ESTWILDE
BLUTSEE VON ISTAR
NERAKA
KHUR
SANCTION
FLOTSAM
BALIFOR
SILVANESTI
ANSALON
N

Ein alter Mann und ein goldener Drache

Er war ein uralter goldener Drache, der älteste seiner Art. In seiner Jugend war er ein feuriger Kämpfer gewesen. Die Narben seiner Siege waren auf seiner faltigen goldenen Haut sichtbar. Sein Name war einst so glanzvoll wie seine Siege gewesen, aber er hatte ihn schon vor langer Zeit vergessen. Einige der jüngeren, respektlosen goldenen Drachen nannten ihn liebevoll Eisenkies, oder auch Narrengold, aufgrund einer nicht seltenen Angewohnheit, die Gegenwart geistig auszublenden und seine Vergangenheit wiedererstehen zu lassen.

Er hatte kaum noch Zähne. Seit Äonen hatte er kein Stück

Hirschfleisch mehr gefressen oder einen Goblin verspeist. Hin und wieder konnte er einen Hasen kauen, aber meistens ernährte er sich von Haferbrei.

Wenn Eisenkies in der Gegenwart lebte, war er ein intelligenter, wenn auch anstrengender Gefährte. Seine Sehkraft ließ nach, obwohl er es nie zugeben würde, und er war so taub wie ein Türgriff. Aber er konnte schnell denken. Seine Reden waren immer noch spitz wie ein Zahn – wie es bei den Drachen heißt. Nur diskutierte er selten das gleiche Thema wie die anderen in einer Gesellschaft.

Aber wenn er in seiner Vergangenheit weilte, zogen sich die anderen goldenen Drachen in ihre Höhlen zurück. Denn wenn er sie daran erinnerte, konnte er immer noch bemerkenswert gut Zaubersprüche werfen, und seine Atemwaffen waren immer noch beeindruckend.

An diesem Tag jedoch war Eisenkies weder in der Vergangenheit noch in der Gegenwart. Er befand sich in den Ebenen der Ostwildnis und döste in der warmen Frühlingssonne. Neben ihm saß ein alter Mann, der das gleiche tat, sein Kopf ruhte an der Flanke des Drachen.

Ein zerbeulter Hut lag über dem Gesicht des alten Mannes, um seine Augen vor der Sonne zu schützen. Ein langer, weißer Bart floß unter dem Hut hervor. Unter der langen, mausgrauen Robe lugten Stiefel hervor.

Beide schliefen tief und fest. Die Flanken des goldenen Drachen hoben und senkten sich mit seinem zischenden Atem. Der Mund des alten Mannes war weit geöffnet, und manchmal wachte er von einem gewaltigen Schnarchen auf. Wenn dies geschah, richtete er sich kerzengerade auf, wobei sein Hut auf den Boden rollte, und sah sich beunruhigt um. Wenn er dann festgestellt hatte, daß nichts zu sehen war, grunzte er verärgert, setzte seinen Hut wieder auf, nachdem er ihn gefunden hatte, stieß wütend den Drachen in die Rippen und setzte dann sein Nickerchen fort.

Ein zufällig vorbeikommender Spaziergänger würde sich fragen, warum im Namen der Hölle diese beiden so seelenruhig in den Ebenen der Ostwildnis schliefen, auch wenn es ein noch so schöner, warmer Frühlingstag war. Der Spaziergänger würde wohl annehmen, daß die beiden auf jemanden warteten, denn der alte Mann wurde gelegentlich wach, entfernte seinen Hut und spähte ernst in den leeren Himmel.

Ein Spaziergänger hätte sich gewundert – wenn es Spaziergänger gegeben hätte. Die Ebenen der Ostwildnis waren von Drakoniern und Goblinsoldaten übersät. Falls die beiden wußten, daß sie an einem gefährlichen Ort ein Nickerchen hielten, schien es sie nicht zu stören.

Der alte Mann, der wieder von einem besonders heftigen Schnarchen wach geworden war, wollte gerade seinen Gefährten wegen dieses unerträglichen Lärms beschimpfen, als ein Schatten auf sie fiel.

»Ha!« sagte der alte Mann wütend und starrte nach oben. »Drachenreiter! Eine ganze Gruppe. Haben wohl nichts Gutes im Sinn. Mir reicht es langsam. Jetzt haben sie auch noch den Mut, mir meine Sonne wegzunehmen. Wach auf!« schrie er und stieß Eisenkies mit seinem alten, verschlissenen Stab.

Der goldene Drache murrte, öffnete ein goldenes Auge und starrte den alten Mann an (er sah nur einen mausgrauen Schleier), dann schloß er wieder ruhig das Auge.

Die Schatten zogen vorüber – vier berittene Drachen.

»Wach auf, sage ich, du Faulpelz!« gellte der alte Mann. Selig schnarchend rollte sich der Goldene auf den Rücken, seine Klauenfüße ragten in die Luft, sein Bauch war der warmen Sonne zugewandt.

Der alte Mann funkelte den Drachen einen Moment lang wütend an, dann rannte er mit einer plötzlichen Eingebung um den großen Kopf herum. »Krieg!« brüllte er schadenfroh in ein Ohr des Drachen. »Es ist Krieg! Wir werden angegriffen...«

Die Wirkung war verblüffend. Eisenkies' Augen flammten auf. Er rollte sich wieder auf den Bauch, seine Füße gruben sich tief in den Boden. Sein Kopf richtete sich kämpferisch auf, seine goldenen Flügel spreizten sich und begannen zu schlagen und ließen meterweit Staub- und Sandwolken aufwirbeln.

»Krieg!« posaunte er. »Krieg! Wir werden gebraucht. Die Scharen sollen sich versammeln! Formiert euch zum Angriff!«

Der alte Mann wirkte ziemlich bestürzt über diese plötzliche Verwandlung, und einen Augenblick war er zum Schweigen verdammt, weil er zufällig Staub eingeatmet hatte. Als er jedoch sah, daß der Drache sich in die Lüfte heben wollte, rannte er mit seinem Hut winkend nach vorn.

»Warte!« schrie er hustend und würgend. »Warte auf mich!«

»Wer bist du, daß ich warten soll?« brüllte Eisenkies. Der Drache glotzte durch die Staubschwaden. »Bist du mein Zauberer?«

»Ja, ja«, rief der alte Mann hastig. »Ich bin... uh... dein Zauberer. Senke deinen Flügel ein wenig, damit ich aufsteigen kann. Danke, bist ein guter Bursche. Jetzt muß ich... oh! Huh! Ich bin nicht angeschnallt!... Sieh doch mal! Mein Hut! Verdammt, ich habe dir noch nicht befohlen, abzuheben!«

»Wir müssen rechtzeitig zur Schlacht kommen«, schrie Eisenkies heftig. »Huma kämpft allein!«

»Huma!« Der alte Mann schnaufte verächtlich. »Nun, zu *dieser* Schlacht wirst du sowieso nicht pünktlich ankommen! Ein paar hundert Jährchen zu spät. Aber das ist auch nicht die Schlacht, die ich im Sinn habe. Dort im Osten fliegen vier Drachen. Böse Kreaturen! Wir müssen sie aufhalten...«

»Drachen! Ach ja! Ich sehe sie!« brüllte Eisenkies, der sich an die Verfolgung von zwei äußerst erschrockenen und höchst beleidigten Adlern machte.

»Nein! Nein!« gellte der alte Mann und trat dem Drachen in die Flanken. »Östlich, du Dummkopf! Flieg etwas weiter östlich!«

»Bist du sicher, daß du mein Zauberer bist?« fragte Eisenkies mit tiefer Stimme. »Mein Zauberer hat niemals in diesem Ton zu mir gesprochen.«

»Ich bin... uh, tut mir leid, alter Bursche«, sagte der alte Mann schnell, »nur ein bißchen nervös. Bevorstehender Konflikt und so.«

»Bei den Göttern, da *sind* ja vier Drachen!« stellte Eisenkies erstaunt fest, der gerade einen verschwommenen Blick auf sie erhascht hatte.

»Flieg so nah wie möglich an sie heran, damit ich sie in Reichweite habe«, schrie der alte Mann. »Ich habe einen wunderschönen Zauber – Feuerkugel. Nun«, murmelte er, »wenn ich mich nur erinnern könnte, wie er funktioniert.«

Zwei Offiziere der Drachenarmee ritten in einer Schar von vier bronzenen Drachen. Der Anführer war ein bärtiger Mann, dessen Helm etwas zu groß und etwas zu verschlissen war. Der andere Offizier bildete den Schluß. Er war riesig und breit, seine schwarze Rüstung sprang fast auseinander. Er trug keinen Helm – wahrscheinlich gab es keinen, der groß genug war –, aber sein Gesicht war grimmig und wachsam, insbesondere im Hinblick auf die Gefangenen, die sie eskortierten.

Es war eine merkwürdige Ansammlung von Gefangenen – eine Frau, deren Rüstung nicht zusammenpaßte, ein Zwerg, ein Kender und ein Mann mittleren Alters mit langen zerzausten grauen Haaren.

Demselben Spaziergänger, der den alten Mann und seinen Drachen betrachtet hätte, wäre aufgefallen, daß die Offiziere und ihre Gefangenen versuchten, die Bodentruppen des Drachenfürsten zu umfliegen. Wenn eine Gruppe Drakonier sie erspähte und ihnen etwas zuschrie, um ihre Aufmerksamkeit zu erregen, wurde sie in der Tat von den Offizieren sorgfältig ignoriert. Ein aufmerksamer Beobachter hätte sich auch gefragt, seit wann bronzene Drachen im Dienst des Drachenfürsten standen.

Unglücklicherweise war weder der alte Mann noch sein altersschwacher goldener Drache ein scharfer Beobachter.

Im Schutz der Wolken machten sie sich an die ahnungslose Gruppe heran.

»Saus auf meinen Befehl hervor«, sagte der alte Mann und kicherte ausgelassen in Erwartung eines Kampfes. »Wir werden sie von hinten angreifen.«

»Wo ist Huma?« fragte der Goldene störrisch.

»Tot«, murmelte der alte Mann, sich auf seinen Zauberspruch konzentrierend.

»Tot!« brüllte der Drache bestürzt. »Dann sind wir zu spät?«

»Oh, mach dir nichts draus!« schnappte der alte Mann ungeduldig. »Fertig?«

»Tot«, wiederholte der Drache traurig. Dann funkelten seine Augen. »Aber wir werden ihn rächen!«

»Ja, richtig«, sagte der alte Mann. »Jetzt... auf mein Signal... Nein! Noch nicht! Du...«

Die Worte des alten Mannes gingen in einem Windstoß unter, als der Goldene aus der Wolke hervorschoß und sich wie ein Speer auf die vier kleineren Drachen stürzte.

Der breite Offizier bemerkte eine Bewegung über sich und sah hoch. Seine Augen weiteten sich.

»Tanis!« gellte er beunruhigt zu dem Offizier an der Spitze.

Der Halb-Elf drehte sich um. Gewarnt durch den Klang in Caramons Stimme war er auf Schwierigkeiten eingestellt, aber zuerst konnte er nichts erkennen. Dann zeigte Caramon nach oben.

»Was im Namen der Götter...« keuchte Tanis.

Aus dem Himmel schoß ein goldener Drache direkt auf sie zu. Auf diesem Drachen ritt ein alter Mann, sein weißes Haar wehte im Wind (er hatte seinen Hut verloren), sein langer, weißer Bart flatterte über seine Schultern. Das Maul des Drachen war zu einem Fletschen geöffnet, das bösartig ausgesehen hätte, wenn es nicht zahnlos gewesen wäre.

»Ich glaube, wir werden angegriffen«, sagte Caramon nervös.

Tanis war zu der gleichen Schlußfolgerung gekommen. »Zerstreut euch!« gellte er. Unter ihnen beobachtete eine ganze Drakonierdivision die Luftschlacht mit Spannung und Interesse. Das war das letzte gewesen, was er gewollt hatte, nämlich die Aufmerksamkeit der Drakos zu erregen, und jetzt war ein verrückter alter Mann dabei, alles zu ruinieren.

Die vier Drachen, die Tanis' Befehl hörten, brachen sofort aus der Formation aus – aber nicht schnell genug. Eine glänzende Feuerkugel platzte direkt in ihre Mitte und wirbelte sie umeinander.

Durch das helle Licht einen Moment geblendet, ließ Tanis die Zügel fallen und warf seine Arme um den Hals des Tieres, das die Kontrolle verloren hatte.

Dann hörte er eine bekannte Stimme.

»Getroffen! Wunderbarer Zauber, diese Feuerkugel...«

»Fizban!« stöhnte Tanis.

Blinzelnd versuchte er verzweifelt, seinen Drachen zu beruhigen. Aber anscheinend wußte das Tier die Situation besser zu handhaben als sein unerfahrener Reiter, denn der bronzene Drache richtete sich schnell wieder auf. Als Tanis wieder sehen konnte, warf er schnell einen Blick zu den anderen. Sie schienen unverletzt, aber waren am ganzen Himmel verstreut. Der alte Mann und sein Drache verfolgten Caramon. Der alte Mann hielt seine Hände ausgestreckt, offenbar wollte er gerade einen weiteren verheerenden Zauber werfen. Caramon schrie und fuchtelte mit den Händen. Auch er hatte den verwirrten alten Magier wiedererkannt.

Hinter Fizban stoben Flint und Tolpan, der Kender kreischte vor Freude und winkte. Flint hielt sich, um sein Leben bangend, krampfhaft fest. Sein Gesicht hatte ein klares Grün angenommen.

Aber Fizbans Aufmerksamkeit war völlig auf seine Beute gerichtet. Tanis hörte den alten Mann einige Worte schreien, dann streckte er eine Hand aus. Blitze schossen aus seinen Fingerspitzen. Glücklicherweise traf er nicht. Die Blitze streiften zwar Caramons Kopf, zwangen ihn, sich zu ducken, aber ansonsten wurde er nicht verletzt.

Tanis fluchte so heftig, daß er sich selbst erschreckte. Er trat seinen Drachen in die Flanken und zeigte zum alten Mann.

»Greif an!« befahl er dem Drachen. »Verletz ihn nicht, vertreib ihn nur.«

Zu seiner Verwunderung weigerte sich der bronzene Drache. Kopfschüttelnd begann der Drache zu kreisen, und plötzlich begriff Tanis, daß das Tier landen wollte!

»Was? Bist du verrückt?« beschimpfte Tanis den Drachen. »Du bringst uns mitten in die Drachenarmee!«

Der Drache schien taub zu sein, und jetzt sah Tanis, daß auch die anderen bronzenen Drachen zur Landung kreisten.

Vergeblich redete Tanis auf seinen Drachen ein. Berem, der hinter Tika saß, umklammerte die Frau so heftig, daß sie kaum atmen konnte. Seine Augen waren auf die Drakonier gerichtet, die ausschwärmten, um die Drachen abzufangen. Caramon schlug wild um sich, versuchte, den Blitzen, die um ihn zischten, zu entkommen. Selbst Flint war wieder zum Leben erwacht und zog hektisch an den Zügeln des Drachen und brüllte vor Wut, während Tolpan wild auf Fizban einschrie. Der alte Mann folgte ihnen, die bronzenen Drachen wie Schafe vor sich hertreibend.

Sie landeten dicht bei den Ausläufern des Khalkist-Gebirges. Tanis sah sich schnell um. Die Drakonier schwärmten auf sie zu.

Wir könnten uns herausreden, dachte Tanis fieberhaft, obwohl sie mit ihrer Verkleidung nur beabsichtigt hatten, ungestört nach Nekara zu kommen, und nicht eine Gruppe argwöhnischer Drakonier zu täuschen. Wenn nur Berem daran denken würde, im Hintergrund und ruhig zu bleiben.

Aber bevor Tanis ein Wort sagen konnte, war Berem vom Rücken seines Drachen gesprungen und rannte auf die Bergausläufer zu. Tanis sah, wie die Drakonier schreiend auf ihn zeigten.

Tanis fluchte wieder. Aber es könnte immer noch mit einer Ausrede funktionieren... sie könnten noch behaupten, ein Gefangener hätte einen Fluchtversuch unternommen. Nein, erkannte er verzweifelt, die Drakonier würden Berem einfach jagen und ihn fangen. Von Kitiara wußte er, daß alle Drakonier auf Krynn Berems Beschreibung hatten.

»Im Namen der Hölle!« Tanis zwang sich zur Ruhe, um klar zu denken, aber die Situation entglitt ihm. »Caramon! Lauf Berem hinterher. Flint, du... Nein, Tolpan, komm zurück! Verdammt! Tika, lauf Tolpan hinterher. Nein, bleib doch lieber hier. Du auch, Flint...«

»Aber Tolpan ist hinter dem verrückten alten...«

»Und wenn wir Glück haben, wird sich der Boden öffnen und beide verschlingen!« Tanis sah zurück und fluchte wild. Berem, von Angst getrieben, kletterte mit der Leichtigkeit einer Bergziege über Steine und Sträucher, während Caramon – behindert durch seine Drachenrüstung und sein Waffenarsenal – nach jedem Schritt zwei Schritte zurückfiel.

Wieder über die Ebene blickend, konnte Tanis jetzt die Drakonier deutlich erkennen. Vielleicht hatten sie immer noch eine Chance, wenn die bronzenen Drachen angreifen würden...

Aber gerade als er ihnen den Befehl zum Angriff erteilen wollte, kam der alte Mann von seinem Landeplatz herbeigerannt.

»Husch!« sagte der alte Mann zu den bronzenen Drachen. »Husch – verschwindet! Geht zurück, wo immer ihr hergekommen seid!«

»Nein! Wartet!« Tanis riß sich vor Wut fast den Bart aus, während er beobachtete, wie der alte Mann zwischen die Drachen lief und mit den Händen fuchtelte wie eine Bäuerin, die ihre Hühner in den Stall treibt. Dann hörte der Halb-Elf zu fluchen auf, denn zu seiner Verblüffung warfen sich die bronzenen Drachen vor dem alten Mann in seiner mausgrauen Robe auf den Boden. Dann spreizten sie die Flügel und erhoben sich anmutig in die Lüfte.

In einem Wutanfall rannte Tanis über das zertrampelte Gras auf den alten Mann zu. Tolpan lief vor ihm. Fizban, der sie kommen hörte, drehte sich zu ihnen um.

»Ich hätte Lust, dir deinen Mund mit Seife auszuwaschen«, schnappte der alte Magier, während er Tanis anfunkelte. »Ihr seid jetzt meine Gefangenen, also kommt mit, ohne Widerstand zu leisten, oder ihr werdet meine Magie kennenlernen...«

»Fizban!« schrie Tolpan und warf seine Arme um den alten Mann.

Der alte Magier beäugte den Kender, der ihn umarmte, dann wich er erstaunt zurück.

»Das ist doch Tol... Tol...«, stammelte er.

»Tolpan«, sagte der Kender, der zurücktrat und sich höflich verbeugte. »Tolpan Barfuß.«

»Großer Geist von Huma!« rief Fizban aus.

»Das ist Tanis, der Halb-Elf. Und da ist Flint Feuerschmied. Erinnerst du dich an ihn?« fuhr Tolpan fort und winkte rüber zum Zwerg.

»Uh, ja, natürlich«, murmelte Fizban, der knallrot wurde.

»Und Tika ... und dort oben ist Caramon ... na ja, im Moment kannst du ihn nicht sehen. Und dann ist da noch Berem. Wir haben *ihn* in Kalaman aufgelesen und ... oh, Fizban! ... er hat einen grünen Ju ... autsch, Tanis, das tat weh!«

Fizban räusperte sich und blickte sich um.

»Ihr gehört ... uh ... *nicht* zur ... uh ... Drachenarmee?«

»Nein«, antwortete Tanis wütend. »Wir nicht. Bis jetzt gehören wir nicht dazu.« Er zeigte nach hinten. »Das kann sich aber jeden Moment ändern.«

»Aber jedenfalls gehört ihr nicht zur Drachenarmee?« fragte Fizban hoffnungsfroh. »Bist du sicher, daß ihr nicht übergetreten seid? Gefoltert? Gehirnwäsche?«

»Nein, verdammt!« Tanis riß seinen Helm ab. »Ich bin Tanis, der Halb-Elf, erinnerst du ...«

Fizban strahlte. »Tanis, der Halb-Elf! Sehr erfreut, dich wiederzusehen.« Er nahm Tanis' Hand und schüttelte sie herzlich.

»Fahr zur Hölle!« schnappte Tanis wütend und riß seine Hand aus dem Griff des alten Mannes.

»Aber ihr reitet Drachen!«

»Das waren *gute* Drachen!« schrie Tanis. »Sie müssen zurückkommen!«

»Das hat *mir* niemand gesagt!« Der alte Mann keuchte beleidigt.

»Weißt du, was du angerichtet hast?« fuhr Tanis fort. »Du hast sie vom Himmel geschossen! Unsere einzigen Hilfsmittel, Neraka zu erreichen, weggeschickt ...«

»Oh, ich weiß, was ich getan habe«, murmelte Fizban. Er blickte über seine Schulter. »Oje, oje. Diese Burschen scheinen näherzukommen. Wir dürfen von denen nicht geschnappt werden. Nun, warum stehen wir hier herum?« Er funkelte Tanis wütend an. »*Du* bist mir ja ein schöner Anführer! Vermutlich muß ich wohl die Leitung übernehmen… Wo ist mein Hut?«

»Ungefähr fünf Meilen hinter uns«, bemerkte Eisenkies mit einem Gähnen.

»Du bist immer noch hier?« fragte Fizban, den goldenen Drachen verärgert musternd.

»Wo sollte ich denn sonst sein?« fragte der Drache düster.

»Du solltest doch mit den anderen fliegen!«

»Wollte ich aber nicht.« Eisenkies schnaufte verächtlich. Aus seiner Nase schoß ein kleiner Feuerstrahl. Dann nieste er heftig. Schnaufend fuhr der Drache verdrießlich fort. »Kein Respekt vor dem Alter, diese bronzenen Drachen. Sie quatschen ununterbrochen. Und kichern. Geht mir auf die Nerven, dieses dämliche Kichern…«

»Nun, dann fliegst du eben allein zurück!« Fizban starrte in ein trübes Auge des Drachen. »Wir unternehmen eine lange Reise in ein gefährliches Land…«

»*Wir?*« schrie Tanis. »Sieh mal, alter Mann, Fizban, oder wie immer du heißen magst, warum gehst du nicht *mit* deinem… uh… Freund zurück? Du hast recht. Es wird eine lange, gefährliche Reise. Jetzt noch länger, weil wir unsere Drachen verloren haben und…«

»Tanis…«, warnte Tika, die die Drakonier im Auge behalten hatte.

»Schnell in die Berge«, sagte Tanis, holte tief Luft, versuchte, seine Angst und seine Wut unter Kontrolle zu kriegen. »Lauf schon, Tika. Du und Flint. Tolpan…« Er packte den Kender.

»Nein, Tanis! Wir können ihn nicht hierlassen!« plärrte Tolpan.

»Tolpan!« sagte Tanis mit einer Stimme, die den Kender warnte, daß das Maß voll war. Offenbar hatte der alte Mann das auch so verstanden.

»Ich muß mit diesen Leuten gehen«, sagte er zu dem Drachen. »Sie brauchen mich. Du kannst nicht allein zurück. Du mußt einfach nur eine mutierte…«

»Polymorph!« korrigierte der Drache beleidigt. »Das Wort heißt *polymorph*! Du lernst es nie…«

»Ist doch egal!« schrie der alte Mann. »Schnell! Wir nehmen dich mit.«

»Na gut«, sagte der Drache. »Ich *könnte* eine Pause vertragen.«

»Ich glaube nicht…«, begann Tanis, der sich fragte, was sie mit einem riesigen goldenen Drachen anfangen sollten, aber es war zu spät.

Während Tolpan fasziniert zusah und Tanis vor Ungeduld kochte, sprach der Drache einige Worte in der seltsamen Sprache der Magie. Dann blitzte es kurz auf, und plötzlich war der Drache verschwunden.

»Was? Wo?« Tolpan sah sich schnell um.

Fizban beugte sich und hob rasch etwas aus dem Gras auf.

»Beeilt euch! Sofort!« Tanis scheuchte Tolpan und den alten Mann zu den Ausläufern, Tika und Flint folgten.

»Hier«, sagte Fizban zu Tolpan beim Laufen. »Halt deine Hand auf!«

Tolpan gehorchte. Dann hielt der Kender vor Ehrfurcht den Atem an. Er hätte am liebsten angehalten, um es zu untersuchen, aber Tanis packte ihn am Arm und zog ihn weiter.

In Tolpans Handfläche glänzte die winzige goldene Gestalt eines Drachen, alle Einzelheiten waren deutlich herausgearbeitet. Tolpan dachte, daß er sogar die Narben auf den Flügeln sehen konnte. Zwei kleine rote Juwelen glitzerten in den Augen, dann erloschen sie, als sich die goldenen Augenlider schlossen.

»Oh, Fizban, das… das ist… wunderschön! Kann ich das wirklich behalten?« schrie Tolpan über die Schulter dem alten Mann zu, der hinter ihnen prustete.

»Sicher, mein Junge!« Fizban strahlte. »Zumindest bis zum Ende dieses Abenteuers.«

»Oder es wird unser Ende sein«, murmelte Tanis, der schnell über die Steine kletterte. Die Drakonier kamen näher und näher.

Der goldene Bogen

Die Drakonier blieben den Gefährten dicht auf den Fersen. Sie hielten sie nun für Spione.

Die Gruppe hatte den Pfad verpaßt, auf dem Caramon Berem nachgejagt war. Ihnen blieb jedoch zum Suchen keine Zeit. Darum waren sie einigermaßen erstaunt, als sie plötzlich auf Caramon stießen, der ruhig auf einem Findling saß. Berem lag bewußtlos neben ihm.

»Was ist passiert?« fragte Tanis schweratmend und erschöpft von der Kletterei.

»Ich habe ihn schließlich erwischt.« Caramon schüttelte den

Kopf. »Aber er ließ es auf einen Kampf ankommen. Er ist für sein Alter ganz schön stark, Tanis. Ich mußte ihn schlagen, leider wohl etwas zu hart«, fügte er hinzu und blickte reumütig auf die leblose Gestalt.

»Großartig!« Tanis war zu müde, um zu fluchen.

»Ich mach' das schon«, sagte Tika und griff in ihren Lederbeutel.

»Die Drakonier sind an dem letzten großen Stein vorbei«, meldete Flint. Der Zwerg schien völlig erledigt zu sein. Er brach auf einem Stein zusammen, wischte sein schweißnasses Gesicht mit dem Bartende ab.

»Tika...«, begann Tanis.

»Gefunden!« sagte sie triumphierend und zog ein Fläschchen hervor. Sie kniete sich neben Berem, nahm den Stopfen von dem Fläschchen und hielt es unter seine Nase. Der bewußtlose Mann atmete ein und begann unmittelbar darauf zu husten.

Tika schlug ihn auf die Wangen. »Auf die Füße!« sagte sie mit ihrer Dienstmädchenstimme. »Oder willst du, daß dich die Drakonier erwischen?«

Berem öffnete alarmiert die Augen. Er griff sich an den Kopf und richtete sich benommen auf. Caramon half ihm beim Aufstehen.

»Das war wunderbar, Tika!« sagte Tolpan aufgeregt. »Laß mich...« Bevor sie ihn aufhalten konnte, hatte Tolpan ihr das Fläschchen abgenommen, hielt es unter seine Nase und atmete tief ein.

»Iii ba pfui!« Der Kender würgte und taumelte nach hinten zu Fizban, der den Weg hinter Flint heraufgekommen war. »Pfui! Tika! Das ist ja... grauenvoll!« Er konnte kaum sprechen. »Was ist das?«

»Eine Erfindung von Otik«, erklärte Tika grinsend. »Alle Mädchen im Gasthaus mußten so etwas bei sich haben. In vielen Situationen sehr nützlich, wenn du verstehst, was ich meine.« Ihr Lächeln erstarb. »Armer Otik«, sagte sie leise. »Ich frage mich, was aus ihm geworden ist. Und das Wirtshaus...«

»Wir haben dafür jetzt keine Zeit, Tika«, sagte Tanis ungeduldig. »Wir müssen weiter. Bleib stehen, alter Mann!« sagte er zu Fizban, der sich gerade gemütlich hinsetzen wollte.

»Ich habe aber einen Zauberspruch«, protestierte Fizban, als Tolpan an ihm zerrte und ihn hochzog. »Nehmt euch sofort vor diesen Nervensägen in acht!«

»Nein!« sagte Tanis. »Absolut nicht. Bei meinem Pech verwandelst du sie alle in Trolle.«

»Ich frage mich, ob mir das gelingen würde...«, strahlte Fizban.

Die Nachmittagssonne begann gerade unterzugehen, als sich der Pfad, der sie immer höher in die Berge führte, gabelte. Einer führte zu den Berggipfeln, der andere schien sich um eine Bergseite zu schlängeln. Zwischen den Gipfeln könnte ein Paß sein, dachte Tanis, ein Paß, den sie im Notfall verteidigen könnten.

Aber bevor er ein Wort sagen konnte, schlug Fizban den Pfad ein, der sich um den Berg schlängelte. »Diesen Weg«, verkündete der alte Magier, während er vorwärts wankte.

»Aber...«, wollte Tanis protestieren.

»Kommt schon, kommt schon. Diesen Weg!« sagte Fizban hartnäckig, drehte sich um und funkelte sie unter seinen buschigen, weißen Augenbrauen wütend an. »Der andere Weg endet in einer Sackgasse – in mehr als nur einer Hinsicht. Ich war hier schon einmal. Dieser Weg führt um die Bergseite zu einer Schlucht. Über die Schlucht ist eine Brücke gebaut. Wir können sie überqueren und dann die Drakonier bekämpfen, wenn sie versuchen, uns zu folgen.«

Tanis blickte finster, nicht willens, dem verrückten alten Magier zu vertrauen.

»Der Plan *ist* gut, Tanis«, sagte Caramon langsam. »Irgendwann müssen wir wohl gegen sie kämpfen.« Er zeigte auf die Drakonier, die hinter ihnen die Bergpfade hochkletterten.

Tanis sah sich um. Sie waren alle erschöpft. Tika war blaß, ihre Augen glasig. Sie lehnte sich an Caramon, der sogar Speere zurückgelassen hatte, um seine Last zu erleichtern.

Tolpan grinste Tanis fröhlich an. Aber der Kender keuchte wie ein junger Hund und hinkte.

Berem sah wie immer aus, verdrossen und verängstigt. Wegen Flint machte sich Tanis die größten Sorgen. Der Zwerg hatte während ihrer Flucht kein einziges Wort gesagt. Er hatte immer Schritt gehalten, aber seine Lippen waren blau, und sein Atem kam keuchend und stoßartig. Hin und wieder – wenn der Zwerg sich nicht beobachtet fühlte – hatte Tanis gesehen, wie er seine Hand auf seine Brust legte oder seinen linken Arm rieb, als ob er Schmerzen hätte.

»Nun gut.« Der Halb-Elf hatte sich entschieden. »Geh vor, alter Magier. Obwohl ich es höchstwahrscheinlich bedauern werde«, fügte er leise hinzu, als die anderen Fizban folgten.

Kurz vor Sonnenuntergang hielten die Gefährten an. Sie standen auf einem kleinen Felsvorsprung. Vor ihnen lag eine tiefe, enge Schlucht. Weit unten konnten sie einen Fluß ausmachen, der sich wie eine glänzende Schlange durch die Schlucht wand.

Es muß mehr als zweihundert Meter tief sein, rechnete Tanis. Über die Schlucht gab es nur einen Weg.

»Und diese Brücke«, sagte Flint – die ersten Worte seit Stunden, »ist älter als ich... und in einem schlimmeren Zustand.«

»Die Brücke hält seit Jahren!« erklärte Fizban beleidigt. »Nun, sie hat immerhin die Umwälzung überlebt.«

»Das glaube ich«, sagte Caramon aufrichtig.

»Zumindest ist sie nicht so lang.« Tika versuchte, hoffnungsfroh zu klingen, obwohl ihre Stimme stockte.

Die Brücke war eine einzigartige Konstruktion. Riesige Vallenholzbaumstämme waren über die Schlucht hinweg in beide Schluchtwände getrieben worden. Die Stämme bildeten eine X-Form, die den hölzernen Gehweg trug. Vor langer Zeit mußte dieses Bauwerk ein architektonisches Wunder gewesen sein. Aber jetzt waren die Holzplanken verrottet. Wenn es einmal ein Geländer gegeben hatte, so mußte es schon vor langer Zeit in die Schlucht gefallen sein. Schon beim Hinsehen knirschte und bebte das Holz im eisigen Abendwind.

Dann hörten sie hinter sich gutturale Stimmen und das Klirren von Stahl.

»Soviel zum Zurückgehen«, murmelte Caramon. »Wir sollten einzeln hinübergehen.«

»Keine Zeit«, sagte Tanis. »Wir können nur hoffen, daß die Götter mit uns sind. Und – ich gebe es nicht gern zu –, aber Fizban hat recht. Wenn wir erst einmal auf der anderen Seite sind, können wir die Drakonier mühelos aufhalten. Sie werden hervorragende Zielscheiben abgeben. Ich gehe zuerst. Caramon, du bildest den Schluß. Berem, bleib hinter mir.«

So schnell er sich wagte, betrat Tanis die Brücke. Er konnte die Planken zittern und beben spüren. Tief unten strömte der Fluß schnell zwischen den Bergwänden; spitze Steine ragten aus seiner weißen, schaumigen Oberfläche hervor. Tanis hielt den Atem an und sah schnell weg.

»Seht nicht nach unten«, rief er den anderen zu, während er eisige Leere spürte, wo sonst sein Magen war. Einen Moment lang konnte er sich nicht bewegen, dann kroch er Zentimeter für Zentimeter vorwärts. Berem folgte ihm dicht, die Angst vor den Drachenmännern ließ ihn alles andere Entsetzliche vergessen.

Nach Berem kam Tolpan, der sich mühelos mit der Geschicklichkeit der Kender fortbewegte und neugierig nach unten spähte. Ihm folgte der verängstigte Flint, von Fizban gestützt. Tika und Caramon waren die letzten, die ihren Fuß auf die bebenden Planken setzten. Nervös schauten sie zurück.

Tanis hatte fast die Hälfte der Brücke hinter sich, als ein Teil von ihr nachgab, und das verrottete Holz unter seinen Füßen zersplitterte.

Fallend griff er instinktiv nach einer Planke und bekam sie zu fassen. Aber das Holz zerbröckelte in seiner Hand. Seine Finger rutschten ab und…

…eine Hand schloß sich um sein Handgelenk.

»Berem!« keuchte Tanis. »Halt fest!« Er zwang sich, steif zu bleiben, denn jede Bewegung würde es Berem schwerer machen, ihn zu halten.

»Zieh ihn hoch!« hörte er Caramon brüllen. »Keiner bewegt sich! Das ganze Ding bricht gleich zusammen!«

Berems Gesicht verkrampfte, Schweiß lief über seine Stirn, während er zog. Tanis sah die Muskeln am Arm des Mannes hervortreten, die Adern platzten fast aus der Haut. Mit scheinbar tödlicher Langsamkeit zog Berem den Halb-Elfen über den Rand der zerborstenen Brücke. Hier brach Tanis zusammen. Vor Angst bebend lag er auf dem Holz.

Dann hörte er Tika schreien. Er hob den Kopf und stellte mit grimmiger Belustigung fest, daß er sein Leben wahrscheinlich gerade wiedergewonnen hatte, nur um es doch zu verlieren. Mehr als dreißig Drakonier waren auf dem Pfad erschienen. Die andere Seite der Brücke stand noch. Er könnte über das Loch in Sicherheit springen, und auch Berem und Caramon – aber weder Tolpan, noch Flint, noch Tika oder der alte Magier.

»Hervorragende Zielscheiben, sagtest du«, murmelte Caramon, während er sein Schwert zog.

»Wirf einen Zauber, Alter!« sagte Tolpan plötzlich.

»Was?« blinzelte Fizban.

»Einen Zauber!« schrie Tolpan, auf die Drakonier zeigend, die die Gefährten auf der Brücke gefangen sahen und herbeieilten, um ihnen den Rest zu geben.

»Tolpan, wir haben schon genug Ärger«, begann Tanis. Die Brücke ächzte unter seinen Füßen. Caramon, sich vorsichtig bewegend, drehte sich um, um den Drakoniern gegenüberzustehen.

Tanis legte einen Pfeil auf und schoß. Ein Drakonier griff an seine Brust und fiel kreischend in die Schlucht. Der Halb-Elf schoß wieder und traf noch einmal. Die Drakonier zögerten verwirrt. Es gab keine Deckung, keinen Ausweg, um den tödlichen Pfeilen des Halb-Elfen zu entkommen. Dann drängten die Vorderen weiter zur Brücke.

In diesem Moment begann Fizban, seinen Zauber zu werfen.

Als Tanis den alten Magier singen hörte, verließ ihn der Mut. Dann erinnerte er sich bitter daran, daß sie kaum in einer schlimmeren Position sein konnten. Berem beobachtete die Drakonier mit undurchdringlicher Miene, was Tanis erstaunlich fand, bis ihm wieder einfiel, daß Berem keine Angst vor dem Tod hatte, er würde immer wieder ins Leben zurückkehren. Tanis schoß wieder, und ein anderer Drakonier heulte vor Schmerz auf. Er war dermaßen in seine Zielscheiben vertieft, daß er Fizban vergaß, bis er Berem verblüfft aufkeuchen hörte. Tanis blickte auf und sah Berem in den Himmel starren. Als er seinem Blick folgte, hätte er vor Verblüffung beinahe seinen Bogen fallengelassen.

Hell in den letzten Sonnenstrahlen glitzernd, stieg ein langer goldener Brückenbogen von den Wolken herab. Gelenkt von den Handbewegungen des alten Magiers schwebte der goldene Bogen vom Himmel, um die Lücke in der Brücke zu schließen.

Tanis kam wieder zu sich. Er sah sich um. Die Drakonier waren zumindest im Moment genauso gelähmt und abgelenkt und starrten mit ihren Reptilienaugen auf den goldenen Bogen.

»Beeilt euch!« schrie Tanis. Er packte Berem am Arm, zog ihn mit sich und sprang auf den Bogen, als er nur einige Zentimeter von der Lücke entfernt schwebte. Berem stolperte unbeholfen hinterher. Der Bogen hing immer noch kurz über der Brücke, als Tolpan wild kreischend drauf sprang, den von Ehrfurcht ergriffenen Zwerg hinter sich ziehend. Die Drakonier, die plötzlich begriffen, daß ihre Beute zu entkommen drohte, heulten vor Wut auf und drängten auf die Holzbrücke. Tanis stand auf dem goldenen Bogen und schoß seine Pfeile auf sie ab. Caramon trieb sie hinten mit dem Schwert zurück.

»Komm rüber!« befahl Tanis Tika, die zu ihm auf den Bogen hüpfte. »Bleib bei Berem. Paß auf ihn auf. Du auch, Flint, geh mit ihr. Geht schon!« knurrte er böse.

»Ich bleibe bei dir, Tanis«, bot Tolpan an.

Tika gehorchte widerstrebend nach einem Blick auf Caramon, nahm Berem an die Hand und zog ihn mit sich. Zusammen liefen sie über den Bogen auf die andere Hälfte der Holzbrücke. Unter dem Gewicht ächzte sie beunruhigend auf. Tanis hoffte nur, daß sie aushielt, aber er hatte keine Zeit, einen Blick zu riskieren. Offenbar hielt sie.

»Wir haben es geschafft!« schrie Tika von der anderen Seite der Schlucht.

»Caramon!« rief Tanis, einen weiteren Pfeil abschießend, während er versuchte, auf dem goldenen Bogen das Gleichgewicht zu halten.

»Geh weiter!« schnarrte Fizban Caramon wütend an. »Ich muß mich konzentrieren. Ich muß den Bogen richtig in die Lücke setzen. Ein paar Zentimeter zur Linken, glaube ich...«

»Tolpan, geh weiter!« befahl Tanis.

»Ich lasse Fizban nicht allein!« erklärte der Kender dickköpfig, als Caramon den goldenen Bogen betrat. Die Drakonier drängten weiter vor, als sie den großen Krieger flüchten sahen. Tanis schoß, so schnell er konnte, mit Pfeilen auf sie. Ein Drakonier lag auf der Brücke in einer Pfütze grünen Blutes, ein anderer stürzte in die Schlucht. Aber der Halb-Elf wurde müde. Und, was noch schlimmer war, er hatte fast keine Pfeile mehr. Und die Drakonier kamen näher. Caramon blieb neben Tanis auf dem Bogen stehen.

»Beeil dich, Fizban!« bettelte Tolpan händeringend.

»Nun!« sagte Fizban zufrieden. »Paßt perfekt. Und die Gnome haben gesagt, ich wäre kein Ingenieur.«

Gerade als er sprach, rastete der goldene Bogen, der Tanis, Caramon und Tolpan trug, fest zwischen den beiden zerbrochenen Brückenteilen ein.

Und in diesem Moment knarrte die andere Hälfte der Holzbrücke – die Hälfte, die sie zur anderen Seite der Schlucht, in die Sicherheit führen sollte – und stürzte tief hinunter.

»Bei den Göttern!« Caramon verschluckte sich vor Angst, hielt sich an Tanis fest und zog ihn zurück, da der Halb-Elf gerade seinen Fuß auf die Holzplanke setzen wollte.

»Gefangen!« sagte Tanis heiser, während er zusah, wie die Holzstücke in die Schlucht fielen. Seine Seele schien mit ihnen zu stürzen. Auf der anderen Seite hörte er Tika aufschreien, ihre Schreie vermischten sich mit den Jubelrufen der Drakonier.

Dann hörte er ein reißendes, schnappendes Geräusch. Die Jubelschreie der Drakonier verwandelten sich in ängstliches, entsetztes Aufkreischen.

»Schau! Tanis!« rief Tolpan aufgeregt. »Schau mal!«

Tanis sah noch, wie der andere Teil der Holzbrücke mit den meisten Drakoniern in die Schlucht stürzte. Der goldene Bogen erbebte.

»Wir fallen auch!« brüllte Caramon. »Er hat keinen Halt mehr...«

Caramons Zunge schien im Mund zu gefrieren. Würgend und schluckend sah er langsam von einer Seite zur anderen.

»Ich glaube es nicht...«, murmelte er.

»Irgendwie doch...«, Tanis holte zitternd Luft.

Mitten in der Schlucht schwebte der magische goldene Bogen, glitzerte im Licht der untergehenden Sonne, während die Holzbrücke auf beiden Seiten runtergestürzt war. Auf dem Bogen standen vier Gestalten und starrten auf die Reste der Brücke unter sich und auf die riesigen Lücken zwischen sich und den Schluchtwänden.

Lange Zeit herrschte tödliches Schweigen. Dann wandte sich Fizban triumphierend an Tanis.

»Wunderbarer Zauber«, sagte der Magier voller Stolz. »Habt ihr ein Seil?«

Die Dunkelheit war schon lange angebrochen, als die Gefährten endlich von dem goldenen Bogen kamen. Sie hatten Tika ein Seil zugeworfen, das sie mit Hilfe des Zwerges fest um einen Baum gebunden hatte. Dann hatten sich Tanis, Caramon, Tolpan und Fizban vorsichtig hintereinander vom Bogen gelöst und waren von Berem auf die andere Seite des Kliffs gezogen worden. Als sie auf der anderen Seite waren, brachen sie vor Müdigkeit zusammen. Sie waren so müde, daß sie sich nicht mehr die Mühe machten, Schutz zu suchen, sondern nur noch ihre Decken in einem Kiefernwäldchen ausbreiteten und die Wachen bestimmten.

Am nächsten Morgen erwachte Tanis steif und mit Schmerzen. Das erste, was er erblickte, war die Sonne, die den goldenen Bogen hell erleuchtete, der immer noch standhaft in der Luft schwebte.

»Vermutlich kannst du dieses Ding nicht wegschaffen«, sagte er zu Fizban, der Tolpan beim Verteilen von *quith-pa* half.

»Leider nicht«, bestätigte der alte Mann, versonnen den Bogen betrachtend.

»Heute morgen hat er ein paar Zaubersprüche ausprobiert«, sagte Tolpan und wies auf eine Kiefer, die völlig mit Spinnweben überzogen, und auf eine andere, die völlig verkohlt war. »Er sollte lieber aufhören, bevor er uns in Grillen oder etwas ähnliches verwandelt.«

»Gute Idee«, murmelte Tanis, der düster auf den leuchtenden Bogen starrte. »Nun, wir könnten keine deutlichere Spur hinterlassen.« Kopfschüttelnd setzte er sich zu Caramon und Tika.

»Sie werden uns verfolgen, darauf kannst du wetten«, sagte Caramon, der halbherzig am *quith-pa* knabberte. »Mit den Drachen ist das kein Problem.« Seufzend stopfte er den größten Teil der Trockenfrüchte in seinen Beutel.

»Caramon«, sagte Tika. »Du hast nicht viel gegessen...«

»Ich habe keinen Hunger«, murmelte er sich erhebend. »Ich sollte mich hier mal umsehen.« Er schulterte sein Gepäck und seine Waffen und ging auf den Pfad zu.

Tanis' Blick ausweichend, begann Tika ihre Sachen zu verstauen.

»Raistlin?« fragte Tanis.

Tika hielt inne. Ihre Hände fielen in ihren Schoß.

»Wird er immer so sein, Tanis?« fragte sie hilflos, während sie Caramon zärtlich nachsah. »Ich verstehe es nicht!«

»Ich auch nicht«, sagte Tanis ruhig, der auch dem Krieger hinterhersah. »Aber andererseits hatte ich niemals einen Bruder oder eine Schwester.«

»*Ich* verstehe ihn«, ließ sich Berem vernehmen. Seine leise Stimme bebte mit einer Leidenschaft, die Tanis' Aufmerksamkeit erregte.

»Was meinst du?«

Aber bei seiner Frage verschwand der ungeduldige, leidenschaftliche Blick aus Berems Augen.

»Nichts...«, murmelte er, sein Gesicht war wieder eine undurchdringliche Maske.

»Warte!« Tanis erhob sich schnell. »Warum verstehst du Caramon?« Er legte eine Hand auf Berems Arm.

»Laß mich in Ruhe!« schrie Berem heftig und stieß Tanis zurück.

»He, Berem«, rief Tolpan, der aufsah und lächelte, als ob er nichts mitbekommen hätte. »Ich habe meine Karten durchgesehen und eine gefunden, über die es die interessanteste Geschichte gibt...«

Berem warf Tanis einen gehetzten Blick zu, dann schlurfte er zu Tolpan, der im Schneidersitz auf dem Boden saß, seine Karten um sich ausgebreitet. Berem beugte sich über die Karten und schien bei Tolpans Geschichte bald in Staunen verloren zu sein.

»Laß ihn lieber in Ruhe, Tanis«, riet Flint. »Wenn du mich fragst, versteht er Caramon nur aus einem einzigen Grund, weil er nämlich genauso verrückt ist wie Raistlin.«

»Ich habe dich zwar nicht gefragt, aber es ist in Ordnung«, sagte Tanis, der sich zum Zwerg setzte, um seine Portion *quith-pa* zu verzehren. »Wir müssen bald aufbrechen. Mit Glück findet Tolpan eine Karte...«

Flint schnaufte verächtlich. »Pah! *Das* wird nun wirklich weiterhelfen. Beim letzten Mal sind wir einer seiner Karten gefolgt, und sie führte uns zu einem Hafen ohne Meer.«

Tanis unterdrückte ein Lächeln. »Vielleicht ist es jetzt anders«, sagte er. »Zumindest ist es besser, als Fizban zu folgen.«

»Nun, da könntest du recht haben«, räumte der Zwerg mürrisch ein. Flint warf Fizban einen Seitenblick zu, dann beugte er sich zu Tanis. »Hast du dich jemals gefragt, wie er es geschafft hat, den Sturz in Pax Tarkas zu überleben?« flüsterte er.

»Ich frage mich eine Menge«, erwiderte Tanis ruhig. »Zum Beispiel – wie es dir geht?«

Der Zwerg blinzelte, völlig verwirrt über diese unerwartete Frage. »Gut!« schnappte er, knallrot anlaufend.

»Und warum reibst du deinen linken Arm?«

»Rheuma«, knurrte der Zwerg. »Du weißt doch, daß ich im Frühling immer Probleme damit habe. Und das Schlafen auf dem Boden ist nicht gerade gut dagegen. Du hast doch gesagt, wir müssen bald aufbrechen.« Der Zwerg beschäftigte sich mit Packen.

»Richtig.« Tanis drehte sich seufzend um. »Etwas gefunden, Tolpan?«

»Ja, ich glaube ja«, sagte der Kender eifrig. Er rollte seine Karten auf, verstaute sie im Kartenbehälter, dann steckte er den Behälter in einen Beutel. Dabei warf er einen kurzen Blick auf seinen goldenen Drachen. Obwohl die Figur offenbar aus Metall war, änderte sie ihre Haltung auf die merkwürdigste Weise. Gerade jetzt krümmte sie sich um einen goldenen Ring – Tanis' Ring, den Laurana ihm einst geschenkt, und den er zurückgegeben hatte, als er ihr seine Liebe zu Kitiara gestand. Tolpan war so vertieft, auf den Drachen und den Ring zu starren, daß er Tanis fast vergaß.

»Oh«, sagte er, als er den Halb-Elfen ungeduldig husten hörte. »Karte. Richtig. Ja, verstehst du, als ich noch ein kleiner Kender war, reisten meine Eltern und ich durch das Khalkist-Gebirge, in dem wir uns gerade aufhalten, nach Kalaman. Normalerweise nahmen wir die nördliche, die längere Route. In Taman Busuk fand jedes Jahr ein Jahrmarkt statt, auf dem man die wundersamsten Dinge kaufen konnte, und mein Vater verpaßte diese Gelegenheit nie. Aber einmal – ich glaube, es war das Jahr, als sie ihn wegen eines Mißverständnisses zwischen ihm und einem Juwelier verhaftet und ausgeprügelt hatten – entschieden wir, durch das Gebirge zu wandern. Meine Mutter wollte immer schon die Heimat der Götter sehen, also...«

»Die Karte!« unterbrach Tanis.

»Ja, die Karte.« Tolpan seufzte. »Hier. Ich glaube, sie gehörte meinem Vater. Hier sind wir ungefähr. Und hier ist die Heimat der Götter.«

»Was ist das?«

»Eine alte Stadt. Sie ist zerstört, wurde während der Umwälzung aufgegeben...«

»Und ist höchstwahrscheinlich mit Drakoniern übersät«, beendete Tanis.

»Nein, nicht *die* Heimat der Götter«, fuhr Tolpan fort und führte seinen kleinen Finger über das Gebirge zu einem Punkt, der die Stadt kennzeichnete. »*Dieser* Ort wird auch Heimat der Götter genannt. In der Tat hieß er schon so, bevor dort eine Stadt entstand, wie Fizban sagt.«

Tanis blickte zu dem alten Magier, der nickte.

»Vor langer Zeit glaubten die Leute, daß dort Götter lebten«, sagte er ernst. »Es ist ein sehr heiliger Ort.«

»Und er liegt versteckt«, fügte Tolpan hinzu, »in einem Bekken inmitten dieser Berge. Siehst du? Fizban sagt, daß niemand dorthin geht. Niemand außer ihm kennt den Weg. Und es gibt einen Pfad, der auf seiner Karte eingezeichnet ist, zumindest in das Gebirge...«

»Niemand geht dorthin?« fragte Tanis Fizban.

Die Augen des alten Magiers verengten sich vor Ärger. »Nein.«

»Niemand außer dir?« fragte Tanis weiter.

»Ich bin schon an vielen Orten gewesen, Halb-Elf!« Der Magier schnaufte verächtlich. »Hast du ein Jahr Zeit? Dann zähle ich sie dir auf!« Er richtete anklagend einen Finger auf Tanis. »Du schätzt mich nicht, junger Mann! Immer argwöhnisch! Und das nach allem, was ich für euch getan habe...«

»Uh, ich würde ihn nicht *daran* erinnern!« sagte Tolpan eilig, der Tanis' Gesicht sich verfinstern sah. »Komm schon, Alter.«

Die beiden eilten zum Pfad, Fizban wütend und mit gesträubtem Bart.

»Haben die Götter wirklich an diesem Ort gelebt, wo wir jetzt hingehen?« fragte Tolpan, um von Tanis abzulenken.

»Woher soll ich das wissen?« fragte Fizban wütend. »Sehe ich etwa aus wie ein Gott?«

»Aber...«

»Hat dir schon einmal jemand gesagt, daß du viel zuviel redest?«

»Fast jeder«, sagte Tolpan fröhlich. »Habe ich dir jemals die

Geschichte erzählt, als ich ein wollenes Mammut gefunden habe?«

Tanis hörte Fizban aufstöhnen. Tika eilte an ihm vorbei, um Caramon zu holen.

»Kommst du, Flint?« rief Tanis.

»Ja«, antwortete der Zwerg, der sich plötzlich auf einen Stein setzte. »Laß mir einen Moment Zeit. Mir ist das Gepäck runtergefallen. Geht schon vor.«

In die Karte des Kenders vertieft, bemerkte Tanis nicht, daß Flint zusammengebrochen war. Er hörte nicht den merkwürdigen Ton in der Stimme des Zwerges, noch sah er das kurze, schmerzhafte Aufzucken in seinem Gesicht.

»Nun, beeil dich«, sagte Tanis geistesabwesend. »Wir wollen dich nicht zurücklassen.«

»In Ordnung, Bursche«, sagte Flint leise und wartete, daß der Schmerz nachließ – wie es immer der Fall war.

Flint beobachtete seinen Freund den Pfad hinunterlaufen. Er bewegte sich immer noch etwas schwerfällig in der Drachenrüstung. *Wir wollen dich nicht zurücklassen.*

»In Ordnung, Bursche«, wiederholte Flint. Er fuhr sich mit seiner schwieligen Hand schnell über die Augen, dann erhob er sich und folgte seinen Gefährten.

Die Heimat der Götter

Es war ein langer und ermüdender Tag gewesen. Sie waren ziellos durch das Gebirge gelaufen, soweit es der ungeduldige Halb-Elf beurteilen konnte.

Das einzige, was ihn davon abhielt, Fizban zu erwürgen, war die unbestreitbare Tatsache, daß der alte Mann sie trotz allem richtig geführt hatte. Gleichgültig, wie sie umherzuirren schienen, gleichgültig, wie oft Tanis hätte schwören können, daß sie an demselben Findling schon dreimal vorbeigekommen waren, jedesmal, wenn er einen flüchtigen Blick auf die Sonne erhaschte, wanderten sie untrüglich in südöstlicher Richtung.

Aber je später es wurde, um so seltener sah er die Sonne. Die bittere Winterkälte lag nicht mehr in der Luft, und der Wind trug den schwachen Frühlingsduft junger Pflanzen heran. Aber bald verdunkelte sich der Himmel mit bleigrauen Wolken, und es begann zu regnen – ein gleichförmiger, trommelnder Schauer, der durch den Umhang drang.

Am Nachmittag war die Gruppe freudlos und entmutigt – sogar Tolpan, der sich heftig mit Fizban stritt, in welcher Richtung die Heimat der Götter lag. Das war für Tanis um so zermürbender, da offensichtlich beide nicht wußten, wo sie überhaupt waren. (Fizban hielt die Karte tatsächlich verkehrt herum.) Der Streit endete damit, daß Tolpan seine Karten in seinen Beutel packte und sich weigerte, sie wieder herauszuholen, während Fizban drohte, Tolpans Zopf in einen Pferdeschweif zu verwandeln.

Tanis, der von beiden genug hatte, schickte Tolpan zum Abreagieren nach hinten, beruhigte Fizban und hegte geheime Wünsche, beide in eine Höhle zu sperren.

Die Ruhe, die der Halb-Elf in Kalaman gespürt hatte, verließ ihn allmählich auf dieser unheilvollen Reise. Es wurde ihm nun bewußt, daß es eine künstliche Ruhe gewesen war, die Notwendigkeit, Entscheidungen zu treffen, der beruhigende Gedanke, endlich etwas Konkretes zu tun, um Laurana zu helfen. Diese Aufgaben hatten ihn über Wasser gehalten, so wie die Meer-Elfen ihn über das Blutmeer von Istar getragen hatten. Aber jetzt bekam er wieder das Gefühl, daß das dunkle Gewässer über seinem Kopf zusammenschlug.

Tanis' Gedanken waren ständig bei Laurana. Immer wieder hörte er Gilthanas' anschuldigende Worte – *Sie hat es für dich getan!* Und obwohl Gilthanas ihm wohl verziehen hatte, wußte Tanis, daß er sich selbst nie verzeihen würde. Was geschah mit Laurana im Tempel der Dunklen Königin? Lebte sie noch? Tanis schreckte vor diesem Gedanken zurück. Natürlich lebte sie noch! Die Dunkle Königin würde sie nicht töten, jedenfalls solange sie Berem nicht hatte…

Tanis' Augen richteten sich auf den Mann, der vor ihm neben

Caramon ging. Ich werde alles tun, um Laurana zu retten, schwor er sich mit zusammengeballten Fäusten. Alles! Auch wenn ich mich opfern müßte oder...

Er hielt inne. Würde er wirklich Berem ausliefern? Würde er ihn wirklich der Dunklen Königin aushändigen, damit die Welt vielleicht in eine so tiefe Dunkelheit tauchen, daß sie niemals wieder das Licht erblicken würde?

Nein, dachte Tanis entschlossen. Das würde Laurana nicht retten. Nach einigen Schritten änderte er jedoch seine Meinung. Soll die Welt doch auf sich selbst aufpassen, dachte er düster. Wir sind zum Untergang verurteilt. Wir können nicht gewinnen, egal was passiert. Lauranas Leben ist das einzige, was zählt... das einzige...

Tanis war nicht der einzige in der Gruppe, der düstere Gedanken hegte. Tika ging neben Caramon, ihre roten Locken bildeten einen warmen, hellen Fleck an diesem grauen Tag. Aber das Licht war nur in dem lebhaften Rot ihrer Haare, aus ihren Augen war es verschwunden. Zwar war Caramon unbestritten liebenswürdig zu ihr, aber seit jenem wundervollen kurzen Augenblick unter dem Meer, als seine Liebe ihr gehört hatte, verhielt er sich distanziert. Darüber war sie in den langen Nächten sehr wütend – er hatte sie ausgenutzt, sagte sie sich, nur um seinen eigenen Schmerz zu lindern. Sie schwor, ihn nach dieser Reise zu verlassen. In Kalaman gab es einen wohlhabenden jungen Edelmann, der seine Augen nicht von ihr genommen hatte... Aber das waren die nächtlichen Gedanken. Tagsüber, wenn Tika Caramon einen Blick zuwarf und sah, wie er sich neben ihr mit gebeugtem Kopf dahinschleppte, wurde ihr Herz weich. Sanft berührte sie ihn. Er sah dann schnell zu ihr auf und lächelte. Tika seufzte. Soviel zu wohlhabenden jungen Edelmännern.

Flint stapfte einher, sprach kaum, beklagte sich nie. Wenn Tanis nicht so tief in seinen eigenen inneren Kampf verstrickt gewesen wäre, hätte er dies als schlechtes Zeichen bemerkt.

Was Berem betraf, so wußte niemand, was er dachte, falls er überhaupt dachte. Er schien immer nervöser und vorsichtiger zu werden, je weiter sie wanderten. Seine blauen Augen bewegten sich wie bei einem gefangenen Tier nervös in alle Richtungen.

Am zweiten Tag im Gebirge verschwand Berem.

Alle waren an dem Morgen munterer gewesen, nachdem Fizban verkündet hatte, daß sie bald die Heimat der Götter erreichen würden. Aber die düstere Stimmung war bald darauf wieder da. Der Regen wurde stärker. Dreimal in einer Stunde führte der alte Magier sie mit aufgeregten Rufen durchs Gebüsch: »Da ist es! Wir sind da!«, nur um sich in einem Sumpf, in einer Schlucht und schließlich auf eine Felswand starrend wiederzufinden.

In dieser letzten Sackgasse hatte Tanis das Gefühl, daß sich seine Seele aus dem Körper riß. Selbst Tolpan wich beunruhigt zurück, als er das vor Wut verzerrte Gesicht des Halb-Elfen sah. Verzweifelt versuchte Tanis, sich zusammenzureißen, als er sich dessen bewußt wurde.

»Wo ist Berem?« fragte er. Eine plötzliche Kälte ließ seine Wut gefrieren.

Caramon blinzelte, als ob er aus einer anderen Welt zurückkehren würde. Der Krieger sah sich hastig um, dann wandte er sich zu Tanis. Er errötete vor Scham. »Ich... ich weiß nicht, Tanis. Ich... ich dachte, er wäre neben mir.«

»Er ist unsere einzige Möglichkeit, Neraka zu betreten«, sagte der Halb-Elf mit zusammengepreßten Zähnen, »und der einzige Grund, warum Laurana noch am Leben ist. Wenn sie ihn schnappen...«

Tanis stockte, plötzliche Tränen hinderten ihn, weiterzusprechen. Verzweifelt versuchte er, trotzdem zu denken.

»Mach dir keine Sorgen, Bursche«, sagte Flint barsch und klopfte dem Halb-Elfen auf den Arm. »Wir finden ihn schon.«

»Es tut mir leid, Tanis«, murmelte Caramon. »Ich habe nachgedacht – über Raist. Ich... ich weiß, ich hätte nicht...«

»Wie im Namen der Hölle kann dein verfluchter Bruder sogar Unheil anrichten, wenn er nicht einmal hier ist!« schrie Tanis. Dann faßte er sich. »Es tut mir leid, Caramon«, sagte er und holte tief Luft. »Es ist nicht deine Schuld. Ich hätte auch aufpassen sollen. Das hätten wir alle. Wir müssen sowieso den Weg zurück, falls Fizban uns nicht durch die Steinwand führen kann... nein, erwäge nicht diese Möglichkeit, alter Mann... Berem kann nicht weit gegangen sein, und seine Spur müßte einfach aufzunehmen sein.«

Tanis hatte recht. Nachdem sie eine Stunde lang ihre eigenen Schritte zurückverfolgt hatten, entdeckten sie einen kleinen Tierpfad, den keiner von ihnen vorher bemerkt hatte. Es war Flint, der die Spuren des Mannes im Schlamm sah. Der Zwerg rief es aufgeregt den anderen zu, dann tauchte er in das Gestrüpp ein und folgte mühelos dem Pfad. Die anderen eilten ihm nach, aber der Zwerg schien einen ungewöhnlichen Energieanfall zu erleben. Wie ein Jagdhund, der sich seiner Beute sicher ist, trampelte Flint über Kletterpflanzen und hackte sich pausenlos den Weg durch das Unterholz frei. Bald hatte er sie weit hinter sich gelassen.

»Flint!« schrie Tanis mehr als einmal. »Warte auf uns!«

Aber die Gruppe fiel immer weiter hinter dem aufgeregten Zwerg zurück, bis sie ihn völlig aus den Augen verloren. Flints Spur erwies sich jedoch deutlicher als Berems. Sie hatten wenig Schwierigkeiten, den Stiefelabdrücken des Zwerges zu folgen, ganz zu schweigen von den abgehackten Baumästen und ausgerissenen Kletterpflanzen, die seinen Vormarsch markierten.

Dann ging es plötzlich nicht mehr weiter.

Sie hatten eine weitere Felswand erreicht, aber in dieser gab es einen Weg – ein Loch im Gestein, das sich in eine schmale, tunnelähnliche Öffnung fortsetzte. Der Zwerg war ohne Schwierigkeiten eingetreten – sie konnten seine Spur sehen –, aber sie war so schmal, daß Tanis verdrossen darauf starrte.

»Berem ist hier durchgegangen«, sagte Caramon grimmig und zeigte auf einen frischen Blutfleck am Stein.

»Vielleicht«, sagte Tanis zweifelnd. »Sieh mal nach, was auf der anderen Seite ist, Tolpan«, befahl er.

Tolpan kroch mit Leichtigkeit hinein, und bald hörten sie seine schrille Stimme vor Verblüffung über etwas schreien, aber das Echo war so verzerrt, daß sie seine Worte nicht verstehen konnten.

Plötzlich leuchtete Fizbans Gesicht auf. »Das ist es!« schrie der alte Magier hocherfreut auf. »Wir haben es gefunden! Die Heimat der Götter! Der Weg dorthin – durch diesen Gang!«

»Gibt es keinen anderen Weg?« fragte Caramon, während er düster auf die schmale Öffnung starrte.

Fizban wirkte nachdenklich. »Nun, ich glaube mich zu erinnern…«

Dann hörte man ein ziemlich deutliches »Tanis! Beeil dich!« aus der Öffnung.

»Keine weiteren Sackgassen. Wir gehen hier durch«, murrte Tanis, »irgendwie.«

Auf allen vieren krochen die Gefährten in die schmale Öffnung. Der Weg wurde nicht einfacher; manchmal waren sie gezwungen, wie Schlangen durch den Schlamm zu gleiten. Den breitschultrigen Caramon traf es am schlimmsten, und eine Zeitlang überlegte Tanis, den Krieger zurückzulassen. Tolpan erwartete sie auf der anderen Seite und beobachtete sie ungeduldig beim Kriechen. »Ich habe etwas gehört, Tanis«, sagte er mehrmals. »Flint schreit herum. Oben. Und warte, bis du diesen Ort gesehen hast, Tanis! Du wirst es nicht glauben!«

Aber Tanis nahm sich erst die Zeit, zuzuhören oder sich umzusehen, als alle sicher durch den Tunnel gekommen waren. Alle mußten mithelfen, Caramon aus dem Tunnel zu ziehen und zu zerren, und als er schließlich heraustrat, war die Haut an seinen Armen und am Rücken aufgeschürft und blutete.

»Das ist es!« stellte Fizban fest. »Wir sind angekommen.«

Der Halb-Elf sah sich an dem Ort um, der die Heimat der Götter genannt wurde.

»Nicht gerade der Ort, den *ich* zum Leben auswählen würde, wenn ich ein Gott wäre«, bemerkte Tolpan mit unterdrückter Stimme.

Tanis mußte ihm recht geben.

Sie standen am Rand einer kreisförmigen Vertiefung in der Mitte eines Berges. Tanis' erster Eindruck von der Heimat der

Götter waren die überwältigende Trostlosigkeit und Leere des Platzes. Auf dem ganzen Weg im Gebirge hatten die Gefährten Anzeichen neuen Lebens gesehen: knospende Bäume, junges Gras, Wildblumen, die sich aus Schlamm und Schneeresten hervorschoben. Aber hier war nichts. Der Boden des Beckens war vollkommen glatt und flach, völlig öde, grau und leblos. Hohe Berggipfel umschlossen das Becken. Die zerklüfteten Wipfel schienen nach innen zu ragen und vermittelten dem Beobachter den Eindruck, in das bröckelnde Gestein unter seinen Füßen gedrückt zu werden. Der Himmel über ihnen war azurblau, klar und kalt, ohne Sonne, Vogel oder Wolke, obwohl es geregnet hatte, als sie in den Tunnel gekrochen waren. Er war wie ein Auge, das aus grauen, glanzlosen Lidern nach unten starrte. Schaudernd wandte Tanis schnell seinen Blick vom Himmel ab und betrachtete noch einmal das Becken.

Mitten im Becken bildeten riesige, formlose Findlinge einen Kreis. Es war ein vollkommener Kreis, bestehend aus unvollkommenen Steinen. Dennoch paßten sie so gut zusammen und standen so dicht nebeneinander, daß Tanis von seinem Standort aus nicht erkennen konnte, was diese seltsamen Steine so feierlich bewachten.

»Es macht mich furchtbar traurig«, flüsterte Tika. »Ich habe keine Angst – es scheint keine Gefahr davon auszugehen, aber es ist so traurig! Wenn die Götter *wirklich* hierher kommen, dann bestimmt nur, um über das Elend in der Welt zu weinen.«

Fizban musterte Tika mit einem durchdringenden Blick und schien etwas sagen zu wollen, aber da schrie Tolpan: »Hier, Tanis!«

»Ich sehe!« Der Halb-Elf rannte los.

Auf der anderen Seite des Beckens konnte er den schwachen Umriß von zwei Gestalten erkennen – eine kleine und eine große –, die kämpften.

»Es ist Berem!« kreischte Tolpan. Die beiden waren für seine scharfen Kenderaugen deutlich sichtbar. »Er macht was mit Flint! Beeil dich, Tanis!«

Sich bitter verfluchend, daß er es dazu hatte kommen lassen, daß er nicht besser auf Berem aufgepaßt hatte, daß er den Mann nicht gezwungen hatte, die Geheimnisse, die er offensichtlich zurückhielt, preiszugeben, rannte Tanis über den Felsboden mit einer aus Angst geborenen Schnelligkeit. Er konnte die anderen rufen hören, aber schenkte dem keine Beachtung. Seine Augen waren nur auf die zwei Gestalten gerichtet, und jetzt konnte er sie klar erkennen. Der Zwerg fiel auf den Boden. Berem stand über ihm.

»Flint!« schrie Tanis.

Sein Herz schlug heftig, er konnte nicht mehr richtig sehen. Seine Lungen schmerzten, zum Atmen schien nicht genügend Luft vorhanden zu sein. Trotzdem lief er immer schneller. Jetzt drehte sich Berem zu ihm um. Er schien ihm etwas sagen zu wollen – Tanis konnte die Lippen des Mannes sich bewegen sehen –, aber der Halb-Elf konnte nichts hören. Zu Berems Füßen lag Flint. Die Augen des Zwerges waren geschlossen, sein Kopf war zur Seite gekippt, sein Gesicht aschgrau.

»Was hast du getan?« kreischte Tanis Berem an. »Du hast ihn getötet!« Trauer, Schuldgefühl, Verzweiflung und Wut explodierten in Tanis wie eine Feuerkugel des alten Magiers, überfluteten seinen Kopf mit unerträglichem Schmerz. Er konnte nicht sehen, ein roter Schleier zog sich über seine Augen.

Sein Schwert lag in seiner Hand, er wußte nicht wie. Er spürte den kalten Stahl des Griffs. Berems Gesicht schwamm in einem blutroten Meer; die Augen des Mannes füllten sich, nicht mit Angst, sondern mit tiefer Trauer. Dann sah Tanis, wie sich die Augen vor Schmerz weiteten, und erst dann wurde ihm bewußt, daß er sein Schwert in Berems wehrlosen Körper getrieben hatte, so tief, daß es durch Fleisch und Knochen ging, bis es gegen die Wand stieß, an die sich Berem gelehnt hatte.

Warmes Blut spritzte über Tanis' Hände. Ein entsetzlicher Schrei barst in seinem Kopf, dann fiel ein schweres Gewicht über ihn und warf ihn fast zu Boden.

Berems Körper rutschte über ihn, aber Tanis bemerkte es nicht. Hektisch zog er seine Waffe aus dem Körper und stach wieder zu. Starke Hände griffen nach ihm. Aber in seinem

Wahn wehrte der Halb-Elf sie ab. Schließlich zog er sein Schwert aus dem Körper und sah Berem zu Boden fallen, Blut strömte aus der furchtbaren Wunde direkt unter dem grünen Edelstein, der in der Brust des Mannes wie ein eigenständiges, unseliges Leben glitzerte.

Hinter sich hörte er eine tiefe, dröhnende Stimme und die schluchzenden Bitten einer Frau und ein schrilles Jammern der Trauer. Tanis wirbelte herum, um jenen gegenüberzustehen, die versucht hatten, ihn zu behindern. Er sah einen großen Mann mit einem kummervollen Gesicht, ein rothaariges Mädchen, über deren Wangen Tränen flossen. Er erkannte beide nicht wieder. Und dann tauchte vor ihm ein alter, alter Mann auf. Sein Gesicht war ruhig und gelassen, seine alterslosen Augen mit Leid erfüllt. Der alte Mann lächelte Tanis sanft an und legte eine Hand auf die Schulter des Halb-Elfen.

Seine Berührung war wie kühles, beruhigendes Wasser. Tanis spürte seine Vernunft zurückkehren. Der blutige Schleier vor seinen Augen klarte auf. Er ließ das blutverschmierte Schwert aus seinen blutigen Händen fallen und brach schluchzend vor Fizbans Füßen zusammen. Der alte Mann bückte sich und klopfte ihm leicht auf die Schulter.

»Sei stark, Tanis«, sagte er leise, »denn du mußt dich von jemandem verabschieden, der eine lange Reise vor sich hat.«

Tanis erinnerte sich. »Flint!« keuchte er.

Fizban nickte traurig und sah auf Berems Leiche. »Komm mit. Hier kannst du nichts mehr ausrichten.«

Tanis schluckte seine Tränen hinunter und taumelte auf die Füße. Er schob den Magier beiseite und stolperte zu Flint, der auf dem Felsboden lag, sein Kopf ruhte in Tolpans Schoß.

Der Zwerg lächelte, als er den Halb-Elfen kommen sah. Tanis fiel neben seinem ältesten Freund auf die Knie. Er nahm Flints schwielige Hand in seine und hielt sie fest.

»Ich hatte ihn fast verloren«, sagte Flint. Mit seiner anderen Hand klopfte er auf seine Brust. »Berem wollte gerade durch das andere Loch in den Felsen schlüpfen, als mein altes Herz schließlich platzte. Er... er hörte mich aufschreien, vermute ich, denn ich weiß nur noch, daß er mich in seinen Armen hielt und mich auf den Boden legte.«

»Dann hat er... hat er dich nicht verletzt...«, Tanis konnte kaum sprechen.

Flint schaffte es, verächtlich zu schnaufen. »Mich verletzen! Er kann nicht einmal einer Maus weh tun, Tanis. Er ist so sanft wie Tika.« Der Zwerg lächelte dem Mädchen zu, das sich auch zu ihm gekniet hatte. »Du paßt auf diesen großen Hornochsen auf, hörst du?« sagte er zu ihr. »Sieh zu, daß er aus dem Regen kommt.«

»Das werde ich, Flint.« Tika weinte.

»Zumindest wirst du nicht mehr versuchen, mich zu ertränken«, grummelte der Zwerg, seine Augen ruhten liebevoll auf Caramon. »Und wenn du deinen Bruder sehen solltest, dann gib ihm einen Tritt von mir.«

Caramon konnte nicht sprechen. Er schüttelte nur den Kopf. »Ich... ich sehe nach Berem«, murmelte der Krieger. Er nahm Tika, half ihr sanft beim Aufstehen und führte sie weg.

»Nein, Flint! Du kannst ohne mich nicht auf Abenteuer gehen!« jammerte Tolpan. »Du wirst nur in endlose Schwierigkeiten geraten, das weißt du genau!«

»Es wird der erste friedliche Moment sein, seit wir uns kennen«, erwiderte der Zwerg mürrisch. »Ich will, daß du meinen Helm behältst – den mit der Mähne eines *Greifs*.« Er warf Tanis einen strengen Blick zu, dann wandte er sich wieder zu dem schluchzenden Kender. Seufzend tätschelte er Tolpans Hand. »Nun, nun, Bursche, hab dich nicht so. Ich habe ein glückliches Leben geführt, war mit treuen Freunden gesegnet. Ich habe böse Dinge gesehen, aber auch viele gute. Und jetzt ist wieder Hoffnung in die Welt gekommen. Ich verlasse dich sehr ungern«, seine immer schwächer werdenden Augen ruhten auf Tanis, »gerade wenn du mich brauchst. Aber ich habe dir alles beigebracht, was ich weiß, Bursche. Alles wird gut werden. Ich weiß... gut...«

Seine Stimme erstarb, er schloß seine Augen, sein Atem ging schwerer. Tanis hielt seine Hand fest. Tolpan vergrub sein Gesicht an Flints Schulter. Dann erschien Fizban, stellte sich vor Flints Füße.

Der Zwerg öffnete die Augen. »Ich weiß jetzt, wer du bist«, sagte er leise, seine Augen leuchteten, als er Fizban ansah. »Du kommst mit mir, nicht wahr? Zumindest den Anfang der Reise... damit ich nicht so allein bin. Ich bin solange mit Freunden gewandert, daß ich... irgendwie ein komisches Gefühl habe... so allein aufzubrechen.«

»Ich komme mit dir«, versprach Fizban. »Schließe deine Augen und ruh dich aus, Flint. Die Probleme dieser Welt sind nicht mehr deine. Du hast es verdient, zu schlafen.«

»Schlafen«, sagte der Zwerg lächelnd. »Ja, genau das brauche ich. Weck mich, wenn du bereit bist... weck mich, wenn es Zeit zum Aufbruch...« Flint schloß die Augen. Er atmete mühelos ein, dann atmete er aus...

Tanis drückte die Hand des Zwerges an seine Lippen. »Leb wohl, alter Freund«, flüsterte der Halb-Elf, dann legte er die Hand auf Flints Brust.

»Nein! Flint! Nein!« Wild schreiend warf sich Tolpan auf den Zwerg. Sanft hob Tanis den schluchzenden Kender in seine Arme. Tolpan trat und schlug, aber Tanis hielt ihn wie ein Kind fest, und schließlich gab Tolpan erschöpft auf. Er klammerte sich an Tanis und weinte bitterlich.

Tanis streichelte über den Zopf des Kenders, als er plötzlich aufsah.

»Warte! Was machst du da, alter Mann!« schrie er.

Tanis setzte Tolpan ab und erhob sich schnell. Der zerbrechliche alte Magier hatte Flint in seine Arme gehoben und ging, wie Tanis bestürzt beobachtete, auf den seltsamen Kreis aus Steinen zu.

»Halt!« befahl Tanis. »Wir müssen ihm ein ordentliches Begräbnis geben, ein Hügelgrab errichten.«

Fizban drehte sich zu Tanis um. Er hielt den schweren Zwerg sanft und mit Leichtigkeit in den Händen.

»Ich habe ihm versprochen, daß er nicht allein reisen würde«, sagte Fizban einfach.

Dann drehte er sich wieder um und setzte seinen Weg fort. Tanis lief nach einem Moment des Zögerns hinterher. Die anderen standen wie festgewachsen da und starrten Fizban nach.

Es schien für Tanis einfach, den alten Mann, der solch eine Last trug, einzuholen. Aber Fizban bewegte sich unglaublich schnell, fast als ob er und der Zwerg leicht wie Schnee wären. Plötzlich wurde sich Tanis seines eigenen Gewichtes bewußt, und er hatte den Eindruck, als würde er versuchen, die Andeutung eines in den Himmel schwebenden Rauchwölkchens zu fangen. Dennoch taumelte er hinterher und erreichte sie gerade in dem Moment, als der alte Magier mit dem Zwerg in den Kreis mit den Findlingen trat.

Tanis quetschte sich zwischen die Steine, wußte nur, daß er diesen verrückten alten Magier aufhalten und den Leichnam seines Freundes zurückholen mußte.

Dann hielt er im Kreis inne. Er glaubte, vor einem Wasserbecken zu stehen. Das Wasser war so still, daß nichts seine glatte Oberfläche verunstaltete. Dann sah er, daß es kein Wasser war – es war ein Becken aus spiegelglattem, schwarzem Stein! Die tiefschwarze Oberfläche war zu vollem Glanz poliert. Das Becken erstreckte sich vor Tanis wie die Dunkelheit der Nacht, und als Tanis in seine schwarzen Tiefen blickte, war er überrascht, wirklich Sterne zu sehen! Sie waren so deutlich, daß er aufsah und halb erwartete, daß die Nacht angebrochen war, obwohl er wußte, daß es erst Nachmittag war. Der Himmel über ihm war azurblau, kalt und klar, ohne Sterne, ohne Sonne. Benommen und schwach fiel Tanis neben dem Becken auf die Knie und starrte wieder auf seine polierte Oberfläche. Er sah die Sterne, er sah die Monde, er sah *drei* Monde, und seine Seele erbebte, denn der schwarze Mond, nur sichtbar für die mächtigen Magier der Schwarzen Roben, war nun sichtbar für ihn – wie ein dunkler, aus der Schwärze herausgeschnittener Kreis. Er konnte sogar die klaffenden Löcher erkennen, wo die Konstellationen der Königin der Finsternis und des Tapferen Kriegers einst den Himmel geschmückt hatten.

Tanis fielen Raistlins Worte ein: *Beide verschwunden. Sie ist nach Krynn gekommen, Tanis, und er ist gekommen, um sie zu bekämpfen...*

Er sah auf. Fizban trat auf den schwarzen Stein, Flints Leichnam in seinen Armen.

Der Halb-Elf versuchte verzweifelt zu folgen, aber er hätte eher in die Hölle springen können, als auf diese kalte Steinoberfläche zu kriechen. Er konnte nur zusehen, wie der alte Magier, der so vorsichtig ging, als ob er ein schlafendes Kind in seinen Armen trug, sich zur Mitte der glänzend schwarzen Oberfläche bewegte.

»Fizban!« rief Tanis.

Der alte Mann hielt nicht an und drehte sich auch nicht um, sondern ging auf die glitzernden Sterne zu. Tanis spürte Tolpan neben sich. Tanis nahm seine Hand und hielt sie fest, so wie er Flints festgehalten hatte.

Der alte Magier erreichte die Mitte des Steinbeckens... und verschwand.

Tanis keuchte. Tolpan sprang an ihm vorbei, wollte auf die glasähnliche Oberfläche laufen. Aber Tanis fing ihn ein.

»Nein, Tolpan«, sagte der Halb-Elf leise. »Bei diesem Abenteuer kannst du ihn nicht begleiten. Noch nicht. Du mußt noch eine Weile bei mir bleiben. *Ich* brauche dich jetzt.«

Tolpan wich ungewöhnlich gehorsam zurück, dabei zeigte er aber nach vorn.

»Sieh mal, Tanis!« flüsterte er mit bebender Stimme. »Die Konstellation! Sie ist wieder da!«

Als Tanis auf die Oberfläche des schwarzen Beckens starrte, sah er die Sterne der Konstellation des Tapferen Kriegers zurückkehren. Sie flackerten, dann erstrahlten sie im Licht und erfüllten das dunkle Becken mit ihrem blauweißen Glanz. Schnell sah Tanis nach oben – aber der Himmel war blau und still und leer.

Berems Geschichte

Tanis!« rief Caramon.

Berem! Plötzlich erinnerte sich Tanis, was er getan hatte, wandte sich um und stolperte auf Caramon und Tika zu, die entsetzt auf den blutverschmierten Stein starrten, an dem Berems Leichnam gelegen hatte. Während sie zusahen, begann Berem sich zu rühren, zu stöhnen – nicht vor Schmerz, sondern von der Erinnerung an den Schmerz. Mit einer zitternden Hand an seiner Brust erhob sich Berem langsam. Auch die Blutspuren an seinem Körper verschwanden allmählich.

»Er wird auch Ewigan genannt, erinnerst du dich?« fragte Tanis den aschgrauen Caramon. »Sturm und ich haben ihn in Pax Tarkas sterben gesehen, vergraben unter Tonnen von Steinen. Er ist schon unzählige Male gestorben, nur um wieder zum Leben zu erwachen. Und er behauptet, den Grund dafür nicht zu kennen.« Tanis trat dicht zu Berem, starrte den Mann an, der ihn widerspenstig und argwöhnisch musterte.

»Aber du weißt es, nicht wahr, Berem?« fragte Tanis. Die Stimme des Halb-Elfen war sanft und ruhig. »Du weißt es«, wiederholte er, »und du wirst es uns erzählen. Das Leben vieler kann davon abhängen.«

Berem senkte seinen Blick. »Es tut mir leid... wegen deines Freundes«, murmelte er. »Ich... ich habe versucht, ihm zu helfen, aber es gab nichts...«

»Ich weiß.« Tanis schluckte. »Es tut mir leid... was ich getan habe. Ich... konnte nicht sehen... Ich habe nicht verstanden...«

Aber während er diese Worte sprach, erkannte Tanis, daß er log. Er *hatte* gesehen, aber er hatte nur das gesehen, was er sehen *wollte*. Wie viele Situationen in seinem Leben waren so gewesen? Wieviel von dem, was er gesehen hatte, war von ihm verzerrt worden? Er hatte Berem nicht verstanden, weil er Berem nicht verstehen *wollte*! Berem verkörperte für Tanis tatsächlich all jene dunklen und geheimen Dinge, die er an sich selbst haßte. Er hatte Berem getötet, das wußte der Halb-Elf, aber in Wirklichkeit hatte er das Schwert in seinen eigenen Körper getrieben.

Und jetzt schien es, als ob diese Schwertwunde das schädliche, brandige Gift, das seine Seele verdarb, ausgespuckt hätte. Jetzt konnte die Wunde heilen. Die Trauer um Flints Tod war wie ein lindernder Balsam, der ihn an die Rechtschaffenheit, an die höheren Werte erinnerte. Endlich fühlte Tanis sich von den dunklen Schatten seiner Schuld befreit. Was immer auch geschehen war, er hatte immer sein Bestes getan, um zu helfen und die Dinge wieder in Ordnung zu bringen. Er hatte Fehler begangen, aber er konnte sich jetzt vergeben.

Vielleicht sah Berem dies in Tanis' Augen. Gewiß sah er

Trauer, sah Mitgefühl. Dann sagte Berem plötzlich: »Ich bin müde, Tanis.« Seine Augen waren auf die vom Weinen geröteten Augen des Halb-Elfen gerichtet. »Ich bin so müde.« Sein Blick fuhr zu dem schwarzen Steinbecken. »Ich... ich beneide deinen Freund. Er hat jetzt seine Ruhe. Er hat Frieden gefunden. Darf ich das niemals haben?« Berem ballte seine Fäuste, dann erschauderte er und vergrub seinen Kopf in seinen Händen. »Aber ich habe Angst! Ich sehe das Ende – es ist sehr nahe. Und ich habe Angst!«

»Wir haben alle Angst.« Tanis seufzte, rieb seine brennenden Augen. »Du hast recht – das Ende ist nahe, und es scheint voller Dunkelheit zu sein. Du trägst in dir die Antwort, Berem.«

»Ich... ich werde euch sagen... was ich weiß«, sagte Berem zögernd, als ob die Worte aus ihm herausgezogen würden. »Aber ihr müßt mir helfen!« Seine Hand klammerte sich um Tanis'. »Ihr müßt versprechen, mir zu helfen!«

»Ich kann es nicht versprechen«, sagte Tanis streng, »bis ich nicht die Wahrheit weiß.«

Berem setzte sich und lehnte seinen Rücken an den blutverschmierten Stein. Die anderen setzten sich zu ihm, zogen ihre Umhänge enger um sich, da Wind aufkam und an den Gebirgsseiten herunterpfiff und zwischen den seltsamen Findlingen heulte. Sie hörten sich Berems Geschichte an, ohne ihn zu unterbrechen, nur Tolpan wurde gelegentlich von einem Weinanfall geschüttelt und schneuzte sich leise; sein Kopf ruhte an Tikas Schulter.

Zuerst war Berems Stimme leise, seine Worte kamen widerstrebend. Manchmal sahen sie, wie er mit sich kämpfte, dann wieder stieß er die Worte aus, als ob sie schmerzen würden. Aber allmählich sprach er schneller und schneller, die Erleichterung, nach all den Jahren endlich die Wahrheit zu erzählen, überflutete seine Seele.

»Als... als ich sagte, ich würde verstehen, wie du«, er nickte Caramon zu, »dich fühlst... einen Bruder verloren zu haben, meinte ich es ernst. Ich... ich hatte eine Schwester. Wir... wir waren keine Zwillinge, aber wir waren vermutlich so verbunden wie Zwillinge. Sie war nur ein Jahr jünger als ich. Wir lebten abgeschieden auf einem kleinen Bauernhof außerhalb von Neraka. Keine Nachbarn. Meine Mutter brachte uns zu Hause Lesen und Schreiben bei, es reichte, um durchzukommen. Wir haben überwiegend auf dem Hof gearbeitet. Meine Schwester war mein einziger Gefährte, mein einziger Freund. Und ich war es für sie.

Sie hat schwer gearbeitet – zu schwer. Nach der Umwälzung blieb uns nichts anderes übrig, damit wir etwas zu essen hatten. Unsere Eltern waren alt und krank. Im ersten Winter wären wir beinahe verhungert. Egal, was ihr über die Hungerzeiten gehört habt, ihr könnt es euch nicht vorstellen.« Seine Stimme erstarb, seine Augen verdunkelten sich. »Ausgehungerte Rudel wilder Bestien und herumirrende Haufen von Männern streiften durch das Land. Da wir abgeschieden lebten, hatten wir mehr Glück als manch andere. Aber viele Nächte blieben wir auf, Prügelstöcke in unseren Händen, wenn die Wölfe um das Haus schlichen und warteten... Ich beobachtete meine Schwester, ein hübsches kleines Ding, wie sie alt wurde, bevor sie zwanzig Jahre alt war. Ihr Haar war so grau wie meines jetzt, ihr Gesicht verhärmt und runzlig. Aber sie hat sich nie beklagt.

In jenem Frühling wurde es nicht viel besser. Aber zumindest hatten wir Hoffnung, so sagte jedenfalls meine Schwester. Wir konnten Samen setzen und ihnen beim Wachsen zusehen. Wir konnten auf die Jagd gehen, da das Wild mit dem Frühling zurückgekehrt war. Es würde genug zu essen geben. Sie liebte die Jagd. Sie konnte gut mit Pfeil und Bogen umgehen, und sie war alles andere als ein Stubenhocker. Wir gingen oft gemeinsam weg. An jenem Tag...«

Berem stockte. Er schloß die Augen, schüttelte sich, als ob ihm eiskalt wäre. Dann biß er seine Zähne zusammen und fuhr fort.

»An jenem Tag gingen wir weiter als üblich. Ein durch ein Blitz entstandenes Feuer hatte das Unterholz weggebrannt, und wir stießen auf einen Pfad, den wir niemals zuvor gesehen hatten. Wir hatten beim Jagen kein Glück gehabt und folgten dem Pfad, hofften, Wild zu finden. Aber nach einer Weile sah ich, daß es kein Tierpfad war. Es war ein uralter Pfad, von Menschen geschaffen; er war seit Jahren nicht mehr benutzt worden. Ich wollte umkehren, aber meine Schwester wollte weitergehen, neugierig, wohin er uns führen würde.«

Berems Gesicht verkrampfte sich zunehmend. Einen Moment lang befürchtete Tanis, daß er mit seiner Geschichte aufhören würde, aber Berem fuhr wie im Fieber, wie angetrieben, fort.

»Er führte uns zu einem... einem seltsamen Platz. Meine Schwester sagte, daß dort früher ein Tempel gestanden haben müßte, ein Tempel für die bösen Götter. Ich weiß es nicht. Ich weiß nur, daß dort zerbrochene Säulen herumlagen, überwuchert von Unkraut. Sie hatte recht. Dieser Platz *hatte* etwas Verruchtes, und wir hätten umkehren sollen. Wir hätten diesen bösen Platz verlassen sollen...« Berem wiederholte diesen Satz mehrere Male. Dann fiel er in Schweigen.

Niemand bewegte sich oder sprach, und nach einem Moment redete er so leise weiter, daß die anderen gezwungen waren, näherzurücken, um ihn zu verstehen. Und da wurde ihnen allmählich bewußt, daß er vergessen hatte, daß sie da waren oder wo er überhaupt war. Er war in jene Zeit zurückgekehrt.

»Aber in diesen Ruinen gibt es einen wunderschönen, wunderschönen Gegenstand: den Sockel einer umgestürzten Säule, mit Juwelen übersät!« Berems Stimme wurde vor Ehrfurcht leise. »Niemals habe ich solch eine Schönheit gesehen! Oder solch einen Reichtum! Wie kann ich das zurücklassen? Nur ein Juwel! Ein Juwel wird uns reich machen! Wir könnten in die Stadt ziehen! Meine Schwester wird Freier haben, so wie sie es verdient. Ich... ich falle auf die Knie und hole mein Messer hervor. Da ist ein Juwel – ein grüner Juwel –, der so hell in der Sonne glänzt! So etwas Schönes habe ich noch nie gesehen! Den will ich. Ich stoße die Messerklinge in den Stein unterhalb des Juwels und fange an, ihn herauszugraben.

Meine Schwester schreit mich an, aufzuhören.

›Dieser Ort ist heilig‹, bittet sie. ›Die Juwelen gehören einem Gott. Das ist Entweihung, Berem!‹ «

Berem schüttelte den Kopf, sein Gesicht verdüsterte sich in der Erinnerung an die Wut.

»Ich ignoriere sie, obgleich ich eine Eiseskälte im Herzen spüre, als ich den Juwel herausschneide. Aber ich sage ihr, ›Wenn er den Göttern gehört, so haben sie ihn verlassen, so wie sie uns verlassen haben!‹ Aber sie hört nicht zu.«

Berems Augen flackerten auf, sie waren nun kalt und beängstigend anzusehen. Seine Stimme kam aus weiter Ferne.

»Sie packt mich! Ihre Fingernägel graben sich in meinen Arm. Es tut weh!

›Hör auf, Berem!‹ befiehlt sie mir – mir, ihrem älteren Bruder! ›Ich werde dich nicht entweihen lassen, was den Göttern gehört!‹

Wie kann sie es wagen, so mit mir zu reden? Ich tue es doch für sie! Für unsere Familie! Sie soll mir nicht in die Quere kommen! Sie weiß, was passieren kann, wenn ich rasend werde. Etwas bricht in meinem Kopf entzwei, durchflutet mein Gehirn. Ich kann weder denken noch sehen. Ich schreie sie an, ›Laß mich in Ruhe!‹. Aber ihre Hand greift nach meiner Hand, in der ich das Messer halte, so daß die Klinge verrutscht und den Juwel kratzt.«

Berems Augen blitzten in einem wahnsinnigen Licht auf. Caramon legte verstohlen seine Hand an seinen Dolch, als sich die Hände des Mannes zu Fäusten zusammenballten und seine Stimme zu einem fast hysterischen Ton anstieg.

»Ich... ich schubse sie... nicht grob.... ich wollte sie nicht grob schubsen! Sie fällt! Ich will sie auffangen, aber ich kann nicht. Ich bewege mich zu langsam, zu langsam. Ihr Kopf... prallt gegen die Säule, direkt in einen scharfgeschnittenen Stein«, Berem berührte seine Schläfe, »Blut bedeckt ihr Gesicht, breitet sich über die Juwelen aus. Sie glänzen nicht mehr. Ihre Augen glänzen auch nicht mehr. Sie starren mich an, können mich aber nicht sehen. Und dann... dann...«

Sein Körper bewegte sich zuckend.

»Es ist ein entsetzlicher Anblick, ich sehe es immer wieder, sobald ich meine Augen zum Schlafen schließe. Es ist wie bei der Umwälzung, nur da wurde alles zerstört! Dies ist eine Schöpfung, aber eine schauderhafte, verruchte Schöpfung! Der Boden spaltet sich! Riesige Säulen beginnen sich vor meinen Augen zu bilden. Ein Tempel steigt aus einer entsetzlichen Dunkelheit unterhalb des Bodens hervor. Aber es ist kein schöner Tempel – er ist schrecklich und verunstaltet. Vor mir erhebt sich Dunkelheit, eine Dunkelheit mit fünf Köpfen, alle verzerrt und verkrümmt. Die Köpfe sprechen zu mir mit einer Stimme, die kälter als das Grab ist.

›Vor langer Zeit wurde ich von dieser Welt verbannt, aber mir wurde gestattet, durch einen Teil der Welt wieder einzutreten. Diese mit Edelsteinen versehene Säule war für mich eine verschlossene Tür, die mich gefangen hielt. Du hast mich befreit, Sterblicher, und darum erfülle ich deinen Wunsch – der grüne Edelstein gehört dir!‹

Dann ertönt ein schreckliches, höhnisches Gelächter. Ich spüre einen starken Schmerz in meiner Brust. Als ich hinabsehe, ist der grüne Juwel in mein Fleisch eingebettet, so wie ihr ihn jetzt seht. Entsetzt über das fürchterliche Unheil, gelähmt durch meine ruchlose Tat, kann ich nichts weiter tun, als zu starren, während die dunkle, schattige Form immer deutlicher wird. Es ist ein Drache! Ich kann ihn nun sehen – ein fünfköpfiger Drache, so wie ich es in Alpträumen erlebt habe, als ich noch ein Kind war!

Und dann weiß ich, daß wir alle dem Untergang geweiht sind, sobald der Drache die Welt betritt. Denn ich verstehe zumindest, was ich getan habe. Es ist die Königin der Finsternis! Vor langer Zeit von dem großen Huma verbannt, hat sie lange nach einer Rückkehr gesucht. Jetzt – durch meine Dummheit – wird sie wieder in der Lage sein, durch das Land zu gehen. Einer der riesigen Köpfe schlängelt sich zu mir, und ich weiß, ich werde sterben, denn sie darf niemanden dulden, der ihre Rückkehr bezeugen kann. Ich sehe die messerscharfen Zähne. Ich kann mich nicht bewegen. Ich wage es nicht.

Und plötzlich steht meine Schwester vor mir! Sie lebt, aber als ich versuche, sie anzufassen, berühren meine Hände nichts. Ich schreie ihren Namen: ›Jasla!‹

›Lauf, Berem!‹ ruft sie. ›Lauf! Sie kann nicht an mir vorbei, noch nicht! Lauf!‹

Einen Moment stehe ich wie erstarrt da. Meine Schwester stellt sich zwischen mich und die Dunkle Königin. Entsetzt sehe ich, wie die fünf Köpfe vor Wut zurückschrecken, ihre Schreie reißen sich durch die Luft. Aber sie können nicht an meiner Schwester vorbei. Und während ich zusehe, beginnt die Gestalt der Königin zu schwanken und zu verblassen. Aber sie ist noch da, eine schattenhafte Gestalt des Bösen, aber nicht mehr. Trotzdem ist ihre Macht groß. Sie stürzt sich auf meine Schwester...

Und dann drehe ich mich um und laufe. Ich laufe und laufe, der grüne Juwel brennt wie ein Feuer in meiner Brust. Ich laufe, bis alles schwarz wird.«

Berem hatte aufgehört zu sprechen. Schweiß lief über sein Gesicht, als ob er wirklich tagelang gerannt wäre. Keiner der Gefährten sagte ein Wort. Es war, als ob diese düstere Geschichte sie alle in Steine verwandelt hätte, so wie die Findlinge um das schwarze Becken.

Schließlich holte Berem zitternd Luft.

»Es folgt eine lange Zeit in meinem Leben, über die ich nichts weiß. Als ich wieder zu mir kam, war ich gealtert, so wie ihr mich jetzt seht. Zuerst redete ich mir ein, daß alles nur ein Alptraum war, ein entsetzlicher Traum. Aber dann spürte ich den grünen Juwel in meinem Fleisch brennen, und ich wußte, es war Wirklichkeit. Ich hatte keine Vorstellung, wo ich war. Wahrscheinlich bin ich auf meinen Wanderungen kreuz und quer durch Krynn gereist. Ich sehnte mich so entsetzlich danach, nach Neraka zurückzukehren. Aber ich wußte, das war der Ort, zu dem ich niemals gehen würde. Ich hatte nicht den Mut.

Wieder wanderte ich lange Jahre, unfähig, Frieden zu finden, unfähig, zur Ruhe zu kommen. Ich starb, nur um wieder zum Leben zu erwachen. Überall, wo ich hinkam, hörte ich Geschichten über böse Dinge, die im ganzen Land geschahen, und ich wußte, daß es meine Schuld war. Und dann kamen die Drachen und die Drachenmänner. Ich allein wußte, was sie bedeuteten. Ich allein wußte, daß die Königin den Gipfel ihrer Macht erreicht hatte und versuchte, die Welt zu erobern. Aber etwas fehlt ihr noch, und das bin ich. Warum? Ich bin mir nicht sicher. Ich fühle mich wie jemand, der versucht, eine Tür zu schließen, die ein anderer mit Gewalt offenzuhalten versucht. Und ich bin müde...«

Berems Stimme versagte. »So müde«, sagte er, er ließ seinen Kopf in die Hände sinken. »Ich will dem ein Ende bereiten!«

Die Gefährten saßen lange Zeit schweigend da, versuchten, eine Geschichte zu verstehen, die sich wie eine Geschichte anhörte, die ein altes Kindermädchen in den düsteren Stunden der Nacht erzählt haben könnte.

»Was mußt du tun, um diese Tür zu schließen?« fragte Tanis.

»Ich weiß es nicht«, antwortete Berem leise. »Ich weiß nur, daß es mich nach Neraka zieht, obwohl es der einzige Ort auf Krynn ist, den ich nicht zu betreten *wage!* Darum... darum bin ich fortgelaufen.«

»Aber du wirst Neraka betreten«, sagte Tanis langsam und entschlossen. »Du wirst mit uns Neraka betreten. Wir werden bei dir sein. Du wirst nicht allein sein.«

Berem erschauerte und wimmerte kopfschüttelnd. Dann plötzlich hörte er auf und sah mit gerötetem Gesicht auf. »Ja!« schrie er. »Ich kann es nicht mehr ertragen! Ich gehe mit euch! Ihr werdet mich beschützen...«

»Wir werden unser Bestes tun«, murmelte Tanis, während er zu Caramon sah, der seine Augen verdrehte und dann wegschaute. »Wir sollten hier lieber den Ausgang suchen.«

»Ich habe ihn gefunden.« Berem seufzte. »Ich war fast durch, als ich den Zwerg schreien hörte. Dieser Weg.« Er zeigte zu einem weiteren schmalen Spalt in den Felsen. Caramon seufzte, blickte trübselig auf seine Kratzer an den Armen. Wieder krochen die Gefährten einzeln durch die Öffnung.

Tanis ging als letzter. Er drehte sich um und warf noch einmal einen Blick auf den verlassenen Ort. Die Dunkelheit brach schnell herein, der azurblaue Himmel färbte sich purpurn und dann schwarz. Die seltsamen Findlinge wurden in die zunehmende Finsternis eingehüllt. Das dunkle Steinbecken, in dem Fizban verschwunden war, konnte er längst nicht mehr erkennen.

Es war ein merkwürdiger Gedanke, daß Flint tot war. Er spürte in sich eine tiefe Leere. Er erwartete immer, die murrende Stimme des Zwerges zu hören, die sich über unzählige Schmerzen und Wehwehchen beklagte oder mit dem Kender stritt.

Einen Moment lang kämpfte Tanis mit sich, hielt seinen Freund fest, solange er konnte. Dann ließ er Flint los. Er drehte sich um, kroch durch den schmalen Spalt in den Felsen und verließ die Heimat der Götter, die er niemals wiedersehen sollte.

Als sie wieder draußen waren, folgten sie einem Pfad, bis sie auf eine kleine Höhle stießen. Hier kauerten sie sich zusammen, wagten kein Feuer anzuzünden, da sie sich in der Nähe von Neraka befanden, dem Machtzentrum der Drachenarmeen. Eine Zeitlang sprach keiner, dann begannen sie alle über Flint zu reden – ließen ihn los, wie Tanis es getan hatte. Es waren gute Erinnerungen an Flints reiches, abenteuerliches Leben.

Sie lachten herzlich, als Caramon die Geschichte des verheerenden Ausflugs erzählte – wie er ein Boot bei dem Versuch umgekippt hatte, einen Fisch mit den Händen zu fangen, und Flint dabei ins Wasser gefallen war. Tanis erinnerte sich, wie Tolpan und der Zwerg sich kennengelernt hatten, als Tolpan »zufällig« mit einem Armband weggegangen war, das Flint angefertigt hatte und auf einem Jahrmarkt verkaufen wollte. Tika erinnerte sich an die wundervollen Spielsachen, die er für sie gemacht hatte. Sie erinnerte sich an seine Herzensgüte, als ihr Vater verschwunden war, wie er das junge Mädchen in sein Haus aufgenommen hatte, bis Otik ihr einen Platz zum Leben und zum Arbeiten gegeben hatte.

All diese und noch mehr Erinnerungen erzählten sie sich, bis zum Ende des Abends der bittere Stachel ihrer Trauer verschwunden war und nur noch der Schmerz des Verlustes zurückblieb.

Das heißt – für die meisten von ihnen.

Später, in den stillen Stunden der Nacht, saß Tolpan draußen am Höhleneingang und starrte in die Sterne. In seinen kleinen Händen hielt er Flints Helm, während Tränen über sein Gesicht liefen.

Neraka

Die Gefährten stellten fest, daß es einfach war, Neraka zu betreten.

Tödlich einfach.

»Was im Namen der Götter ist denn da los?« fragte Caramon, als er und Tanis, immer noch in ihren gestohlenen Drachenrüstungen, von ihrem verborgenen Aussichtspunkt im Gebirge westlich von Neraka aus auf die Ebene spähten.

Schwarze Linien schlängelten sich über die Ödnis auf das einzige Gebäude im Umkreis von vielen Meilen zu – den Tempel der Königin der Finsternis. Es sah aus, als ob Hunderte von Vipern sich aus dem Gebirge wanden, aber es waren keine Vipern. Es waren mehrere tausend Drachensoldaten. Die zwei Männer sahen hier und dort in der Sonne Speere und Schilde aufblitzen. Blaue, rote und schwarze Flaggen mit den Wappen der Drachenfürsten flatterten an hohen Masten. Hoch über ihnen füllten Drachen den Himmel in entsetzlichen Regenbogenfarben – rot, blau, grün und schwarz. Zwei gigantische Fliegende Zitadellen schwebten über dem ummauerten Tempelareal; die Schatten, die sie warfen, ließen eine ewig währende Nacht entstehen.

»Weißt du«, sagte Caramon langsam, »es war gut, daß uns der alte Mann angegriffen hat. Wir wären massakriert worden, wenn wir auf unseren bronzenen Drachen in diesen Mob geritten wären.«

»Ja«, stimmte Tanis abwesend zu. Er hatte über den »alten Mann« nachgedacht, einige Dinge zusammengefügt, sich erinnert, was er selbst gesehen und was Tolpan ihm erzählt hatte. Je länger er über Fizban nachdachte, um so näher kam er der Wahrheit. Seine Haut »grauste«, wie Flint gesagt hätte.

Bei der Erinnerung an Flint fuhr ein kurzer Schmerz durch sein Herz, und er schob die Gedanken an den Zwerg – und den alten Mann – beiseite. Er hatte jetzt genug Sorgen, und es gab keine alten Magier, die ihm halfen.

»Ich weiß nicht, was da los ist«, erwiderte Tanis ruhig, »aber es arbeitet für uns, nicht gegen uns. Erinnerst du dich, was Elistan einst gesagt hat? In den Scheiben von Mishakal steht geschrieben, daß sich das Böse gegen sich selbst richtet. Die Dunkle Königin sammelt ihre Kräfte, einerlei aus welchen Gründen. Wahrscheinlich bereitet sie sich darauf vor, Krynn den letzten tödlichen Schlag zu versetzen. Aber in dieser Verwirrung können wir mühelos hineinschlüpfen. Niemand wird zwei Wachen bemerken, die eine Gruppe von Gefangenen bringen.«

»Das hoffst du«, fügte Caramon düster hinzu.

»Ich bete darum«, sagte Tanis leise.

Der Hauptmann der Torwache von Neraka war ein schwergeprüfter Mann. Die Dunkle Königin hatte nun zum zweiten Mal seit Kriegsbeginn einen Kriegsrat einberufen, und alle Drachenfürsten aus ganz Ansalon trafen ein. Seit vier Tagen hielten sie ihren Einzug in Neraka, und seitdem war das Leben des Hauptmannes ein einziger Alptraum.

Die Fürsten sollten die Stadt gemäß ihrem Rang betreten. Also traf Lord Ariakus als erster mit seinem persönlichen Gefolge ein – mit seinen Soldaten, seinen Leibwächtern, seinen Drachen; dann folgte Kitiara, die Finstere Herrin, mit ihrem persönlichen Gefolge – mit ihren Soldaten, ihren Leibwächtern, ihren Drachen; dann Lucien von Takar mit seinem persönlichen Gefolge, bis hin zum Drachenfürsten Toede von der östlichen Front.

Dieses System war nicht nur entworfen worden, um die Ranghöchsten zu ehren. Es stand die Absicht dahinter, große Mengen von Soldaten und Drachen sowie ihre Vorräte in einen Komplex hinein- und wieder aus ihm hinauszubewegen, der niemals für die Beherbergung großer Konzentrationen von Streitkräften vorgesehen war. Es war ein gutes System und hätte funktionieren können. Unglücklicherweise gab es von Anfang an Schwierigkeiten, da Lord Ariakus sich um zwei Tage verspätete.

War das Absicht gewesen, um diese Verwirrung zu schaffen, von der er genau wußte, daß sie eintreten würde? Der Hauptmann wußte es nicht und wagte auch nicht zu fragen, aber er hatte seine eigenen Theorien. Das bedeutete natürlich, daß die Fürsten, die vor Ariakus eintrafen, gezwungen waren, in der Ebene außerhalb des Tempelareals ihr Lager aufzuschlagen, bis der Lord seinen Einzug gehalten hatte. Ärger war unvermeidlich. Die Drakonier, Goblins und menschlichen Söldner wollten die Vergnügungen der Lagerstadt genießen, die hastig auf dem Tempelareal errichtet worden war. Sie waren lange Strecken marschiert und verständlicherweise wütend, daß ihnen dieses Vergnügen versagt wurde.

Viele schlichen nachts über die Mauern, von den Tavernen

angezogen wie Fliegen vom Honig. Raufereien brachen aus, denn die Soldaten eines Fürsten waren nur ihrem Herrscher treu ergeben und keinem anderen. Die Verliese unter dem Tempel waren überfüllt. Der Hauptmann befahl schließlich seinen Männern, die Betrunkenen jeden Morgen in Schubkarren aus der Stadt zu befördern und sie in der Ödnis abzuladen, wo sie von ihren zornigen Kommandanten aufgesammelt wurden.

Streitereien entfachten sich auch bei den Drachen, da jeder Leitdrache versuchte, die Herrschaft über die anderen zu übernehmen. Ein großer Grüner, Cyan Blutgeißel, hatte sogar einen Roten im Kampf um einen Hirsch getötet. Pech für Cyan, denn der Rote war ein Lieblingstier der Dunklen Königin gewesen. Der Grüne war jetzt in einer Höhle unterhalb von Neraka eingesperrt, wo sein Heulen und heftiges Schwanzwedeln Anlaß zu der Befürchtung gab, ein Erdbeben wäre im Anmarsch.

Als der Hauptmann am Morgen des dritten Tages die Nachricht erhielt, daß Ariakus eingetroffen sei, fiel er vor Dankbarkeit fast auf die Knie. Eilig rief er seine Männer zusammen und erteilte Anweisungen für den großen Einzug. Alles verlief glatt, bis einige hundert Drakonier von Toede Ariakus' Soldaten das Tempelareal betreten sahen. Betrunken und nicht mehr unter der Kontrolle ihrer unfähigen Vorgesetzten, versuchten sie auch, einzumarschieren. Über diese Störung aufgebracht, gaben Ariakus' Offiziere ihren Männern den Befehl, zurückzuschlagen. Chaos setzte ein.

Wütend schickte die Dunkle Königin ihre eigenen Soldaten, die mit Peitschen, Stahlketten und Keulen die Ordnung wiederherstellen sollten. Schwarzgewandete Zauberkundige sowie dunkle Kleriker liefen umher. Nach ausgiebigem Auspeitschen, Köpfezusammenschlagen und Zaubersprüchen herrschte schließlich wieder Ordnung. Lord Ariakus und seine Soldaten konnten das Tempelareal angemessen betreten.

Es könnte nachmittags gewesen sein – inzwischen hatte der Hauptmann völlig sein Zeitgefühl verloren (diese verdammten Zitadellen verdeckten das Sonnenlicht) –, als eine der Wachen erschien – man verlangte nach ihm an den Haupttoren.

»Was ist denn los?« knurrte der Hauptmann ungeduldig und fixierte die Wache durchdringend mit seinem gesunden Auge (das andere hatte er in einer Schlacht mit den Elfen in Silvanesti verloren). »Wieder ein Kampf? Schlag ihre Köpfe zusammen und schlepp sie ins Gefängnis. Ich bin es leid...«

»K...kein Kampf, Herr«, stotterte die Wache, ein junger Goblin, der vor seinem menschlichen Hauptmann Angst hatte. »Die Wache am T...tor schickt m...mich. Z...zwei Offiziere mit G...gefangenen wollen eine Z...zutrittserlaubnis.«

Der Hauptmann fluchte zornig. Was kam als nächstes? Er wollte schon den Goblin zurückschicken mit der Anweisung, sie ohne weiteres einzulassen. Das Verlies war bereits mit Sklaven und Gefangenen überfüllt. Auf ein paar mehr kam es auch nicht mehr an. Fürstin Kitiaras Soldaten versammelten sich schon, zum Einmarsch bereit. Er mußte zur Stelle sein, um die offizielle Begrüßung vorzunehmen.

»Was für Gefangene?« fragte er gereizt, während er hastig einige Formalitäten für die Zeremonie erledigte. »Betrunkene Drakonier? Nimm sie einfach...«

»Ich... ich glaube, Ihr solltet mitkommen, H...herr.« Der Goblin schwitzte, und schwitzende Goblins sind äußerst unangenehm. »E...es sind einige M...menschen und ein K...kender.«

Der Hauptmann rümpfte die Nase. »Ich habe doch...« Er hielt inne. »Ein Kender?« fragte er und sah interessiert auf. »Auf keinen Fall ein Zwerg?«

»Soviel ich weiß, nicht, Herr«, antwortete der erbarmungswürdige Goblin. »Aber ich könnte in der Menge einen übersehen haben, Herr.«

»Ich komme mit«, sagte der Hauptmann. Eilig schnallte er sein Schwert um und folgte dem Goblin zum Haupttor.

Hier herrschte für den Moment Frieden. Ariakus' Truppen befanden sich nun alle im Tempelzelt. Kitiaras Soldaten schubsten und stritten bei der Bildung von Reihen für den Einmarsch. Es war fast Zeit für die Zeremonie. Der Hauptmann warf der Gruppe einen eiligen Blick zu.

Zwei Drachenarmeeoffiziere hohen Ranges standen wachsam bei einer Gruppe verdrossen blickender Gefangener. Der Hauptmann musterte die Gefangenen eingehend, sich an Anweisungen erinnernd, die er zwei Tage zuvor erhalten hatte. Er sollte insbesondere auf einen Zwerg, der mit einem Kender reiste, aufpassen. Möglicherweise waren sie mit einem Elfenlord und einer Elfenfrau mit langen silbernen Haaren – in Wirklichkeit ein silberner Drache – zusammen. Es wären die Gefährten der Elfenfrau, die sie als Gefangene hielten, und die Dunkle Königin erwartete, daß einer oder alle versuchen würden, sie zu befreien.

Hier war ein Kender. Aber die Frau hatte rotes, lockiges Haar und kein silbernes, und wenn sie ein Drache sein sollte, würde er seinen Brustpanzer verspeisen. Der alte Mann mit der gebeugten Haltung und dem langen, dünnen Bart war sicherlich ein Mensch, jedenfalls kein Zwerg, geschweige denn ein Elfenlord. Im ganzen konnte er sich nicht vorstellen, warum zwei Offiziere der Drachenarmee sich die Mühe gemacht hatten, diese buntgemischte Gruppe gefangenzunehmen.

»Schlitzt ihnen einfach die Kehlen auf, dann sind wir eine Last los«, sagte der Hauptmann mürrisch. »Wir haben keinen Platz im Gefängnis. Schafft sie weg.«

»Aber was für eine Verschwendung!« sagte einer der Offiziere – ein Riese von Mann mit Armen wie Baumstämme. Er packte das rothaarige Mädchen und zog sie nach vorne. »Ich habe gehört, für so etwas zahlen sie viel Geld auf den Sklavenmärkten.«

»Nun, da hast du recht«, murmelte der Hauptmann. Sein kundiges Auge begutachtete den üppigen Körper des Mädchens, der seiner Meinung nach durch ihr Kettenhemd noch mehr zur Geltung gebracht wurde. »Aber ich weiß nicht, was du mit *diesem* Pack anfangen willst!« Er versetzte dem Kender einen Schlag, der beleidigt aufschrie und sofort von der anderen Drachenarmeewache zum Schweigen gebracht wurde. »Töte sie…«

Der riesige Offizier schien wegen dieser Erörterung verwirrt zu sein und blinzelte irritiert. Bevor er jedoch antworten konnte, trat der andere Offizier, der die ganze Zeit geschwiegen und sich im Hintergrund aufgehalten hatte, nach vorne.

»Der Mensch ist ein Zauberkundiger«, sagte der Offizier. »Und wir glauben, daß der Kender ein Spion ist. Wir haben ihn in der Nähe von Burg Dargaard erwischt.«

»Nun, warum habt ihr das nicht gleich gesagt«, schnappte der Hauptmann, »anstatt meine Zeit zu verschwenden. Dann bringt sie ins Gefängnis«, sprach er eilig, als die Hörner erschallten. Es war Zeit für die Zeremonie, die massiven Eisentore erbebten und begannen aufzuschwingen. »Ich unterschreibe eure Papiere. Gebt sie mir.«

»Wir haben keine...«, begann der große Offizier.

»Was für Papiere?« unterbrach der bärtige Offizier, der in einem Beutel wühlte. »Ausweis...«

»Quatsch!« gab der Hauptmann vor Ungeduld kochend zurück. »Die Erlaubnis von eurem Befehlshaber, Gefangene hereinzubringen.«

»So etwas hat man uns nicht gegeben«, sagte der bärtige Offizier kühl. »Ist das eine neue Anweisung?«

»Nein«, sagte der Hauptmann, der sie jetzt argwöhnisch beäugte. »Wie seid ihr ohne diese Papiere durch die Linien gekommen? Und wie glaubt ihr, wollt ihr zurückkommen? Oder seid ihr dabei, zurückzugehen? Habt ihr gedacht, einen kleinen Ausflug mit dem Geld zu machen, das ihr aus diesem Pack herausholen könnt?«

»Natürlich nicht!« Der große Offizier errötete vor Zorn, seine Augen funkelten. »Unser Befehlshaber hat das wohl vergessen, das ist alles. Er hat eine Menge zu tun, und man kann das wohl einfacher lösen, wenn du verstehst, was ich meine.« Er blickte den Hauptmann drohend an.

Die Tore öffneten sich. Hörner schmetterten. Der Hauptmann seufzte wütend. Genau in diesem Moment sollte er in der Mitte stehen, bereit, die Fürstin Kitiara zu begrüßen. Er winkte die Wachen der Dunklen Königin herbei, die in der Nähe standen.

»Bringt sie nach unten«, sagte er, während er seine Uniform zurechtrückte. »Wir werden ihnen schon noch zeigen, wie wir mit Deserteuren umgehen!«

Als er davoneilte, sah er mit Vergnügen, wie die Wachen der Königin seinen Befehl ausführten, rasch und sicher die zwei Offiziere ergriffen und sie entwaffneten.

Caramon warf Tanis einen beunruhigten Blick zu, als die Drakonier ihn an den Armen festhielten und seinen Schwertgurt lösten. Tikas Augen waren vor Angst weit aufgerissen – das war im Plan nicht vorgesehen gewesen. Berem, dessen Gesicht unter dem falschen Bart fast verschwand, sah aus, als ob er losschreien oder weglaufen oder beides tun würde. Selbst Tolpan schien durch die plötzliche Änderung ihres Plans gelähmt. Seine Augen fuhren wild umher, als ob er eine Fluchtmöglichkeit suchte.

Tanis dachte hektisch nach. Er hatte geglaubt, jede Möglichkeit erwogen zu haben, als er diesen Plan schmiedete, aber offensichtlich hatte er eine Möglichkeit außer Betracht gelassen. Der Gedanke, als Deserteur verhaftet zu werden, war ihm nie gekommen! Wenn die Wachen sie in die Verliese sperren würden, wäre alles vorbei. Sobald sie seinen Helm abnehmen würden, würden sie ihn als Halb-Elfen erkennen. Dann würden sie auch die anderen näher untersuchen... sie würden Berem entdecken...

Er war die Gefahr. Ohne ihn könnten Caramon und die anderen es immer noch schaffen. Ohne ihn...

Wieder schmetterten die Trompeten, und die Menge jubelte wild, als ein riesiger blauer Drache mit einem Drachenfürsten durch die Tempeltore kam. Als Tanis den Drachenfürsten sah, zog sich sein Herz vor Schmerz – und plötzlich vor stürmischer Hochstimmung zusammen. Die Menge drängte, Kitiaras Namen brüllend, nach vorn, und einen Moment waren die Wachen abgelenkt, als sie sich vergewisserten, daß der Drachenfürstin keine Gefahr drohte. Tanis beugte sich so nahe wie möglich zu Tolpan.

»Tolpan!« sagte er schnell, hoffend, daß Tolpan ausreichende Kenntnisse in der Elfensprache hatte, um ihn bei dem Lärm zu verstehen. »Sag Caramon, er soll dieses Spiel weiterspielen. Egal, was ich auch mache, er muß mir vertrauen! Alles hängt davon ab. Egal, was ich mache. Hast du verstanden?«

Tolpan starrte Tanis erstaunt an, dann nickte er zögernd. Es war schon sehr lange her, daß er die Elfensprache verstehen mußte.

Tanis konnte nur hoffen, daß er verstanden worden war. Caramon sprach überhaupt nicht die Elfensprache, und Tanis wagte nicht, die Umgangssprache zu verwenden, auch wenn seine Stimme von dem Lärm der Menge verschluckt wurde. Trotzdem war eine Wache aufmerksam geworden, die ihm schmerzhaft seinen Arm verdrehte und ihm zu schweigen befahl.

Der Lärm erstarb, die Menge wurde zurückgeschoben und drangsaliert. Als die Wachen sahen, daß alles unter Kontrolle war, wandten sie sich wieder den Gefangenen zu, um sie abzuführen.

Plötzlich stolperte Tanis und stürzte. Dabei stellte er seiner Wache ein Bein, die kopfüber in den Staub fiel.

»Hoch mit dir, Abschaum!« Fluchend schlug die andere Wache Tanis mit dem Griff einer Peitsche übers Gesicht. Der Halb-Elf sprang die Wache an, packte die Hand mit dem Peitschengriff, riß und zog mit seiner ganzen Kraft, und die plötzliche Bewegung ließ die Wache zu Boden gehen. Eine halbe Sekunde lang war er frei.

Er rannte nach vorn, sich der Wachen bewußt, sich auch Caramons erstaunten Gesichtes bewußt. Tanis warf sich vor die königliche Gestalt auf dem blauen Drachen.

»Kitiara!« schrie er, gerade als die Wachen nach ihm griffen. »Kitiara!« schrie er aus vollem Halse. Gegen die Wachen kämpfend, schaffte er es, eine Hand loszubekommen. Er riß seinen Helm vom Kopf und schleuderte ihn auf den Boden.

Die Drachenfürstin in der nachtblauen Drachenschuppenrüstung schaute sich um, als sie ihren Namen hörte. Tanis konnte erkennen, wie sich ihre braunen Augen unter der entsetzlichen Drachenmaske vor Verblüffung weiteten. Er sah auch die feurigen Augen des blauen Drachen, die ihn finster anstarrten.

»Kitiara!« schrie Tanis. Er schüttelte die Wachen mit verzweifelter Kraft und schob sich weiter nach vorn. Aber Drakonier in der Menge warfen sich auf ihn, schlugen ihn zu Boden, hielten seine Arme fest. Dennoch kämpfte Tanis weiter, krümmte sich, um in die Augen der Drachenfürstin zu sehen.

»Halt, Skie«, sagte Kitiara, legte dabei ihre behandschuhte Rechte befehlend auf den Hals des Drachen. Skie hielt gehorsam an, seine Klauenfüße glitten leicht über die Pflastersteine der Straße. Aber die Augen des Drachen waren mit Eifersucht und Haß erfüllt, als er auf Tanis starrte.

Tanis hielt den Atem an. Sein Herz schlug pochend. Sein Kopf schmerzte, und Blut tropfte in ein Auge, aber er bemerkte es nicht. Er wartete auf den Schrei, der ihm sagen würde, daß Tolpan nicht verstanden hatte, daß seine Freunde versuchen würden, ihm zur Hilfe zu eilen. Er wartete, daß Kitiara hinter ihn sehen und Caramon, ihren Halbbruder, erkennen würde. Er wagte nicht, sich nach seinen Gefährten umzudrehen. Er konnte nur hoffen, daß Caramon genügend Verstand und Vertrauen zu ihm hatte und außer Sichtweite blieb.

Und jetzt kam der Hauptmann, sein grausames, einäugiges Gesicht vor Wut verzerrt. Er hob seinen gestiefelten Fuß, um gegen Tanis' Kopf zu treten, um diesen aufdringlichen Störenfried ohnmächtig zu schlagen.

»Halt«, sagte eine Stimme.

Der Hauptmann hielt so plötzlich inne, daß er das Gleichgewicht verlor.

»Laßt ihn los.« Dieselbe Stimme.

Widerstrebend ließen die Wachen Tanis los und wichen auf eine herrische Geste der Finsteren Herrin hin zurück.

»Was ist so wichtig, Kommandant, daß du meinen Einzug unterbrichst?« fragte sie kühl, ihre Stimme klang hinter dem Drachenhelm tief und verzerrt.

Tanis stolperte auf die Füße, geschwächt, aber erleichtert,

den Kopf benommen von den Kämpfen mit den Wachen, und trat näher zu Kitiara. Als er näher kam, sah er ein amüsiertes Aufflackern in ihren braunen Augen. Sie genoß es, ein neues Spiel mit einem alten Spielzeug. Tanis räusperte sich und sprach kühn.

»Diese Idioten haben mich wegen Desertion verhaftet«, erklärte er, »alles nur, weil dieser schwachsinnige Bakaris vergessen hat, mir die notwendigen Papiere zu geben.«

»Ich werde dafür sorgen, daß derjenige dafür bestraft wird, daß er dir Schwierigkeiten gemacht hat, guter Tanthalasa«, erwiderte Kitiara. Tanis konnte aus ihrer Stimme das Lachen heraushören. »Wie kannst du es wagen?« fügte sie hinzu, zum Hauptmann gewandt, den sie finster anblickte. Er krümmte sich, als das behelmte Antlitz sich ihm zuwandte.

»Ich... ich habe nur An...anweisungen befolgt, meine Fürstin«, stotterte er, sich wie ein Goblin schüttelnd.

»Verschwinde, oder ich verfüttere dich an meinen Drachen«, befahl Kitiara gebieterisch mit einer Handbewegung. Dann streckte sie mit der gleichen anmutigen Geste ihre behandschuhte Hand nach Tanis aus. »Kann ich dir einen Ritt anbieten, Kommandant? Als Wiedergutmachung natürlich.«

»Danke, Fürstin«, sagte Tanis.

Tanis warf dem Hauptmann einen finsteren Blick zu, dann nahm er Kitiaras Hand und schwang sich zu ihr auf den Rücken des blauen Drachen. Seine Augen durchsuchten schnell die Menge, während Kitiara Skie befahl, weiterzugehen. Einen Moment lang konnte er nichts erkennen, dann seufzte er erleichtert auf, als er sah, daß Caramon und die anderen von den Wachen weggeführt wurden. Als sie vorbeikamen, sah der große Mann zu ihm mit einem verletzten und verwirrten Gesichtsausdruck hoch. Aber er ging weiter. Entweder hatte Tolpan ihm schon die Botschaft übermittelt, oder der Mann war selbst vernünftig genug, um das Spiel weiterzuspielen. Oder vielleicht vertraute Caramon ihm sowieso. Tanis wußte es nicht. Seine Freunde waren jetzt in Sicherheit – zumindest sicherer, als wenn sie mit ihm zusammen gewesen wären.

Es könnte das letzte Mal sein, daß ich sie sehe, fiel ihm plötzlich schmerzhaft ein. Dann schüttelte er den Kopf. Er durfte so etwas nicht denken. Er drehte sich um und bemerkte, daß Kitiaras braune Augen ihn mit einer merkwürdigen Mischung von List und unverhüllter Bewunderung musterten.

Tolpan stand auf Zehenspitzen, um zu sehen, was aus Tanis wurde. Er hörte Schreie, dann war es einen Moment lang ruhig. Dann sah er den Halb-Elfen auf den Drachen klettern und sich neben Kitiara setzen. Die Prozession wurde fortgesetzt. Der Kender hatte den Eindruck, daß Tanis in seine Richtung sah, aber wenn das stimmte, dann ohne ihn zu erkennen. Die Wachen stießen die verbliebenen Gefangenen durch die schubsende Menge, und Tolpan verlor seinen Freund aus den Augen.

Eine Wache stieß Caramon mit einem Kurzschwert in die Rippen.

»Dein Kumpel wird also von der Fürstin mitgenommen, während du im Gefängnis verrotten darfst«, sagte der Drakonier kichernd.

»Er wird mich nicht vergessen«, murmelte Caramon.

Der Drakonier grinste und stieß seinen Partner an, der Tolpan zu sich zog, eine Klauenhand klammerte sich an den Kragen des Kenders. »Sicher wird er zu dir zurückkommen – wenn er es schafft, aus ihrem Bett herauszukommen!«

Caramon errötete. Tolpan warf dem Krieger einen beunruhigten Blick zu. Der Kender hatte noch keine Gelegenheit gehabt, Caramon Tanis' letzte Botschaft mitzuteilen, und er befürchtete, daß der Krieger alles ruinieren könnte, obwohl sich Tolpan nicht sicher war, was man eigentlich noch ruinieren konnte. Trotzdem...

Aber Caramon schüttelte in verletzter Würde den Kopf. »Vor Abendanbruch bin ich draußen«, knurrte er. »Wir haben soviel zusammen erlebt. Er läßt mich nicht im Stich.«

Tolpan, der einen nachdenklichen Ton in Caramons Stimme hörte, zappelte vor Ungeduld und Verlangen, in Caramons Nähe zu kommen, um ihm alles zu erklären. Aber in diesem

Moment schrie Tika vor Wut auf. Tolpan drehte den Kopf und sah, daß eine Wache an ihrer Bluse riß; an ihrem Hals waren bereits blutige Wunden von seinen Klauenhänden. Caramon schrie, aber zu spät. Tika schlug in bester Wirtshaustradition mit dem Handrücken in das Reptiliengesicht.

Wütend schleuderte der Drakonier Tika auf die Straße und hob seine Peitsche. Tolpan hörte Caramon den Atem anhalten, und der Kender krümmte sich, bereitete sich auf das Ende vor.

»He! Verunstalte sie nicht!« brüllte Caramon. »Falls du dafür nicht verantwortlich gemacht werden willst. Fürstin Kitiara hat uns für sie sechs Silbermünzen versprochen, und wir werden sie bestimmt nicht bekommen, wenn sie so zugerichtet wird!«

Der Drakonier zögerte. Caramon war ein Gefangener, das stimmte. Aber die Wachen hatten alle gesehen, wie sein Freund von der Finsteren Herrin herzlich willkommen geheißen wurde. Sollten sie es wagen, einen weiteren Mann zu beleidigen, der vielleicht hoch in ihrer Gunst stand? Offenbar konnten sie es nicht. Sie zogen Tika grob auf die Füße und schoben sie weiter.

Tolpan atmete erleichtert auf, dann warf er einen besorgten Blick auf Berem, der die ganze Zeit sehr ruhig gewesen war. Er hatte recht. Berem hätte sich in einer anderen Welt befinden können. Seine Augen waren weit aufgerissen und zu einem seltsamen Blick erstarrt. Sein Mund war halb offen, er wirkte fast wie ein Schwachsinniger. Zumindest sah er nicht wie jemand aus, der Ärger erregen würde. Caramon spielte scheinbar seine Rolle weiter, und mit Tika war alles in Ordnung. Im Moment brauchte ihn also keiner. Vor Erleichterung aufseufzend begann sich Tolpan interessiert im Tempelareal umzusehen, zumindest soweit es mit dem Drakonier, der an seinem Kragen hing, möglich war.

Er bereute es. Neraka war genauso, wie es aussah – ein kleines, uraltes, verarmtes Dorf, für jene gebaut, die den Tempel bewohnten, jetzt von den Zelten überrannt, die wie Pilze aus dem Boden geschossen waren.

Am anderen Ende des Anwesens ragte der Tempel wie ein

Raubvogel über die Stadt – das verzerrte, verunstaltete, abscheuliche Bauwerk schien sogar die Berge am Horizont zu beherrschen. Sobald man seinen Fuß auf diesen Platz setzte, gingen die Augen zunächst zum Tempel. Danach war es egal, wohin man sah oder womit man beschäftigt war, denn der Tempel war überall, selbst in der Nacht, selbst in den Träumen.

Tolpan sah nur einmal hin, dann blickte er eilig weg, eine eisige Übelkeit stieg in ihm hoch. Aber der Anblick vor ihm war fast noch schlimmer. Die Zeltstadt war mit Soldaten überfüllt. Drakonier und menschliche Söldner, Goblins und Hobgoblins drängten sich in den eiligst gebauten Bars und Bordellen bis auf die schmutzigen Straßen. Sklaven aller Rassen waren hierher gebracht worden, um ihren Herren zu dienen und für ihre ruchlosen Vergnügungen zu sorgen. Gossenzwerge schwärmten wie Ratten umher, sich von Abfällen ernährend. Der Gestank war überwältigend, der Anblick mutete wie eine Szene aus der Hölle an. Trotz Mittagszeit war der Platz dunkel und kühl wie in der Nacht. Als Tolpan hochspähte, sah er die riesigen Fliegenden Zitadellen, die in entsetzlicher Erhabenheit über dem Tempel schwebten, Drachen umkreisten sie in unermüdlicher Wachsamkeit.

Als sie anfangs durch die bevölkerten Straßen gingen, hatte Tolpan auf eine Gelegenheit gehofft zu entkommen. Er war ein Experte darin, mit der Menge zu verschmelzen. Er bemerkte, daß sich auch Caramon umsah; der Krieger schien das gleiche zu denken. Aber nachdem sie nur wenige Blöcke weit gegangen waren, nachdem er die wachsamen Zitadellen gesehen hatte, erkannte Tolpan die Hoffnungslosigkeit eines Fluchtunterfangens. Offenbar war Caramon zu dem gleichen Schluß gelangt, denn die Schultern des Kriegers sackten zusammen.

Entsetzt und verängstigt dachte Tolpan plötzlich an Laurana, die hier gefangengehalten wurde. Die lebhafte und fröhliche Stimmung des Kenders schien schließlich durch die Schwere der Dunkelheit und des Unheils um ihn herum zerschmettert zu werden, eine Dunkelheit und ein Unheil, die er selbst in seinen schlimmsten Träumen nie für möglich gehalten hatte.

Die Wachen drängten sie weiter, schoben und stießen ihren Weg frei durch betrunkene und raufende Soldaten, durch verstopfte und enge Gassen. Tolpan wußte nicht, wie er Tanis' Botschaft an Caramon weitergeben sollte. Dann waren sie gezwungen, anzuhalten, als ein Kontingent der Truppen der Dunklen Königin durch die Straßen marschierte. Jene, die nicht die Straße räumten, wurden von drakonischen Offizieren einfach zur Seite geschleudert oder niedergetrampelt. Die Wachen der Gefährten drückten sie eilig gegen eine zerbröckelnde Mauer und befahlen ihnen, sich nicht zu bewegen, bis die Soldaten passiert wären.

Tolpan fand sich zwischen Caramon und einem Drakonier eingequetscht wieder. Die Wache hatte ihren Griff um Tolpans Hand gelockert, offensichtlich dachte sie, daß nicht einmal ein Kender so dumm wäre, um in diesem Mob einen Fluchtversuch zu wagen. Obwohl Tolpan die schwarzen Reptilienaugen auf sich ruhen spürte, konnte er sich dicht genug zu Caramon winden, um mit ihm zu reden. Er hoffte, daß man sie nicht belauschte, und erwartete es auch nicht bei all dem Köpfeeinschlagen und Stiefelgestampfe.

»Caramon!« flüsterte Tolpan. »Ich habe eine Botschaft. Kannst du mich hören?«

Caramon bewegte sich nicht, sondern blickte starr nach vorn, sein Gesicht war unbewegt. Aber Tolpan sah ein Augenlid zukken.

»Tanis hat gesagt, du sollst ihm vertrauen!« fuhr Tolpan flüsternd fort. »Egal, was passiert. Und... und... du sollst weiterspielen... Ich glaube, das hat er gesagt.«

Tolpan sah Caramon die Stirn runzeln.

»Er hat in der Elfensprache geredet«, fügte Tolpan verstimmt hinzu. »Und es war schwer zu verstehen.«

Caramons Gesichtsausdruck veränderte sich nicht.

Tolpan schluckte. Er schlängelte sich etwas näher, sich gegen die Mauer direkt hinter dem breiten Rücken des Kriegers drükkend. »Dieser... Drachenfürst«, fragte der Kender zögernd. »Das... war Kitiara, nicht wahr?«

Caramon antwortete nicht. Aber Tolpan sah, daß sich die Kiefermuskeln des Mannes verkrampften, sah, daß ein Nerv an Caramons Hals zuckte.

Tolpan seufzte. Er vergaß, wo er war und hob seine Stimme. »du *vertraust* ihm doch, oder nicht, Caramon? Weil…«

Ohne Warnung drehte sich Tolpans drakonische Wache um und schlug dem Kender über den Mund, daß er gegen die Mauer geschleudert wurde. Benommen vor Schmerz sank Tolpan zu Boden. Ein dunkler Schatten beugte sich über ihn. Er konnte nicht erkennen, wer es war, und machte sich auf einen weiteren Schlag gefaßt. Dann spürte er starke, sanfte Arme, die ihn an seiner Wollweste hochhoben.

»Ich habe euch gesagt, sie nicht zu verunstalten«, knurrte Caramon.

»Pah! Ein Kender!« Der Drakonier spuckte.

Die Soldaten waren fast alle vorbeimarschiert. Caramon setzte Tolpan ab. Der Kender versuchte zu stehen, aber aus unerfindlichen Gründen glitt der Boden unter seinen Füßen weg.

»Es… tut mir leid«, hörte er sich murmeln. »Beine sind manchmal lustig…« Schließlich fühlte er sich in die Luft gehoben, und unter Protestgeschrei flog er wie ein Mehlsack über Caramons breite Schulter.

»Er hat einige Informationen«, sagte Caramon mit seiner tiefen Stimme. »Ich hoffe, ihr habt sein Gehirn nicht durcheinandergebracht, daß er sie verloren hat. Die Finstere Herrin wird darüber nicht erfreut sein.«

»Was für ein Gehirn?« gab der Drakonier verächtlich zurück, aber Tolpan konnte von seiner Position auf Caramons Rücken sehen, daß die Kreatur ein wenig erschüttert wirkte.

Sie setzten ihren Weg fort. Tolpans Kopf schmerzte entsetzlich, seine Wange brannte. Er fühlte mit seiner Hand. Blut klebte dort, wo die Klaue des Drakoniers sich in seine Haut gegraben hatte. Hunderte von Bienen schienen in seinem Gehirn zu summen. Die Welt schien langsam um ihn zu kreisen, ihm wurde übel, und auf Caramons gepanzertem Rücken durchgerüttelt zu werden, machte die Sache nicht besser.

»Wie weit ist es noch?« Er konnte Caramons Stimme in seiner Brust vibrieren hören. »Dieser kleine Bastard ist schwer.«

Als Antwort streckte der Drakonier seine lange, knochige Klaue aus.

Mit großer Mühe gelang es Tolpan trotz Schmerz und Schwindel, den Kopf zu drehen. Er schaffte nur einen kurzen Blick, aber der reichte aus. Je näher sie dem Gebäude kamen, um so größer wurde es, bis es nicht nur die Augen, sondern auch die Gedanken ausfüllte.

Tolpan sank zurück. Er sah nur noch verschwommen und fragte sich benommen, warum es auf einmal so neblig wurde. Das letzte, woran er sich erinnerte, waren die Worte: »Zu den Verliesen... unter dem Tempel Ihrer Majestät, Takisis, Königin der Finsternis.«

Tanis verhandelt
Gakhan untersucht

Wein?«

»Nein.«

Kitiara zuckte mit den Schultern. Sie nahm den Krug aus der Eisschale und goß sich ein Glas ein. Dabei beobachtete sie müßig, wie die blutrote Flüssigkeit aus der Kristallkaraffe in das Glas lief. Dann stellte sie die Karaffe sorgfältig in das Eis zurück, setzte sich Tanis gegenüber und musterte ihn kühl.

Sie hatte nur den Drachenhelm abgenommen, die Rüstung trug sie noch – die nachtblaue Rüstung mit Goldverzierungen, die an ihrem geschmeidigen Körper wie eine Schuppenhaut saß. Das Licht der vielen Kerzen im Zimmer glänzte auf der polierten Oberfläche. Ihr dunkles, schweißnasses Haar lockte sich um ihr Gesicht. Ihre braunen Augen, von langen, dunklen Wimpern beschattet, funkelten hell wie Feuer.

»Warum bist du hier, Tanis?« fragte sie leise, während sie mit ihrem Finger über den Rand des Glases fuhr und ihn gleichzeitig musterte.

»Du weißt den Grund«, antwortete er kurzangebunden.

»Natürlich Laurana«, sagte Kitiara.

Tanis zuckte die Achseln. Er behielt sorgsam einen maskenhaften Gesichtsausdruck bei, fürchtete dennoch, daß diese Frau, die ihn manchmal besser kannte als er sich, jeden Gedanken lesen konnte.

»Bist du allein gekommen?« fragte Kitiara und nippte an ihrem Glas.

»Ja«, antwortete Tanis und erwiderte ohne zu zögern ihren Blick.

Kitiara hob im offensichtlichen Zweifel eine Augenbraue.

»Flint ist tot«, fügte er mit gebrochener Stimme hinzu. Selbst in seiner Angst konnte er nicht ohne Schmerz an seinen Freund denken. »Und Tolpan wandert irgendwo herum. Ich konnte ihn nicht finden. Ich... ich wollte ihn sowieso nicht mitbringen.«

»Das verstehe ich«, sagte Kit sarkastisch. »Flint ist also tot.«

»Wie Sturm«, fügte Tanis mit zusammengebissenen Zähnen hinzu.

Kit sah ihn scharf an. »So ist eben der Krieg, mein Lieber«, sagte sie. »Wir waren beide Soldaten. Er versteht es. Sein Geist hegt nichts Böses gegen mich.«

Tanis würgte wütend, schluckte seine Worte hinunter. Was sie sagte, traf zu. Sturm *würde* es verstehen.

Kitiara betrachtete schweigend einige Zeit Tanis' Gesicht. Dann setzte sie ihr Glas ab.

»Was ist mit meinen Brüdern?« fragte sie. »Wo...«

»Warum bringst du mich nicht zum Verhör in deine Verliese?« knurrte Tanis. Er erhob sich aus dem Stuhl und begann in dem luxuriös eingerichteten Zimmer auf und ab zu schreiten.

Kitiara lächelte, es war ein nach innen gerichtetes, nachdenkliches Lächeln. »Ja«, sagte sie. »Ich könnte dich hier verhören. Und du würdest reden, lieber Tanis. Du würdest mir alles erzählen, was ich hören will, und dann würdest du betteln, noch mehr erzählen zu dürfen. Unsere Folterknechte sind nicht nur Spezialisten in der Kunst der Folter, sie sind auch ihrem Beruf leidenschaftlich zugetan.« Kitiara stand langsam auf und ging zu Tanis. In einer Hand hielt sie ihr Weinglas, ihre andere legte sie auf seine Brust und fuhr mit der Handfläche zu seiner Schulter. »Aber dies ist kein Verhör. Sagen wir lieber, eine Schwester sorgt sich um ihre Familie. Wo sind meine Brüder?«

»Ich weiß es nicht«, antwortete Tanis. Er packte ihre Hand beim Gelenk. »Sie sind beide im Blutmeer verschwunden...«

»Mit dem Hüter des grünen Juwels?«

»Mit dem Hüter des grünen Juwels.«

»Und wie hast du überlebt?«

»Meer-Elfen haben mich gerettet.«

»Dann hätten sie die anderen auch retten können?«

»Vielleicht. Vielleicht auch nicht. Ich bin trotz allem ein Elf. Die anderen waren menschlich.«

Kitiara starrte Tanis lange an. Er hielt immer noch ihr Handgelenk fest. Unter ihrem durchdringenden Blick schlossen sich seine Finger unbewußt fester um das Gelenk.

»Du tust mir weh...«, flüsterte Kit. »Warum bist du gekommen, Tanis? Um Laurana zu befreien... allein? Selbst du wärst nicht *so* töricht...«

»Nein«, unterbrach Tanis sie, während sein Griff um Kitiaras Arm fester wurde. »Ich bin hier, um einen Handel abzuschließen. Nimm mich. Laß sie laufen.«

Kitiara riß die Augen auf. Dann warf sie plötzlich ihren Kopf zurück und lachte. Mit einer schnellen Bewegung riß sie sich aus Tanis' Griff los und ging zu dem Tisch, um ihr Weinglas aufzufüllen.

Sie grinste ihn über ihre Schulter an. »Nun, Tanis«, sagte sie und lachte wieder, »was bedeutest du mir, daß ich auf diesen Handel eingehen sollte?«

Tanis spürte, wie er rot wurde. Immer noch grinsend fuhr Kitiara fort.

»Ich habe ihren Goldenen General gefangengenommen, Tanis. Ich habe ihnen ihren Glücksbringer weggenommen, ihre wunderschöne Elfenkriegerin. Sie war kein schlechter General, was das betrifft. Sie hat ihnen die Drachenlanzen gebracht und ihnen gezeigt, wie man mit ihnen kämpft. Ihr Bruder brachte die guten Drachen zurück, aber alle haben ihr das zugeschrieben. Sie vereinigte die Ritter wieder, als sie schon längst zersplittert und verfeindet waren. Und du willst, daß ich sie eintausche gegen...«, Kitiara zeigte verächtlich auf ihn, »einen Halb-Elfen, der in Begleitung von Kendern, Barbaren und Zwergen durch die Landschaft zieht!«

Kitiara lachte wieder, sie lachte so heftig, daß sie sich hinsetzen und die Tränen aus den Augen wischen mußte. »Wirklich, Tanis, du hast eine hohe Meinung von dir. Warum, glaubst du, sollte ich dich zurücknehmen? Aus Liebe?«

In Kits Stimme war eine winzige Veränderung wahrnehmbar, ihr Lachen wirkte gezwungen. Sie runzelte plötzlich die Stirn und drehte das Weinglas in ihrer Hand.

Tanis antwortete nicht. Er konnte nur vor ihr stehen, seine Haut brannte wie Feuer von ihrem Hohn. Kitiara starrte ihn an, dann senkte sie ihren Blick.

»Nehmen wir an, ich lasse mich darauf ein«, fragte sie mit kalter Stimme, ihre Augen waren auf das Glas in ihrer Hand gerichtet. »Was könntest du mir als Ersatz bieten?«

Tanis holte tief Luft. »Der Kommandant deiner Soldaten ist tot«, sagte er. Er versuchte, gleichgültig zu klingen. »Das weiß ich. Tolpan sagte mir, daß er ihn getötet hätte. Ich würde seinen Platz einnehmen.«

»Du würdest... in der Drachenarmee dienen?« Kits Augen weiteten sich vor echtem Erstaunen.

»Ja.« Tanis biß die Zähne zusammen. Seine Stimme klang bitter. »Wir haben sowieso verloren. Ich habe eure Fliegenden Zitadellen gesehen. Wir können nicht gewinnen, auch wenn die guten Drachen bleiben. Und sie werden es nicht – die Leute werden sie zurückschicken. Die Leute haben ihnen sowieso nie getraut, nicht wirklich. Mich interessiert nur eins – laß Laurana frei, unversehrt.«

»Ich glaube wirklich, daß du das tun würdest«, sagte Kitiara leise, immer noch staunend. Lange Zeit musterte sie ihn. »Ich muß es mir überlegen...«

Dann, als ob sie im Streit mit sich läge, schüttelte sie den Kopf. Sie setzte das Glas an ihre Lippen, trank, setzte das Glas wieder ab und erhob sich.

»Ich muß es mir überlegen«, wiederholte sie. »Aber jetzt muß ich dich verlassen, Tanis. Heute abend ist eine Versammlung der Drachenfürsten. Sie sind aus allen Teilen Ansalons gekommen. Du hast natürlich recht. Ihr *habt* den Krieg verloren. Heute abend werden wir Pläne für die endgültige Vernichtung schmieden. Du wirst mich begleiten. Ich werde dich Ihrer Majestät vorstellen.«

»Und Laurana?« fragte Tanis hartnäckig.

»Ich sagte bereits, daß ich es mir überlegen muß!« Eine dunkle Linie verunstaltete die glatte Haut zwischen Kitiaras Augenbrauen. Ihre Stimme klang scharf. »Man wird dir eine Zeremonienrüstung bringen. Sei in einer Stunde umgezogen und bereit.« Sie wollte gehen, dann drehte sie sich noch einmal zu Tanis um. »Meine Entscheidung kann davon abhängen, wie du dich heute abend verhältst«, sagte sie leise. »Vergiß nicht, Halb-Elf, von jetzt an dienst du *mir!*«

Die braunen Augen glitzerten klar und kalt, als sie Tanis in ihrem Bann hielten. Langsam spürte er, wie der Wille dieser Frau ihn niederdrückte, bis er eine starke Hand war, die ihn auf den polierten Marmorboden zwang. Die Stärke der Drachenarmee stand hinter ihr, der Schatten der Dunklen Königin schwebte um sie, durchdrang sie mit einer Macht, die Tanis schon vorher aufgefallen war.

Plötzlich spürte Tanis eine große Distanz zwischen ihnen. Sie war im wahrsten Sinne des Wortes menschlich. Denn nur die Menschen waren von der Lust nach Macht erfüllt, die so stark war, daß die rohe Leidenschaft ihres Wesens leicht korrumpiert werden konnte. Das kurze Leben der Menschen war wie eine Flamme, die in einem reinen Licht brennen konnte wie Goldmonds Kerze, wie Sturms zerschmetterte Sonne. Oder die Flamme konnte zerstören, ein sengendes Feuer, das alles auf seinem Weg verzehrte. Er hatte sein kaltes, schwerfälliges Elfenblut an diesem Feuer gewärmt, er hatte die Flamme in seinem Herzen gepflegt. Jetzt sah er sich, wie er werden würde – so, wie er die Körper jener gesehen hatte, die in den Flammen von Tarsis gestorben waren –, eine Masse verkohlten Fleisches, das Herz schwarz und still.

Es war seine Schuld, der Preis, den er zahlen mußte. Er würde seine Seele auf den Altar dieser Frau legen, so wie ein anderer eine Handvoll Silber auf ein Kissen legt. Das schuldete er Laurana. Sie hatte genug wegen ihm gelitten. Sein Tod würde sie nicht befreien, aber vielleicht sein Leben.

Langsam legte Tanis seine Hand an sein Herz und verbeugte sich.

»Meine Fürstin«, sagte er.

Kitiara ging in ihr Privatgemach, sie befand sich in Unruhe. Sie fühlte ihr Blut durch die Venen pulsieren. Aufregung, Begierde, das glorreiche Hochgefühl des Sieges machten sie trunkener als der Wein. Dennoch hatte sie unterschwellig einen nagenden Zweifel, der um so irritierender war, da er das Hochgefühl flach und schal werden ließ. Wütend versuchte sie, ihn aus ihren Gedanken zu verbannen, aber er war da, als sie die Tür zu ihrem Zimmer öffnete.

Die Diener hatten sie nicht so früh erwartet. Die Fackeln waren noch nicht angezündet; das Feuer war vorbereitet, brannte aber noch nicht. Wütend griff sie nach der Glockenschnur. Das würde sie zum Rennen bringen! Aber da schloß sich plötzlich eine kalte und fleischlose Hand um ihr Handgelenk.

Diese Berührung vermittelte ihr ein brennendes Kältegefühl, das durch ihre Knochen und ihr Blut lief, bis es fast ihr Herz gefror. Kitiara keuchte vor Schmerz, wollte sich losreißen, aber die Hand hielt sie fest.

»Du hast doch unseren Handel nicht vergessen?«

»Nein, natürlich nicht!« antwortete Kitiara. Sie versuchte, die Angst aus ihrer Stimme herauszuhalten, und befahl streng: »Laß mich los!«

Die Hand lockerte langsam ihren Griff. Kitiara riß eilig ihren Arm weg und rieb die Haut, die selbst in dieser kurzen Zeit bläulich angelaufen war. »Die Elfenfrau wird dir gehören, natürlich erst, wenn die Königin mit ihr fertig ist.«

»Natürlich. Anders will ich sie auch nicht. Mit einer lebenden Frau kann ich nichts anfangen – nicht so, wie du etwas mit einem lebenden Mann anfangen kannst...« Die Stimme der dunklen Gestalt klang unangenehm bei diesen Worten.

Kitiara warf dem bleichen Gesicht einen verächtlichen Blick zu; seine flackernden Augen schwebten körperlos über der schwarzen Rüstung des Ritters.

»Sei kein Narr, Soth«, sagte sie, während sie hastig am Glockenseil zog. Sie empfand ein Bedürfnis nach Licht. »Ich bin in der Lage, die Vergnügungen des Fleisches von den Vergnügungen des Geschäfts zu trennen – etwas, wozu du nicht in der Lage warst, nach allem, was ich hier über dein Leben weiß.«

»Was für Pläne hast du denn mit dem Halb-Elfen?« fragte Fürst Soth, seine Stimme schien wie gewöhnlich von tief unten zu kommen.

»Er wird mir gehören, ganz und gar«, sagte Kitiara, während sie vorsichtig ihr schmerzendes Handgelenk rieb.

Diener eilten mit zögernden Seitenblicken auf die Finstere Herrin herbei, ihre berüchtigten Zornesausbrüche fürchtend. Aber Kitiara, die mit ihren Gedanken beschäftigt war, ignorierte sie. Fürst Soth verschmolz mit den Schatten, wie immer, wenn die Kerzen angezündet waren.

»Der einzige Weg, den Halb-Elfen zu besitzen, ist, ihn zusehen zu lassen, wie ich Laurana zerstöre«, fuhr Kitiara fort.

»Das ist kaum der Weg, um seine Liebe zu gewinnen«, gab Fürst Soth verächtlich zurück.

»Seine Liebe will ich nicht.« Kitiara, die ihre Handschuhe auszog und ihre Rüstung aufschnallte, lachte kurz auf. »Ich will ihn! Solange sie lebt, werden seine Gedanken bei ihr und bei seiner noblen Opferbereitschaft sein. Nein, der einzige Weg, daß er völlig mir gehört, ist der, ihn unter den Absätzen meiner Stiefel zu zermalmen, bis er nichts weiter als eine formlose Masse ist. Dann wird er mir von Nutzen sein.«

»Nicht lange«, bemerkte Fürst Soth sarkastisch. »Der Tod wird ihn befreien.«

Kitiara zuckte die Achseln. Die Diener hatten ihre Aufgaben ausgeführt und verschwanden schnell. Die Finstere Herrin stand schweigend und nachdenklich im Licht, noch halb in ihrer Rüstung, den Drachenhelm in der Hand.

»Er hat mich angelogen«, sagte sie nach einem Moment. Dann schleuderte sie den Helm auf den Tisch, wo er eine Porzellanvase zerschlug, und begann auf und ab zu laufen. »Er hat mich angelogen. Meine Brüder sind *nicht* im Blutmeer gestorben – zumindest einer von ihnen lebt, das weiß ich. Und auch er – Berem!« Gebieterisch riß Kitiara die Tür auf. »Gakhan!« schrie sie.

Ein Drakonier eilte in das Zimmer.

»Neuigkeiten? Habt ihr den Hauptmann schon gefunden?«

»Nein, Fürstin«, erwiderte der Drakonier. Es war der gleiche, der damals Tanis von dem Wirtshaus in Treibgut gefolgt war, der gleiche, der geholfen hatte, Laurana eine Falle zu stellen. »Er hat dienstfrei, Fürstin«, fügte die Kreatur hinzu, als ob dies alles erklären würde.

Kitiara verstand. »Durchsuch jedes Bierzelt und jedes Bordell, bis du ihn gefunden hast. Dann bringst du ihn hierher. Wenn es sein muß, auch in Ketten. Ich werde ihn verhören, wenn ich von der Versammlung der Fürsten zurück bin. Nein, warte...« Kitiara hielt inne, dann fügte sie hinzu. »*Du* wirst ihn verhören. Finde heraus, ob der Halb-Elf wirklich allein war, wie er sagt, oder ob andere bei ihm waren. Wenn das so ist...«

Der Drakonier verneigte sich. »Ihr werdet unverzüglich informiert werden, Fürstin.«

Kitiara entließ ihn mit einer Handbewegung. Der Drakonier verbeugte sich wieder, verließ das Zimmer und schloß die Tür hinter sich. Einen Moment lang stand sie nachdenklich da, dann fuhr sie sich wütend mit einer Hand durch ihr lockiges Haar und riß die Gurte ihrer Rüstung auf.

»Du wirst mich heute abend begleiten«, sagte sie zu Fürst Soth, ohne auf die Erscheinung des toten Ritters zu sehen, der, wie sie annahm, immer noch hinter ihr stand. »Sei aufmerksam. Lord Ariakus wird über meine Absichten nicht erfreut sein.«

Sie warf den letzten Teil der Rüstung auf den Boden und zog ihre Ledertunika und die blaue Seidenhose aus. Sich in ihrer Nacktheit streckend und reckend, blickte sie über ihre Schulter, um Fürst Soths Reaktion auf ihre Worte zu sehen. Er war nicht da. Erstaunt blickte sie sich schnell im Zimmer um.

Der geisterhafte Ritter stand vor dem Drachenhelm, der auf dem Tisch neben der zerbrochenen Vase lag. Mit einer Bewegung seiner fleischlosen Hand ließ er die Scherben in der Luft vor sich schweben. Dort hielt er sie mit seiner Magie und wandte sich wieder Kitiara zu und musterte sie mit seinen flammenden orangenen Augen, als sie nackt vor ihm stand.

»Du bist trotz allem eine Frau, Kitiara«, sagte Fürst Soth langsam. »Du liebst...«

Der Ritter bewegte sich nicht und sprach auch nicht, aber die Scherben fielen auf den Boden. Mit seinem durchsichtigen Stiefel trat er auf sie, hinterließ aber keine Spuren.

»Und du bist verletzt«, sagte er leise zu Kitiara, als er näher zu ihr trat. »Mach dir nichts vor, Finstere Herrin. Zerquetsch ihn, so oft du willst, aber der Halb-Elf wird immer dein Herr sein – selbst im Tod.«

Fürst Soth verschmolz mit den Schatten im Zimmer. Kitiara stand lange Zeit da und starrte in das lodernde Kaminfeuer, als würde sie versuchen, ihr Schicksal in den Flammen zu lesen.

Gakhan lief eilig durch den Korridor im Palast der Königin, seine Klauenfüße klapperten über den Marmorboden. Die Gedanken des Drakoniers hielten mit seinem Gang Schritt. Es war ihm plötzlich eingefallen, wo der Hauptmann zu finden sein könnte. Als er zwei Drakonier aus Kitiaras Kommando am

Ende des Korridors herumlungern sah, gab er ihnen Zeichen, ihm zu folgen. Sie gehorchten sofort. Obwohl Gakhan in der Drachenarmee keinen Rang bekleidete – nicht mehr –, war er offiziell als der militärische Berater der Finsteren Herrin bekannt. Inoffiziell war er als ihr persönlicher Mörder bekannt.

Gakhan stand seit langer Zeit in Kitiaras Diensten. Als die Königin der Finsternis und ihre Häscher Nachricht von der Entdeckung des blauen Kristallstabs erhielten, gab es nur wenige Drachenfürsten, die seinem Verschwinden eine Bedeutung beimaßen. Intensiv mit dem Krieg beschäftigt, der allmählich das Leben in den nördlichen Ländern Ansalons auslöschte, verdiente so etwas Triviales wie ein Stab mit Heilkräften nicht ihre Aufmerksamkeit. Es würde schon eine Menge Heilkunst vonnöten sein, um die Welt zu heilen, hatte Ariakus lachend im Kriegsrat bemerkt.

Aber zwei Fürsten hatten das Verschwinden des Stabs ernst genommen: Einer herrschte in jenem Teil Ansalons, wo der Stab entdeckt worden war, der andere war in diesem Gebiet geboren und aufgewachsen. Einer war ein dunkler Kleriker, der andere eine erfahrene Schwertkämpferin. Beide erkannten, wie gefährlich sich ein Beweis für die Rückkehr der alten Götter auf ihre Sache auswirken könnte.

Der eine, Lord Verminaard, schickte Schwärme von Drakoniern, Goblins und Hobgoblins nach dem blauen Kristallstab aus. Kitiara schickte Gakhan.

Es war Gakhan, der Flußwind und den blauen Kristallstab bis zum Dorf Que-Shu verfolgt hatte, und es war Gakhan, der den Überfall auf das Dorf anordnete, bei dem die meisten seiner Bewohner systematisch umgebracht wurden.

Aber plötzlich verließ er Que-Shu, da er Berichte erhalten hatte, daß der Stab in Solace gesichtet worden war. Der Drakonier reiste zu der Stadt, nur um herauszufinden, daß er einige Wochen zu spät gekommen war. Aber hier erfuhr er von Einheimischen, die er ›befragt‹ hatte, daß sich die Barbaren, die den Stab hatten, einer angeblich aus Solace stammenden Gruppe von Abenteurern angeschlossen hatten.

Gakhan mußte an diesem Punkt eine Entscheidung treffen. Er konnte versuchen, ihre Spur zu finden, die zweifellos im Laufe der Wochen kalt geworden war, oder er konnte zu Kitiara mit Beschreibungen dieser Abenteurer zurückkehren, um herauszufinden, ob sie ihr bekannt waren. Wenn das so wäre, konnte sie ihn mit Informationen versorgen, die die Suche vereinfachen würden.

Er entschied, zu Kitiara zurückzukehren, die im Norden kämpfte. Lord Verminaards unzählige Soldaten würden wahrscheinlich eher den Stab finden als er. Gakhan lieferte Kitiara vollständige Beschreibungen der Abenteurer. Sie war sichtlich erschrocken gewesen, daß es sich um ihre Halbbrüder, ihre alten Waffenkameraden und ihren ehemaligen Liebhaber handelte. Kitiara erkannte sofort das Wirken einer großen Macht, denn sie wußte, daß diese Gruppe bunt zusammengewürfelter Wanderer zu einer dynamischen Kraft des Guten – oder des Bösen – werden konnte. Unverzüglich teilte sie der Königin der Finsternis ihre Befürchtungen mit, die bereits über das Fehlen der Konstellation des Tapferen Kriegers beunruhigt war. Die Königin wußte sofort, daß sie recht behalten hatte – Paladin war zurückgekehrt, um sie zu bekämpfen. Aber als sie die Gefahr erkannte, war der Schaden bereits angerichtet.

Kitiara schickte Gakhan wieder auf die Suche. Schritt für Schritt verfolgte der kluge Drakonier die Gefährten von Pax Tarkas bis ins Königreich der Zwerge. Er war es gewesen, der ihnen nach Tarsis gefolgt war, und dort hätten er und die Finstere Herrin sie auch gefangengenommen, wenn nicht Alhana Sternenwind und ihre Greife dazwischengekommen wären.

Geduldig war Gakhan auf ihrer Fährte geblieben. Er wußte von der Trennung der Gruppe, hörte Berichte über sie aus Silvanesti, wo sie den großen grünen Drachen, Cyan Blutgeißel, vertrieben hatten, und dann von Eismauer, wo Laurana den dunklen Elfenmagier, Feal-Thas, getötet hatte. Er wußte von der Entdeckung der Kugeln der Drachen – der Zerstörung der einen, der Beherrschung der anderen durch den zerbrechlichen Magier.

Es war Gakhan, der Tanis in Treibgut gefolgt und der in der Lage gewesen war, die Finstere Herrin zu der *Perechon* zu führen. Aber auch hier, wie schon zuvor, spielte Gakhan mit geschicktem Einsatz, um herauszufinden, daß die Karten seines Gegners den letzten Zug verhinderten. Der Drakonier gab nicht auf. Gakhan kannte seinen Gegner, er kannte die große Macht, die gegen ihn arbeitete. Er spielte mit einem hohen Einsatz – mit einem sehr hohen Einsatz.

Mit diesen Gedanken verließ er den Tempel Ihrer Majestät, in dem sich jetzt die Drachenfürsten zur Sitzung versammelten, und trat in die Straßen von Neraka. Jetzt, vor Anbruch des Abends, war es hell. Als die Sonne am Himmel hinunterglitt, wurden ihre letzten Strahlen von den Schatten der Zitadellen befreit. Sie brannte jetzt über den Bergen und färbte die immer noch schneebedeckten Wipfel blutrot.

Gakhans Reptilienblick weilte aber nicht auf dem Sonnenuntergang. Statt dessen suchte er die Straßen der Zeltstadt ab, die jetzt fast leer waren, da die meisten Drakonier an diesem Abend ihren Fürsten zur Verfügung stehen mußten. Die Fürsten hegten einen bemerkenswerten Mangel an Vertrauen untereinander und zu ihrer Königin. In ihren Gemächern waren schon Morde begangen worden und würden wahrscheinlich weiterhin begangen werden.

Das bereitete Gakhan jedoch keine Sorgen. In der Tat erleichterte es seine Arbeit. Schnell führte er die beiden Drakonier durch die stinkenden, mit Abfällen übersäten Straßen. Er hätte sie allein mit dieser Aufgabe betrauen können, aber Gakhan hatte allmählich seinen großen Gegner sehr gut kennengelernt und verspürte ein entschiedenes Gefühl von Dringlichkeit.

»Hier ist es«, sagte er, vor einem Bierzelt anhaltend. Auf einem Schild an einem Pfahl stand in der Umgangssprache »Das Drachenauge«, während ein Plakat am Eingang verkündete »Für Drakos und Goblins Zutritt verboten«. Gakhan spähte durch die schmutzige Zeltöffnung und sah sein Opfer. Er machte seinen Begleitern Zeichen.

Sein Eintritt löste einen Aufruhr aus, als die Menschen im Schankraum ihre verschleierten Blicke auf die Neuankömmlinge richteten und sie als drei Drakonier erkannten. Man schrie höhnische Bemerkungen. Die Schreie und höhnischen Bemerkungen erstarben jedoch sofort, als Gakhan seine Kapuze abnahm, die sein Reptiliengesicht versteckte. Jedermann erkannte Fürstin Kitiaras Gefolgsmann. Eine Dunstwolke legte sich über die Menge, die dicker war als der übelriechende Rauch und die ekligen Gerüche, die den Raum erfüllten. Die Menschen warfen den Drakoniern ängstliche Blicke zu, dann wandten sie sich zusammengekauert ihren Getränken zu und versuchten, unauffällig zu wirken.

Gakhans glitzernde schwarze Augen fuhren über die Menge.

»Dort«, sagte er auf drakonisch und zeigte auf einen Mann, der über der Theke hing. Seine Begleiter handelten unverzüglich, ergriffen den einäugigen menschlichen Soldaten, der sie in seinem betrunkenen Zustand entsetzt anstarrte.

»Bringt ihn nach draußen«, befahl Gakhan.

Die Proteste und Bitten des verwirrten Hauptmannes wie auch die haßerfüllten Blicke und gemurmelten Drohungen der Menge ignorierend, zogen die Drakonier ihren Gefangenen nach draußen. Gakhan folgte langsam.

Die erfahrenen Drakonier brauchten nur wenige Augenblicke, um ihren Gefangenen so weit auszunüchtern, daß er reden konnte – die heiseren Schreie des Mannes ließen vielen Stammgästen die Lust auf Alkoholisches vergehen – und schließlich in der Lage war, auf Gakhans Fragen zu antworten.

»Erinnerst du dich, heute nachmittag einen Offizier der Drachenarmee wegen Verdacht auf Desertion verhaftet zu haben?«

Der Hauptmann erinnerte sich, viele Offiziere befragt zu haben... er war ein geschäftiger Mann... sie sahen alle gleich aus. Gakhan machte den Drakoniern Zeichen, die prompt und wirksam reagierten.

Der Hauptmann schrie vor Schmerzen auf. Ja, ja! Er erinnerte sich! Aber es war nicht nur ein Offizier, es waren zwei gewesen.

»Zwei?« Gakhans Augen glitzerten. »Beschreib den anderen!«

»Ein großer Mensch, wirklich groß. Er quoll fast aus seiner Uniform heraus. Und sie hatten Gefangene...«

»Gefangene!« Gakhans Reptilienzunge zuckte aufgeregt in seinem Mund. »Beschreib sie!«

Der Hauptmann war allzu glücklich, sie beschreiben zu können. »Eine menschliche Frau, rote Locken, Brüste in der Größe von...«

»Fahr fort«, knurrte Gakhan. Seine Klauenhände zitterten.

Schluchzend gab der Hauptmann eilig Beschreibungen von den zwei anderen Gefangenen, die Worte sprudelten nur so heraus.

»Ein Kender«, wiederholte Gakhan, der immer aufgeregter wurde. »Fahr fort! Ein alter Mann, weißer Bart...« Er hielt verwirrt inne.

Der alte Zauberkundige? Sicherlich hätten sie niemals zugelassen, daß dieser klapprige alte Narr sie auf solch einer wichtigen und gefährlichen Mission begleitet. Wenn nicht, wer dann? Jemand, den sie unterwegs aufgelesen hatten?

»Erzähl mir mehr über den alten Mann«, befahl Gakhan.

Der Hauptmann wühlte verzweifelt in seinem alkoholdurchweichten und schmerzbetäubten Gehirn. Der alte Mann... weißer Bart...

»Gebückt?«

»Nein... großgewachsen, breite Schultern... blaue Augen. Komische Augen...« Der Hauptmann stand am Rande einer Ohnmacht. Gakhan packte den Mann mit einer Klauenhand und quetschte seinen Hals.

»Was ist mit den Augen?«

Ängstlich starrte der Hauptmann den Drakonier an, der ihn langsam erwürgte. Er babbelte etwas.

»Jung... zu jung!« wiederholte Gakhan jubelnd. Jetzt wußte er Bescheid. »Wo sind sie?«

Der Hauptmann keuchte ein Wort, dann schleuderte Gakhan ihn krachend auf den Boden.

Die Fronten klärten sich. Gakhan fühlte sich wie im siebten Himmel. Ein Gedanke flatterte in seinem Gehirn wie die Flügel eines Drachen, als er und seine Begleiter das Zelt verließen und auf die Verliese unter dem Palast zueilten.

Berem...Berem... Berem!

Der Tempel der Königin der Finsternis

Tolpan!«

»Aua... laß mich...«

»Ich weiß, Tolpan. Es tut mir leid, aber du mußt aufwachen. Bitte, Tolpan!«

Eine Spur von Angst und Dringlichkeit in der Stimme durchbrach die Schmerzenswogen im Kopf des Kenders. Ein Teil von ihm sprang auf und ab und schrie ihn an, wachzuwerden. Aber ein anderer Teil zog ihn in die Dunkelheit zurück, was besser war, als dem Schmerz entgegenzutreten, von dem er wußte, daß er auf ihn wartete, zum Sprung bereit...

»Tolpan… Tolpan…« Eine Hand tätschelte seine Wange. Die flüsternde Stimme klang angespannt und ängstlich. Der Kender erkannte plötzlich, daß es keine andere Möglichkeit gab. Er *mußte* aufwachen. Zudem schrie der Auf-und-abspring-Teil in seinem Gehirn, daß er etwas verpassen könnte!

»Den Göttern sei Dank!« Tika atmete schwer, als Tolpan seine Augen weit öffnete und sie anstarrte. »Wie geht es dir?«

»Schrecklich«, antwortete Tolpan mit belegter Stimme und versuchte, sich aufzurichten. Wie er es vorausgesehen hatte, sprang der Schmerz ihn an und schlug auf ihn ein. Stöhnend faßte er nach seinem Kopf.

»Ich weiß… es tut mir leid«, sagte Tika wieder und streichelte sanft über sein Haar.

»Du meinst es sicher gut, Tika«, sagte Tolpan jämmerlich, »aber würdest du bitte damit aufhören! Mir ist, als ob Zwergenhämmer auf mich einschlügen.«

Tika zog eilig ihre Hand zurück. Der Kender sah sich um, so gut es mit einem Auge möglich war. Das andere war so angeschwollen, daß er es kaum öffnen konnte. »Wo sind wir?«

»In den Verliesen unter dem Tempel«, antwortete Tika. Tolpan, der neben ihr saß, konnte sie vor Angst und Kälte zittern spüren. Doch als er sich umsah, verstand er es. Der Anblick ließ ihn auch erschauern. Wehmütig erinnerte er sich an die gute alte Zeit, als er die Bedeutung des Wortes *Angst* nicht gekannt hatte. Eigentlich müßte er ein prickelndes Gefühl der Aufregung verspüren. Er befand sich trotz allem an einem Ort, an dem er niemals zuvor gewesen war und wo es wahrscheinlich eine Menge faszinierender Dinge zu erforschen gab.

Aber hier weilte der Tod, erkannte Tolpan: Tod und Leiden. Er hatte schon zu viele sterben, zu viele leiden sehen. Seine Gedanken wanderten zu Flint, zu Sturm und zu Laurana… Irgend etwas hatte sich in Tolpan verändert. Er würde niemals wieder so sein wie andere Kender. Durch die Trauer hatte er allmählich die Angst kennengelernt – Angst um andere. Genau in diesem Moment kam er zu der Überzeugung, daß er lieber sterben würde, als jemanden zu verlieren, den er liebte.

Du hast dich für den dunklen Weg entschieden, aber du hast den Mut, auf ihm zu gehen, hatte Fizban gesagt.

Stimmte das, fragte sich Tolpan. Seufzend vergrub er seinen Kopf in seinen Händen.

»Nein, Tolpan!« rief Tika und schüttelte ihn. »Tu uns das nicht an! Wir brauchen dich!«

Mühsam hob Tolpan seinen Kopf. »Mir geht es gut«, sagte er benommen. »Wo sind Caramon und Berem?«

»Dort drüben.« Tika zeigte zum anderen Ende der Zelle. »Die Wachen haben uns in eine Zelle gesteckt, bis sie jemanden gefunden haben, der über uns entscheidet. Caramon war einfach toll«, fügte sie mit einem stolzen Lächeln und einem liebevollen Blick auf den großen Mann hinzu, der sich offensichtlich mürrisch in eine Ecke, soweit wie möglich von seinen »Gefangenen« entfernt, verkrümelt hatte. Dann wurde Tikas Gesicht ängstlich. Sie rückte näher zu Tolpan. »Aber ich mache mir Sorgen um Berem! Ich glaube, er wird verrückt!«

Tolpan sah schnell zu Berem. Der Mann saß auf dem kalten, schmutzigen Steinboden, sein Blick abwesend, der Kopf erhoben, als ob er etwas hören würde. Der falsche weiße Bart, den Tika aus Ziegenhaaren gemacht hatte, war zerrissen und verdreckt. Er würde gleich abfallen, stellte Tolpan beunruhigt fest und sah schnell zur Zellentür.

Die Verliese waren ein Labyrinth aus Korridoren, die durch den soliden Fels unter dem Tempel gebrochen worden waren. Sie schienen von einem zentralen Wachraum aus in alle Richtungen abzuzweigen, einem kleinen, runden, offenen Raum am Fuße einer schmalen Wendeltreppe, die direkt zur untersten Ebene des Tempels führte. Im Wachraum saß ein großer Hobgoblin an einem abgenutzten Tisch und kaute gelassen ein Stück Brot. Ein Schlüsselbund, das an einem Nagel über seinem Kopf hing, wies ihn als den Obergefängniswärter aus. Er ignorierte die Gefährten; wahrscheinlich konnte er sie bei dem spärlichen Licht sowieso nicht deutlich erkennen, vermutete Tolpan, da ihre Zelle ungefähr hundert Schritte weit entfernt an einem düsteren Korridor lag.

Tolpan kroch zur Zellentür und spähte in die andere Richtung des Korridors. Er befeuchtete einen Finger und hielt ihn in die Luft. Dieser Weg führte in nördlicher Richtung, fand er heraus. Qualmende, übelriechende Fackeln flackerten in der dumpfen Luft. Etwas weiter weg war eine große Zelle, überfüllt mit Drakoniern und Goblins, die ihren Rausch ausschliefen. Hinter dieser Zelle am Ende des Korridors befand sich eine massive, nur angelehnte Eisentür. Tolpan lauschte aufmerksam und konnte Geräusche hören, die von der Tür kamen: Stimmen, leises Stöhnen. Das ist ein weiterer Bereich des Verlieses, entschied Tolpan aufgrund früherer Erfahrungen. Der Gefängniswärter ließ vermutlich die Tür geöffnet, um seine Runden zu machen und Störungen mitzukriegen.

»Du hast recht, Tika«, flüsterte Tolpan. »Wir sind wohl in eine Art Untersuchungszelle eingesperrt, bis sie Anweisungen erhalten.« Tika nickte. Caramon konnte die Wachen zwar nicht völlig täuschen, zwang sie aber zumindest, zweimal nachzudenken und nicht übereilig zu handeln.

»Ich werde mit Berem reden«, sagte Tolpan.

»Nein, Tolpan«, Tika blickte unbehaglich zu dem Mann. »Ich glaube nicht...«

Aber Tolpan hörte nicht zu. Er warf dem Gefängniswärter einen letzten Blick zu, ignorierte Tikas leise Einwände und kroch auf Berem zu, um seinen falschen Bart wieder zu befestigen. Er hatte ihn fast erreicht und streckte seine kleine Hand aus, als dieser plötzlich aufbrüllte und auf den Kender zusprang.

Erschrocken kreischend wich Tolpan zurück. Aber Berem sah ihn überhaupt nicht. Wirres schreiend sprang er über Tolpan hinweg und warf sich mit seinem Körper gegen die Zellentür.

Caramon war jetzt auf den Füßen – wie auch der Hobgoblin. Der Krieger warf dem auf dem Boden liegenden Kender einen strengen Blick zu.

»Was hast du mit ihm angestellt?« knurrte Caramon.

»N...nichts, Caramon, ehrlich!« keuchte Tolpan. »Er...er ist verrückt!«

Berem schien in der Tat den Verstand verloren zu haben. Den Schmerz nicht beachtend, warf er sich gegen die Eisenstangen, um sie aufzubrechen. Als das nicht funktionierte, griff er mit seinen Händen an die Stangen und versuchte, sie auseinanderzubiegen.

»Ich komme, Jasla!« schrie er. »Geh nicht! Vergib...«

Der Gefängniswärter lief beunruhigt und mit weit aufgerissenen Schweinsäuglein zu der Treppe und schrie etwas nach oben.

»Er ruft die Wachen!« knurrte Caramon. »Wir müssen Berem zur Ruhe bringen. Tika...«

Aber das Mädchen war bereits an Berems Seite. Sie hielt ihn an seinen Schultern fest und redete beruhigend auf ihn ein. Zuerst schenkte der rasende Mann ihr keine Beachtung, schüttelte sie grob von sich. Aber Tika streichelte und besänftigte ihn, bis er sie schließlich zu hören schien. Er hörte auf, an der Zellentür zu rütteln, und stand still da, seine Hände hielten die Stangen umklammert. Der Bart war auf den Boden gefallen, sein Gesicht war schweißnaß, und er blutete aus einer Wunde am Kopf.

Am Eingang des Verlieses klapperte es, als zwei Drakonier auf die Rufe des Gefängniswärters die Stufen herunterstürzten. Mit ihren gezogenen Krummschwertern näherten sie sich, vom Wärter gefolgt, dem engen Korridor. Schnell nahm Tolpan den Bart und stopfte ihn in einen seiner Beutel in der Hoffnung, daß sich niemand daran erinnern würde, daß Berem vorher einen Bart getragen hatte.

Tika, die immer noch Berem besänftigend streichelte, plapperte irgend etwas, was ihr gerade in den Sinn kam. Berem schien nicht auf sie zu achten, war aber zumindest ruhig. Schweratmend starrte er mit glasigen Augen in die gegenüberliegende leere Zelle. Tolpan konnte die Muskeln am Arm des Mannes krampfhaft zucken sehen.

»Was hat das zu bedeuten?« schrie Caramon die Drakonier an, die die Zellentür erreicht hatten. »Mich mit einem tobenden Ungeheuer einzusperren! Er hat versucht, mich zu töten! Ich verlange, daß ihr mich hier rausholt!«

Tolpan, der Caramon scharf beobachtete, sah die schnelle, auf die Wachen gerichtete Handbewegung des Kriegers. Das Signal erkennend, spannte sich Tolpan, bereit zum Handeln. Auch Tika machte sich bereit. Ein Hobgoblin und zwei Wachen... Sie waren schon mit anderen Sachen fertiggeworden.

Die Drakonier sahen zu dem Gefängniswärter, der zögerte. Tolpan konnte sich vorstellen, welche Gedanken durch den schwerfälligen Verstand der Kreatur gingen. Wenn dieser Offizier ein enger Freund der Finsteren Herrin war, dann würde sie wohl einem Gefängniswärter nicht freundlich gesinnt sein, der zuließ, daß dieser Freund in seiner Gefängniszelle umgebracht wird.

»Ich hole die Schlüssel«, murmelte der Gefängniswärter und watschelte zurück.

Die Drakonier begannen sich in ihrer Sprache zu unterhalten, offensichtlich tauschten sie große Kommentare über den Hobgoblin aus. Caramon warf Tika und Tolpan einen Blick zu und gab ihnen ein Signal zum Kampf. Tolpan fummelte in einem seiner Beutel, seine Hand schloß sich um sein kleines Messer. (Sie hatten seine Taschen durchsucht, aber immer bemüht, hilfsbereit zu sein, hatte Tolpan seine Taschen ständig vertauscht, bis die Wachen nach der vierten Durchsuchung der gleichen Tasche verwirrt aufgegeben hatten. Caramon hatte darauf bestanden, daß der Kender seine Beutel behalten sollte, da die Finstere Herrin sie untersuchen wollte. Wenn nicht, würden natürlich die Wachen dafür verantwortlich gemacht werden...) Tika kümmerte sich weiter um Berem, ihre gleichförmige Stimme brachte ein gewisses Maß an Frieden in seine fiebrig starrenden blauen Augen zurück.

Der Wärter hatte gerade die Schlüssel von der Wand genommen und wollte wieder zur Zelle gehen, als ihn eine Stimme von den oberen Stufen her aufhielt.

»Was willst du?« knurrte der Wärter gleichermaßen wütend wie erschreckt angesichts der vermummten Gestalt, die plötzlich und ohne Warnung aufgetaucht war.

»Ich bin Gakhan«, sagte die Stimme.

Beim Anblick des Ankömmlings verstummten die Drakonier unverzüglich und nahmen respektvoll Haltung an, während der Hobgoblin kränklich grün anlief und die Schlüssel in seiner schlaffen Hand klirrten. Zwei weitere Wachen klapperten die Stufen herunter. Auf eine Handbewegung der verhüllten Gestalt hin blieben sie neben ihm stehen.

Die Gestalt ging an dem bebenden Hobgoblin vorbei und steuerte auf die Zellentür zu. Jetzt konnte Tolpan die Figur deutlich erkennen. Es war ein Drakonier in einer Rüstung mit einem dunklen Umhang, der sein Gesicht völlig verbarg. Der Kender biß sich vor Enttäuschung auf die Lippe. Nun, die Chancen standen immer noch *nicht so* schlecht – nicht für Caramon.

Der vermummte Drakonier ignorierte den stammelnden Wärter, der wie ein fetter Hund hinterhertrottelte, nahm eine Fackel von der Wand und baute sich vor der Gefängniszelle der Gefährten auf.

»Holt mich hier raus!« brüllte Caramon und stieß einen Ellbogen in Berems Seite.

Aber der Drakonier ignorierte Caramon, griff durch die Eisenstangen und legte eine Klauenhand an Berems Hemd. Tolpan warf Caramon einen verzweifelten Blick zu. Das Gesicht des Kriegers war leichenblaß. Er machte einen verzweifelten Sprung auf den Drakonier, aber es war zu spät.

Mit einem Ruck riß der Drakonier Berems Hemd in Fetzen. Grünes Licht blitzte in der Gefängniszelle auf, als der Fackelschein auf den Edelstein in Berems Fleisch fiel.

»Er ist es«, sagte Gakhan ruhig. »Öffne die Zelle!«

Der Wärter fummelte mit zitternden Händen einen Schlüssel ins Schloß. Einer der Drakonier entriß den Schlüssel seiner Hand und öffnete die Zellentür, dann drangen sie hinein. Eine Wache schlug mit dem Schwertknauf auf Caramons Kopf, und der Krieger fiel wie ein Ochse um, während ein anderer Tika ergriff.

Gakhan betrat die Zelle.

»Tötet ihn«, der Drakonier zeigte auf Caramon, »und das Mädchen und den Kender.« Gakhan legte seine Klauenhand auf Berems Schulter. »Diesen nehme ich mit zu Ihrer Dunklen Majestät.« Der Drakonier warf den anderen einen triumphierenden Blick zu.

»In dieser Nacht ist der Sieg unser«, sagte er leise.

In seiner Drachenschuppenrüstung schwitzend stand Tanis neben Kitiara in einem der riesigen Vorzimmer der Großen Empfangshalle. Der Halb-Elf war von Kitiaras Soldaten umgeben, einschließlich den entsetzlichen Skelettkriegern des toten Ritters Fürst Soth. Diese standen im Schatten genau hinter Kitiara. Obwohl das Vorzimmer überfüllt war und Kitiaras drakonische Soldaten sich Speer an Speer drängten, blieb um die untoten Krieger eine große Lücke. Niemand näherte sich ihnen, niemand sprach mit ihnen, sie sprachen zu niemandem. Und obgleich der Raum von den vielen Körpern drückend warm war, ging von ihnen eine Eiseskälte aus, die fast das Herz zum Stillstand brachte, wenn man ihnen zu nahe kam.

Tanis, der Fürst Soths flackernde Augen auf sich gerichtet spürte, konnte ein Schaudern nicht unterdrücken. Kitiara sah zu ihm hoch und lächelte, das verworfene Lächeln, das er einst unwiderstehlich gefunden hatte. Sie stand dicht bei ihm, ihre Körper berührten sich.

»Du wirst dich an sie gewöhnen«, sagte sie kühl. Dann richtete sie ihre Aufmerksamkeit wieder auf die Vorgänge in der riesigen Halle. Die dunkle Linie erschien zwischen ihren Augenbrauen, ihre Hand klopfte gereizt auf ihren Schwertknauf. »Nun mach schon, Ariakus«, murmelte sie.

Tanis sah über ihren Kopf durch den verzierten Eingang, durch den sie gehen würden, wenn sie an der Reihe waren, und beobachtete mit einer Ehrfurcht, die er nicht verbergen konnte, das Spektakel, das sich ihm bot.

Die Empfangshalle von Takisis, Königin der Finsternis, vermittelte dem Beobachter zuerst das beeindruckende Gefühl seiner eigenen Minderwertigkeit. Dies war das schwarze Herz, das das dunkle Blut zum Fließen brachte, und in diesem Sinne paßte die Bauweise. Das Vorzimmer, in dem sie warteten, führte zu einem riesigen kreisrunden Saal mit einem Fußboden aus poliertem schwarzen Granit. Der Boden setzte sich nach oben fort, um die Wände zu bilden, die sich in unregelmäßigen Kurven wie dunkle, im Lauf der Zeit eingefrorene Wellen erhoben. Es schien, als ob sie jeden Moment einstürzen und all jene in dieser Halle in Schwärze eintauchen würden. Es war nur die Macht Ihrer Dunklen Majestät, die sie in Schach hielten. Und so glitten die schwarzen Wellen zu einer hohen, gewölbten Decke, die aber nun durch einen feinen Nebel aufsteigender Rauchwölkchen – dem Atem von Drachen – verborgen war.

Die riesige Halle war jetzt leer, würde sich aber bald füllen, wenn die Soldaten ihre Positionen hinter den Thronen ihrer Fürsten eingenommen hätten. Diese Throne – es waren vier – standen etwa drei Meter über dem glänzenden Granitboden. Stabile gedrungene Zugänge führten von den konkaven Wänden zu schwarzen Steinzungen, die sich aus den Wänden streckten. Auf diesen vier riesigen Plattformen – zwei auf jeder Seite – saßen die Fürsten – und nur die Fürsten. Niemand sonst, nicht einmal die Leibwächter, durften jenseits der obersten Stufe der heiligen Plattformen stehen. Leibwächter und hochstehende Offiziere blieben auf den Stufen, die sich vom Boden nach oben zu den Thronen hinzogen wie die Rippen eines riesigen frühgeschichtlichen Tieres.

In der Mitte der Halle erhob sich eine weitere, etwas höhere Plattform, die sich wie eine Riesenschlange nach oben schlängelte, was sie auch darstellte. Eine schlanke Steinbrücke verlief von dem »Kopf« der Schlange zu einem weiteren Eingang an der Seite der Halle. Der Kopf war auf Ariakus und die in Dunkelheit gehüllte Nische über Ariakus gerichtet.

Der »Herrscher«, wie sich Ariakus bezeichnete, saß auf einer etwas höheren Plattform am Eingang der großen Halle.

Tanis fühlte seinen Blick unwiderstehlich von der Nische, die in den Stein über Ariakus' Thron gehauen war, angezogen. Sie war größer als alle anderen Nischen, und in ihr lauerte eine Dunkelheit, die wie lebendig schien. Sie atmete und pulsierte und war so intensiv, daß Tanis schnell wegsah. Obwohl er nichts erkannte, konnte er sich vorstellen, wer sich bald in diesem Schatten aufhalten würde.

Schaudernd wandte sich Tanis wieder der Halle zu. Es gab nicht viel zu sehen. Um die kuppelförmige Decke herum, in ähnlichen, aber kleineren Nischen als denen der Fürsten hatten sich die Drachen niedergelassen. Fast unsichtbar, eingehüllt in ihren qualmenden Atem, saßen diese Kreaturen den Nischen ihrer jeweiligen Fürsten gegenüber und wachten aufmerksam – so vermuteten jedenfalls die Fürsten – über ihre »Herren«. Tatsächlich war nur ein Drache in der Versammlung wirklich über das Wohlergehen seines Herrn besorgt. Und das war Skie, Kitiaras Drache, der sogar jetzt, von seinem Platz aus, mit feurigen roten Augen auf den Thron von Ariakus starrte, mit der gleichen Intensität und weit deutlicherem Haß, als Tanis in den Augen von Skies Herrin gesehen hatte.

Ein Gong ertönte. Massen von Soldaten strömten in die Halle. Es waren Ariakus' Soldaten in der Farbe des roten Drachen. Hunderte von Klauen und gestiefelten Füßen scharrten über den Boden, als die Drakonier und menschliche Ehrenwachen eintraten und ihre Plätze hinter Ariakus' Thron einnahmen. Kein Offizier stieg die Stufen hoch, kein Leibwächter stellte sich in die Nähe seines Fürsten.

Dann trat der Fürst durch das Tor hinter seinem Thron. Er ging allein, seine purpurrote Herrscherrobe wallte majestätisch um seine Schultern, seine dunkle Rüstung glänzte im Fackelschein. Auf seinem Kopf glitzerte eine mit blutroten Juwelen übersäte Krone.

»Die Krone der Macht«, murmelte Kitiara, und jetzt sah Tanis in ihren Augen ein Gefühl – Verlangen, ein Verlangen, das er selten zuvor in menschlichen Augen gesehen hatte.

»Wer auch immer die Krone trägt, herrscht«, meldete sich eine Stimme hinter ihr. »So steht es geschrieben.«

Fürst Soth. Tanis versteifte sich, um nicht zu zittern, spürte die Gegenwart des Mannes wie eine kalte Skeletthand am Nakken.

Ariakus' Soldaten jubelten ihm laut und lange zu, stießen

ihre Speere auf den Boden, ließen ihre Schwerter an die Schilde prallen. Kitiara knurrte vor Ungeduld. Schließlich breitete Ariakus seine Hände um Ruhe aus. Er drehte sich um und kniete ehrfürchtig vor der dunklen Nische über sich nieder, dann gab das Oberhaupt der Drachenfürsten Kitiara herablassend ein Zeichen mit seiner behandschuhten Rechten.

Als Tanis ihr einen Blick zuwarf, sah er so viel Haß und Verachtung in ihrem Gesicht, daß er sie kaum wiedererkannte. »Ja, Fürst«, flüsterte Kitiara, ihre Augen waren nun dunkel und glänzend. »*Wer auch immer die Krone trägt, herrscht.* So steht es geschrieben... in Blut geschrieben!« Sie drehte ihren Kopf ein wenig zur Seite und gab Fürst Soth ein Zeichen. »Hol die Elfenfrau.«

Fürst Soth verbeugte sich und strömte wie ein böser Nebel aus dem Vorzimmer, seine Skelettkrieger folgten ihm. Drakonier stolperten übereinander in hektischen Bemühungen, aus seinem tödlichen Weg zu verschwinden.

Tanis packte Kitiara am Arm. »Du hast es versprochen!« sagte er mit erstickter Stimme.

Kitiara starrte ihn kalt an und riß ihren Arm ohne Anstrengung aus seinem festen Griff. Aber ihre braunen Augen hielten ihn fest, zogen und saugten das Leben aus ihm, bis er sich nur noch wie eine vertrocknete Hülle vorkam.

»Hör mir zu, Halb-Elf«, sagte Kitiara mit kalter, scharfer Stimme. »Ich bin an einer Sache interessiert und nur an einer – an der Krone der Macht, die Ariakus trägt. Das ist der Grund, warum ich Laurana gefangengenommen habe, nur deshalb ist sie mir wichtig. Ich werde die Elfenfrau Ihrer Majestät vorführen, wie ich es versprochen habe. Die Königin wird mich belohnen – mit der Krone selbstverständlich –, und dann wird sie anordnen, die Elfe in die Todeskammern tief unter dem Tempel zu führen. Es interessiert mich nicht, was danach mit der Elfe passiert, und darum gebe ich sie dir. Auf mein Zeichen hin wirst du vortreten. Ich werde dich der Königin vorstellen. Bitte sie um einen Gefallen. Bitte sie, die Elfenfrau in die Todeskammer führen zu dürfen. Wenn sie von dir angetan ist, wird sie dir den

Wunsch erfüllen. Dann kannst du sie zu den Stadttoren oder wohin auch immer bringen und sie freilassen. Aber ich will dein Ehrenwort, Halb-Elf, daß du zu mir zurückkehrst.«

»Das hast du«, sagte Tanis, ihrem Blick standhaltend.

Kitiara lächelte. Ihr Gesicht entspannte sich. Es war wieder so schön, daß sich Tanis fragte, über die plötzliche Umwandlung verblüfft, ob er wirklich das andere, das grausame Gesicht gesehen hatte. Sie legte ihre Hand auf Tanis' Wange und streichelte seinen Bart.

»Ich habe dein Ehrenwort. Bei anderen Männern bedeutet es nicht unbedingt viel, aber ich weiß, du wirst es halten! Eine letzte Warnung, Tanis«, flüsterte sie schnell. »Du *mußt* die Königin überzeugen, daß du ihr loyaler Diener bist. Sie ist mächtig, Tanis! Sie ist eine Göttin, vergiß es nicht! Sie kann in dein Herz sehen, in deine Seele. Du mußt sie felsenfest davon überzeugen, daß du ihr gehörst. Eine Geste, ein falsch klingendes Wort, und sie wird dich zerstören. Dann werde ich nichts für dich tun können. Wenn du stirbst, wird auch deine Lauralanthalasa sterben!«

»Ich verstehe«, sagte Tanis. Ihm wurde eiskalt unter der kühlen Rüstung.

Ein schmetternder Trompetenruf ertönte.

»Das ist unser Signal«, sagte Kitiara. Sie streifte ihre Handschuhe über und setzte den Drachenhelm auf. »Geh nach vorn, Tanis. Führe meine Soldaten. Ich komme als letzte.«

In ihrer glitzernden nachtblauen Drachenschuppenrüstung prächtig anzusehen, trat Kitiara hochmütig zur Seite, als Tanis durch den verzierten Eingang in die Empfangshalle schritt.

Die Menge begann beim Anblick des blauen Banners zu jubeln. Oben in seiner Nische brüllte Skie triumphierend. Sich der unzähligen Augen um sich bewußt, zwang sich Tanis, nur an das zu denken, was er tun mußte. Er hielt seine Augen auf sein Ziel fixiert – die Plattform in der Halle neben der von Lord Ariakus, die Plattform, geschmückt mit dem blauen Banner. Hinter sich hörte er das rhythmische Aufstampfen der Klauenfüße, als Kitiaras Ehrenwache stolz einmarschierte. Tanis erreichte die Plattform und stellte sich auf die unterste Stufe, so wie Kitiara es befohlen hatte. Die Menge beruhigte sich, und dann, als der letzte Drakonier eingetreten war, erhob sich ein Murmeln in der Halle. Man reckte die Hälse, ungeduldig auf Kitiara wartend.

Kit blieb im Vorzimmer, wollte die Spannung noch erhöhen, als sie aus ihren Augenwinkeln eine flüchtige Bewegung wahrnahm. Sie drehte sich um. Fürst Soth war zurückgekommen, seine Wachen trugen in ihren fleischlosen Armen einen in ein weißes Tuch gehüllten Körper. Die lebhaften Augen der erregten Frau und die leeren Augen des toten Ritters trafen sich im vollendeten Einverständnis und Verstehen.

Fürst Soth verbeugte sich.

Kitiara lächelte, dann drehte sie sich um und betrat unter tosendem Applaus die Empfangshalle.

Auf dem kalten Boden der Zelle liegend, versuchte Caramon verzweifelt, nicht das Bewußtsein zu verlieren. Der Schmerz ließ allmählich nach. Der Schlag hatte ihn nur gestreift und den Offiziershelm, den er getragen hatte, verschoben; hatte ihn zwar niedergeschmettert, aber nicht ausgeschaltet.

Er täuschte trotzdem eine Ohnmacht vor, da ihm in seiner Hilflosigkeit nichts anderes einfiel. Warum war Tanis nicht hier, dachte er verzweifelt, wieder einmal den eigenen schwerfälligen Verstand verfluchend. Der Halb-Elf würde einen Plan haben, würde wissen, was zu tun war. Man hätte mich nicht mit dieser Verantwortung allein lassen dürfen! Caramon fluchte bitterlich. Dann hörte er eine Stimme aus der dunkelsten Ecke seines Gehirns: *Hör auf zu jammern, du großer Ochse! Sie sind auf dich angewiesen!* Caramon blinzelte, dann riß er sich zusammen, denn beinahe hätte er gegrinst. Die Stimme war der von Flint so ähnlich gewesen, er hätte schwören können, daß der Zwerg neben ihm gestanden hatte! Er hatte recht. Sie waren auf ihn angewiesen. Er mußte jetzt einfach sein Bestes geben. Das war alles, was er tun konnte.

Caramon öffnete seine Augen einen Spalt und spähte aus

halbgeschlossenen Lidern hervor. Eine Drakonierwache stand mit dem Rücken neben dem in ihren Augen bewußtlosen Krieger. Caramon konnte weder Berem noch den Drakonier Gakhan sehen, ohne den Kopf zu drehen, und er wagte nicht, die Aufmerksamkeit auf sich zu lenken. Den ersten könnte er außer Gefecht setzen, dachte er. Möglicherweise auch den zweiten, bevor die zwei anderen sich auf ihn stürzen würden. Er hatte keine Hoffnung, lebend zu entkommen, aber zumindest könnte er Tolpan und Tika die Möglichkeit geben, mit Berem zu fliehen.

Caramon spannte seine Muskeln an und bereitete sich darauf vor, sich auf die Wache zu stürzen, als sich plötzlich ein qualvoller Schrei durch die Dunkelheit der Verliese riß. Es war Berem, der schrie – ein Schrei voller Wut und Zorn, daß sich Caramon beunruhigt aufrichtete und völlig vergaß, daß er doch ohnmächtig war.

Dann erstarrte er, als er verblüfft beobachtete, wie Berem nach vorn sprang, Gakhan ergriff und ihn vom Steinboden hob. Berem trug den wild um sich strampelnden Drakonier in seinen Händen, stürzte aus der Zelle und schmetterte Gakhan gegen eine Steinwand. Der Kopf des Drakoniers spaltete sich, platzte auf wie die Eier der guten Drachen auf den schwarzen Altaren. Vor Wut heulend stieß Berem den Drakonier immer wieder an die Wand, bis von Gakhan nur noch eine schlaffe, blutgrüne Masse formlosen Fleisches übrig war.

Einen Moment lang rührte sich keiner. Tolpan und Tika drängten sich zusammen, verängstigt durch den grauenvollen Anblick. Caramon versuchte trotz seiner starken Schmerzen einen klaren Gedanken zu fassen, und selbst die Drakonierwachen starrten in gelähmter entsetzter Faszination auf den Körper ihres Führers.

Dann ließ Berem Gakhans Körper auf den Boden fallen. Er drehte sich um und sah auf die Gefährten, ohne sie zu erkennen. Er ist völlig durchgedreht, erkannte Caramon mit einem Schaudern. Berems Augen waren weit aufgerissen, der Wahnsinn funkelte aus ihnen. Speichel troff aus seinem Mund. Seine

Hände und Arme waren über und über mit grünem Blut beschmiert. Schließlich schien sich Berem wieder zu fassen, als er erkannte, daß sein Opfer tot war. Er sah sich um und blickte zu Caramon, der auf dem Boden saß und ihn entsetzt anstarrte.

»Sie ruft mich!« flüsterte Berem heiser.

Er drehte sich um und lief in den nördlichen Korridor, schleuderte die verblüfften Drakonier zur Seite, die versuchten, ihn aufzuhalten. Immer einen Blick nach hinten werfend, schlug Berem gegen die leichtgeöffnete Eisentür am Ende des Korridors. Die Wucht seines Schlages riß die Tür fast aus den Angeln. Sie hörten Berems wahnsinniges Kreischen im Korridor widerhallen.

Aber nun hatten sich zwei der Drakonier wieder gesammelt. Einer von ihnen rannte zur Treppe und schrie aus vollem Halse. Es war zwar drakonisch, aber Caramon verstand es nur zu gut.

»Gefangener entflohen! Holt Verstärkung!«

Als Antwort hörte man Schreie und die kratzenden Geräusche von Klauenfüßen auf den oberen Stufen. Der Hobgoblin warf einen Blick auf den toten Drakonier und flüchtete zur Treppe neben dem Wachraum, fügte den Schreien des Drakoniers noch sein panisches Kreischen hinzu. Die andere Wache erhob sich und sprang in die Zelle. Aber Caramon war nun auch auf den Beinen. Er konnte etwas tun. Das verstand er, damit konnte er umgehen. Der Krieger holte aus und packte den Drakonier um den Hals. Ein Ruck mit seinen kräftigen Händen, und die Kreatur fiel leblos zu Boden. Caramon entriß der Klauenhand schnell das Schwert, bevor die Leiche des Drakoniers versteinerte.

»Caramon! Hinter dir!« gellte Tolpan, als der andere Drakonier von der Treppe mit erhobenem Schwert in die Zelle sprang.

Caramon wirbelte herum, aber er sah die Kreatur nur noch nach vorn stürzen, da Tika ihm einen Stiefel in den Bauch gerammt hatte. Tolpan stieß sein kleines Messer in den Leib der zweiten Wache und vergaß in seiner Aufregung, es wieder herauszuziehen. Auf den versteinerten Leichnam der anderen

Kreatur blickend, zog der Kender verzweifelt an seinem Messer. Zu spät.

»Vergiß es!« befahl Caramon, und Tolpan erhob sich.

Über sich hörten sie gutturale Stimmen, kratzende Klauenfüße liefen die Treppen hinunter. Der Hobgoblin am Treppenende fuchtelte wirr mit den Händen und zeigte auf die Gefährten.

Caramon, mit dem Schwert in der Hand, blickte unsicher zu den Stufen, dann zum nördlichen Korridor, in den Berem gelaufen war.

»Genau! Folge Berem, Caramon«, drängte Tika. »Geh mit ihm! Verstehst du nicht? Er hat gesagt, *Sie ruft mich*. Es ist die Stimme seiner Schwester! Er kann hören, wie sie ihn ruft. Darum ist er durchgedreht.«

»Ja...«, sagte Caramon benommen und starrte weiter in den Korridor. Er hörte die Drakonier die Wendeltreppe hinunterrennen, Rüstungen klappern und Schwerter an den Felswänden entlangkratzen. Ihnen blieben nur noch Sekunden. »Komm...«

Tika griff Caramon am Arm. Sie grub ihre Nägel tief in sein Fleisch, so daß er sie ansehen mußte, ihre roten Locken leuchteten wie eine Flamme im flackernden Fackelschein.

»Nein!« sagte sie mit fester Stimme. »Sie werden ihn sicher einfangen, und das *wird* das Ende sein! Ich habe einen Plan. Wir müssen uns aufteilen. Tolpan und ich werden sie zurückhalten. Wir verschaffen dir einen Vorsprung. Es wird alles gut, Caramon«, bestand sie hartnäckig, als sie sein Kopfschütteln sah. »Es gibt noch einen anderen Korridor, der nach Osten führt. Ich habe ihn gesehen, als wir hierher gebracht wurden. Sie werden uns dorthin verfolgen. Jetzt beeil dich, bevor sie dich sehen!«

Caramon zögerte, sein Gesicht verzerrte sich vor Qual.

»Das ist das Ende, Caramon!« sagte Tika. »Zum Guten oder zum Bösen. Du mußt mit ihm gehen! Du mußt ihm helfen, zu ihr zu kommen! Beeil dich, Caramon! Du bist der einzige, der stark genug ist, um ihn zu beschützen. Er braucht dich!«

Tika schob den großen Mann nach vorn. Caramon machte einen Schritt, dann drehte er sich zu ihr um.

»Tika...«, begann er, versuchte, einen Einwand gegen diesen verrückten Plan zu finden. Aber bevor er weiterreden konnte, küßte Tika ihn schnell, nahm das Schwert eines toten Drakoniers und rannte aus der Gefängniszelle.

»Ich passe auf sie auf, Caramon!« versprach Tolpan und stürzte ihr nach, seine Beutel hüpften dabei wild auf und ab.

Caramon starrte ihnen einen Augenblick nach. Der Hobgoblinwärter kreischte vor Entsetzen auf, als Tika direkt auf ihn zurannte und dabei drohend ihr Schwert schwang. Der Wärter griff hektisch nach ihr, aber Tika hackte so wild und verzweifelt auf ihn ein, daß der Hobgoblin mit einem gurgelnden Schrei und durchschnittener Kehle tot umfiel.

Den Körper zu ihren Füßen ignorierend, eilte Tika weiter den Korridor in östlicher Richtung entlang.

Tolpan, direkt hinter ihr, blieb einen Moment an der Treppe stehen. Er sah nun die Drakonier, und Caramon konnte die schrille Stimme des Kenders hören, die die Wachen verspottete.

»Hundefresser! Schleimblutige Goblinliebhaber!«

Dann flitzte Tolpan hinter Tika her, die aus Caramons Gesichtsfeld verschwunden war.

Die aufgebrachten Drakonier – angestachelt durch die Verwünschungen des Kenders und den Anblick der fliehenden Gefangenen – nahmen sich nicht die Zeit, in eine andere Richtung zu sehen. Sie verfolgten den leichtfüßigen Kender, ihre Krummschwerter glänzten, ihre langen Zungen zuckten in Vorfreude auf das Töten.

Binnen kurzem war Caramon mutterseelenallein. Er zögerte eine weitere kostbare Minute und starrte in die düsteren Zellen. Er konnte nichts sehen. Er konnte nur noch Tolpan *Hundefresser* schreien hören. Dann war alles ruhig.

»Ich bin allein...«, dachte Caramon düster. »Ich habe alle verloren – alle verloren. Ich muß ihnen folgen.«

Er starrte zur Treppe, dann hielt er inne. »Nein, Berem ist da.

Er ist auch allein. Tika hat recht. Er braucht mich jetzt. Er braucht mich.«

Caramon, der endlich wieder klar denken konnte, drehte sich um und lief schwerfällig in den nördlichen Korridor auf der Suche nach Berem.

Die Königin der Finsternis

Drachenfürst Toede.«

Lord Ariakus lauschte mit träger Verachtung dem Aufrufen der Rangbezeichnungen. Nicht, daß ihn das Verfahren langweilte. Ganz im Gegenteil. Die Einberufung des Kriegsrats war zwar nicht seine Idee gewesen. In der Tat hatte er Einspruch dagegen erhoben. Aber er hatte darauf geachtet, nicht allzu heftig Einspruch zu erheben. Das hätte ihn schwach erscheinen lassen; und Ihre Dunkle Majestät ließ Schwächlinge nicht am Leben. Nein, dieser Kriegsrat würde alles andere als langweilig werden...

Bei dem Gedanken an seine Dunkle Königin drehte er sich halb und blickte schnell zur Nische hoch. Ihr prächtiger Thron, der größte und wunderbarste in der ganzen Halle, war immer noch leer, das Tor war in der lebendigen, atmenden Dunkelheit nicht sichtbar. Keine Stufen führten zu *diesem* Thron. Das Tor war gleichzeitig Eingang und Ausgang. Und wohin das Tor führte, nun, es war besser, nicht daran zu denken. Unnötig zu sagen, daß kein Sterblicher jemals hinter diese eisernen Gitterstäbe getreten war.

Die Königin war noch nicht erschienen. Er war darüber nicht überrascht. Diese Eröffnungsrituale waren unter ihrer Würde. Ariakus zog sich wieder in seinen Thron zurück. Sein Blick wanderte vom Thron der Dunklen Königin zu dem der Finsteren Herrin. Kitiara war hier, natürlich. Das war der Augenblick ihres Triumphes – so dachte sie jedenfalls. Ariakus verfluchte sie flüsternd.

»Laß sie ihr Schlimmstes anrichten«, murmelte er, nur halb lauschend, als der Feldwebel den Rang von Lord Toede noch einmal wiederholte. »Ich bin vorbereitet…«

Ariakus bemerkte plötzlich, daß etwas fehlte. Was? Was war passiert? Seinen Gedanken nachhängend, hatte er dem Zeremoniell keine Aufmerksamkeit geschenkt. Was war falsch? Schweigen… ein fürchterliches Schweigen folgte… Was…? Er versuchte sich zu erinnern, was gerade gesagt worden war. Dann fiel es ihm ein, und er starrte grimmig auf den zweiten Thron zu seiner Linken. Die Soldaten in der Halle, überwiegend Drakonier, hoben und senkten sich unter ihm wie ein Meer des Todes, als sich alle Augen zu diesem Thron bewegten.

Obwohl die Drakoniersoldaten aus Lord Toedes Kommando anwesend waren und sich ihre Banner mit den Bannern der anderen Drakonier vermischten, war der Thron selbst leer.

Tanis, der auf den Stufen zu Kitiaras Plattform stand, folgte Ariakus' strengem und kaltem Blick. Der Halb-Elf spitzte seine Ohren bei dem Namen Toede. Ein Bild des Hobgoblins tauchte vor ihm auf, so wie er ihn im Staub auf der Straße nach Solace gesehen hatte. Das Bild brachte Erinnerungen an jenen warmen

Herbsttag zurück, der den Beginn seiner langen, dunklen Reise gewesen war. Es brachte Erinnerungen an Flint und Sturm zurück... Tanis biß die Zähne zusammen und zwang sich, seine Konzentration auf die Geschehnisse zu lenken. Die Vergangenheit war vorüber und – so hoffte er fieberhaft – auch bald vergessen.

»Lord Toede?« wiederholte Ariakus wütend. Die Soldaten in der Halle murmelten untereinander. Niemals zuvor hatte ein Fürst den Befehl mißachtet und nicht an dem Kriegsrat teilgenommen.

Ein menschlicher Offizier der Drachenarmee stieg die Stufen zu der leeren Plattform hoch. Auf der letzten Stufe blieb er stehen (das Protokoll verbot ihm, höher zu gehen), stammelte einen Moment voller Angst, als er jene schwarzen Augen und – noch schlimmer – in die düstere Nische über Ariakus' Thron sah. Dann holte er tief Luft und begann mit seinem Bericht.

»Ich... ich bedaure, Ihrer Lordschaft und Ihrer D... dunklen Majestät mitteilen zu müssen«, ein nervöser Blick zu der Nische, die offenbar immer noch leer war, »daß Drachenfürst To... Toede ein unglückliches und unpassendes Ableben beschieden wurde.«

Tanis, der auf der obersten Stufe zur Plattform stand, wo Kitiara in ihrem Thron saß, hörte ein abfälliges Schnaufen unter Kits Drachenhelm. Ein amüsiertes Kichern fuhr durch die Menge, während die Offiziere der Drachenarmee wissende Blicke austauschten.

Lord Ariakus war jedoch alles andere als belustigt. »Wer hat es gewagt, einen Drachenfürsten zu töten«, fragte er zornig, und beim Klang seiner Stimme und im Begreifen der schlimmen Bedeutung seiner Worte fiel die Menge in Schweigen.

»Es war in K... Kenderheim, mein Fürst«, erwiderte der Offizier, und seine Stimme hallte in der riesigen Marmorhalle wider. Der Offizier verstummte. Selbst aus der Entfernung konnte Tanis sehen, wie der Mann seine Faust nervös öffnete und wieder schloß. Offensichtlich hatte er noch mehr schlechte Neuigkeiten mitzuteilen und zögerte, fortzufahren.

Ariakus sah den Offizier finster an. Der Mann räusperte sich und sprach weiter.

»Ich bedaure, berichten zu müssen, mein Fürst, daß Kenderheim verl...« Einen Moment lang versagte die Stimme des Mannes völlig. Nur mit äußerster Kraftanstrengung gelang es ihm, den Satz zu beenden. »...verloren ist.«

»Verloren!« wiederholte Ariakus mit einer Stimme, die ein Donner gewesen sein könnte.

Offenbar wurde der Offizier von seiner Angst fast erschlagen. Zurückschreckend stammelte er einen Moment zusammenhanglos weiter, dann – offenbar entschlossen, die Sache hinter sich zu bringen, keuchte er hervor: »Drachenfürst Toede wurde von einem Kender namens Kronin Distelknot auf abscheuliche Weise umgebracht und seine Soldaten vertrieben...«

Ein tiefes Murmeln ging jetzt durch die Menge, zorniges und trotziges Knurren, wüste Drohungen wurden gegen Kenderheim ausgestoßen. Diese elende Rasse mußte vom Angesicht Krynns verschwinden...

Mit seiner behandschuhten Rechten machte Ariakus eine gereizte Geste. Sofort verstummten die Versammelten.

Und dann wurde das Schweigen gebrochen.

Kitiara lachte.

Es war ein fröhliches Lachen, hochmütig und höhnisch, und es hallte dröhend unter den Tiefen der Metallmaske hervor.

Ariakus' Gesicht verzerrte sich vor Wut, und er erhob sich. Er trat einen Schritt nach vorn. Stahl blitzte zwischen den Drakoniern auf, als die Schwerter aus ihren Scheiden gezogen wurden und die Speerenden auf den Boden dröhnten.

Bei diesem Anblick schlossen Kitiaras Soldaten ihre Reihen und traten näher zur Plattform ihrer Fürstin. Instinktiv legte sich Tanis' Hand fester um den Knauf seines Schwertes, und er trat eine Stufe höher, obgleich dies bedeutete, daß er seinen Fuß auf die Plattform setzte, wo er nicht stehen durfte.

Kitiara blieb ruhig sitzen und beobachtete Ariakus mit tiefster Verachtung.

Plötzlich senkte sich über die Versammelten ein atemloses Schweigen, als ob der Atem jedes Anwesenden von einer unsichtbaren Kraft abgewürgt würde. Gesichter erblaßten, man versteifte sich, rang nach Luft. Lungen schmerzten, die Sicht verschwamm, das Herz hörte zu schlagen auf. Und dann schien die Luft aus der Halle aufgesogen zu werden, als eine Dunkelheit aufkam.

War es wirklich eine äußere Dunkelheit? Oder war es eine innere? Tanis war sich nicht sicher. Seine Augen sahen Tausende von Fackeln in der Halle hell flackern, er sah Tausende von Kerzen wie Sterne im Nachthimmel funkeln. Aber selbst der Nachthimmel war nicht dunkler als die Dunkelheit, die er jetzt wahrnahm.

Sein Kopf zerfloß. Verzweifelt versuchte er zu atmen, alles erinnerte ihn an seine Erlebnisse im Blutmeer von Istar. Seine Knie zitterten, er fühlte sich zu schwach, um zu stehen. Seine Kräfte verließen ihn, er taumelte und stürzte, und als er keuchend nach unten sank, bemerkte er andere, die auch auf den polierten Marmorboden fielen. Er hob seinen Kopf, obwohl die Bewegung eine Qual war, und sah Kitiara, die in ihren Thron rutschte, als ob eine unsichtbare Kraft sie hineinquetschte.

Dann hob sich die Dunkelheit. Kühle, süße Luft stürzte in Tanis' Lungen. Sein Herz begann wieder zu klopfen. Blut pulste in seinem Kopf, daß er fast ohnmächtig wurde. Einen Moment lang konnte er nicht anders, als wieder auf die Marmorstufen zurückzusinken, schwach und benommen, während in seinem Kopf Blitze explodierten. Als er wieder einigermaßen klar sehen konnte, bemerkte er, daß die Drakonier von all dem unberührt geblieben waren. Sie standen gleichmütig da, ihr Blick war auf einen Punkt fixiert.

Tanis hob seine Augen zu der prächtigen Plattform, die während der Eröffnungsrituale leer geblieben war. Jetzt war sie auch leer. Sein Blut gefor in seinen Adern, sein Atem stockte. Takisis, Königin der Finsternis, hatte die Empfangshalle betreten.

Sie hatte viele Namen auf Krynn. *Drachenkönigin* hieß sie

bei den Elfen; *Nilat, die Verderbte* bei den Barbaren der Ebenen; unter *Tamex, das Unechte Metall* war sie bei den Zwergen in Thorbadin bekannt; in den Legenden bei den seefahrenden Leuten von Ergod wurde sie als *Mai-tat der vielen Gesichter* bezeichnet. *Königin der vielen Farben und doch keiner* nannten die Ritter von Solamnia sie; besiegt von Huma, vor langer Zeit von Krynn verbannt.

Takisis, Königin der Finsternis, war zurückgekehrt.

Aber nicht vollständig.

Selbst als Tanis zu der dunklen Form in der Nische über sich mit Ehrfurcht starrte, selbst als das Entsetzen durch sein Gehirn flutete, ihn betäubte und außer Ekel und Angst nichts zurückließ – selbst jetzt stellte er fest, daß die Königin nicht in ihrer körperlichen Form anwesend war. Es war, als ob ihre Anwesenheit in den Köpfen der Versammelten einen Schatten ihrer Existenz auf die Plattform warf. Sie selbst war nur da, weil ihr Wille die anderen zwang, sie wahrzunehmen.

Etwas hielt sie zurück, verhinderte ihren Eintritt in diese Welt. Eine Tür – Berems Worte fielen Tanis ein. Wo *war* Berem? Wo waren Caramon und die anderen? Tanis erkannte mit einem stechenden Schmerz, daß er die anderen über Kitiara und Laurana fast vergessen hatte. Sein Kopf drehte sich. Ihm war, als ob er den Schlüssel zu allem in seiner Hand hielt, wenn er nur Zeit hätte, in Ruhe darüber nachzudenken.

Aber das war nicht möglich. Die düstere Form nahm an Intensität zu, bis ihre Schwärze eine kalte Leere des Nichts in dem Granitsaal zu schaffen schien. Unfähig wegzusehen, war Tanis gezwungen, in diese fürchterliche Leere zu schauen, bis er das beängstigende Gefühl hatte, hineingezogen zu werden. In dem Moment vernahm er eine Stimme in seinem Bewußtsein.

Wir haben euch nicht zusammengeführt, um mitanzusehen, wie eure kleinlichen Streitereien und noch kleinlicheren Ambitionen den Sieg beeinträchtigen, der, wie wir spüren, immer näher kommt. Vergiß nicht, wer hier herrscht, Lord Ariakus!

Ariakus sank wie die anderen im Saal auf die Knie. Tanis fand sich selbst in Ehrerbietung auf die Knie fallend wieder. Er konnte nicht anders. Obwohl er von Abscheu und Haß erfüllt war über dieses leidbringende, entsetzliche Böse, so war es doch eine Göttin, eine, die an der Entstehung der Welt mitgewirkt hatte. Seit Beginn der Zeit herrschte sie – und sie würde bis zum Ende der Zeit herrschen.

Die Stimme sprach weiter, brannte sich in sein Bewußtsein und in das Bewußtsein aller Anwesenden.

Fürstin Kitiara, du hast uns in der Vergangenheit sehr zufriedengestellt. Dein Geschenk an uns stellt uns noch zufriedener. Bring mir die Elfenfrau, daß wir sie uns ansehen und über ihr Schicksal entscheiden.

Tanis beobachtete Lord Ariakus, der zu seinem Thron zurückkehrte, aber nicht ohne Kitiara einen giftigen, haßerfüllten Blick zuzuwerfen.

»Das werde ich, Eure Dunkle Majestät.« Kitiara verbeugte sich und befahl Tanis, ihr zu folgen, als sie an ihm vorbeiging.

Ihre Drakoniersoldaten traten zurück, um ihr einen Weg zu bahnen. Kitiara stieg die rippenähnlichen Stufen der Plattform hinab, gefolgt von Tanis. Die Soldaten teilten sich, um sie durchzulassen, dann schlossen sich die Reihen gleich wieder.

Als Kitiara die Mitte des Saales erreichte, ging sie eine schmale Treppe hoch, deren Stufen wie Stacheln aus dem Rükken der Schlange hervortraten, bis sie mitten auf der marmornen Plattform stand. Tanis folgte langsamer, die Stufen waren schmal und schwer zu besteigen, besonders da er die Augen der dunklen Form in der Nische auf seiner Seele ruhen spürte.

Kitiara drehte sich um und machte eine Handbewegung zum verzierten Tor am anderen Ende der schmalen Brücke, die die Plattform mit den Hauptwänden der Empfangshalle verband.

Eine Gestalt erschien in der Tür – eine dunkle Gestalt, gekleidet in die Rüstung eines solamnischen Ritters. Fürst Soth betrat die Halle, und bei seinem Kommen wichen die Soldaten auf beiden Seiten der schmalen Brücke zurück, als ob eine Hand aus dem Grab griff und sie wegstieß. In seinen bleichen Armen trug Fürst Soth einen Körper, der in weißes Tuch gewickelt war. Das Schweigen im Saal war so intensiv, daß man die Fußtritte des toten Ritters auf dem Marmorboden hören konnte, obwohl alle den Stein durch den durchsichtigen, fleischlosen Körper sehen konnten.

Fürst Soth überquerte mit seiner weißumhüllten Last die Brücke und ging langsam weiter, bis er zum Kopf der Schlange gelangte. Auf eine weitere Handbewegung von Kitiara legte er das Bündel vor den Füßen der Drachenfürstin auf den Boden. Dann erhob er sich und verschwand plötzlich, ließ alle vor Entsetzen blinzeln und sich fragen, ob er wirklich dagewesen oder nur ein Trugbild ihrer überhitzten Fantasien gewesen war.

Tanis konnte Kitiara unter ihrem Helm lächeln sehen, amüsiert über die Wirkung, die ihr Diener hervorgerufen hatte. Dann zog sie ihr Schwert und beugte sich, um die ersten Bänder zu durchtrennen, in die die Gestalt wie in einen Kokon eingewickelt war. Dann trat sie zurück und beobachtete, wie ihre Gefangene in dem Netz kämpfte.

Tanis erblickte eine Woge von verheddertem, honigfarbenem Haar, das Aufblitzen einer Silberrüstung. Hustend, fast erstickt durch die einschnürenden Bänder kämpfte sich Laurana aus dem weißen Stoff frei. Verkrampftes Gelächter der Soldaten begleitete die schwachen, zappelnden Bewegungen der Gefangenen – dies war offenbar ein Hinweis auf weitere Belustigungen. Instinktiv trat Tanis einen Schritt vor, um Laurana zu helfen. Dann spürte er, daß Kitiaras braune Augen auf ihm ruhten, ihn beobachteten, ihn daran erinnerten...

Wenn du stirbst – stirbt auch sie!

Sein Körper erbebte vor Eiseskälte. Der Halb-Elf hielt inne, dann trat er zurück. Schließlich taumelte Laurana benommen auf die Füße. Einen Moment lang blickte sie sich wirr um, blinzelte im flackernden Fackelschein. Ihr Blick richtete sich auf Kitiara, die ihr hinter dem Drachenhelm zulächelte.

Beim Anblick ihrer Feindin, der Frau, die sie verraten hatte, richtete sich Laurana auf. Einen Moment lang vergaß sie in ihrem Zorn ihre Angst. Gebieterisch wanderte ihr Blick nach unten, dann nach oben, dann über die ganze Halle. Glücklicherweise sah sie nicht nach hinten. Sie sah nicht den bärtigen Halb-

Elfen in der Drachenrüstung, der sie scharf beobachtete. Statt dessen sah sie die Soldaten der Dunklen Königin, sie sah die Drachenfürsten auf ihren Thronen, sie sah die Drachen oben an der Decke. Schließlich blieb ihr Blick auf der dunklen Form der Königin der Finsternis haften.

Und jetzt weiß sie, wo sie sich befindet, dachte Tanis, der sich elend fühlte, denn aus Lauranas Gesicht war jede Farbe gewichen. Jetzt weiß sie, wo sie ist und welches Schicksal sie erwartet.

Welche Geschichten muß man ihr erzählt haben, in den Verliesen unterhalb des Tempels, wie hat man sie gequält mit Geschichten über die Todeskammern der Königin der Finsternis. Vermutlich hat sie die Schreie der anderen gehört, dachte Tanis. Sie hatte ihre Schreie in der Nacht gehört, und jetzt, binnen Stunden, vielleicht Minuten, würde sie in diese Schreie einstimmen.

Mit leichenblassem Gesicht wandte sich Laurana wieder Kitiara zu, als ob sie der einzige Fixpunkt in einem wirbelnden Universum wäre. Tanis sah Lauranas zusammengepreßte Zähne, sie biß sich auf die Lippen, um sich zu beherrschen. Sie würde dieser Frau niemals ihre Angst zeigen, sie würde keinem hier ihre Angst zeigen.

Kitiara machte eine kleine Handbewegung.

Laurana folgte ihrem Blick.

»Tanis...«

Sich umwendend, sah Laurana den Halb-Elfen, und als ihre Augen sich trafen, sah Tanis in ihnen Hoffnung. Er spürte, wie ihre Liebe ihn umfing und ihn wie das Erwachen des Frühlings nach der bitteren Dunkelheit des Winters segnete. Denn Tanis hatte erkannt, daß seine Liebe zu ihr das Band zwischen seinen beiden miteinander im Krieg stehenden Hälften war. Er liebte sie mit der unveränderbaren, ewigen Liebe seiner Elfenseele und mit der leidenschaftlichen Liebe seines menschlichen Blutes. Aber die Erkenntnis kam zu spät, und jetzt würde er für diese Erkenntnis mit seinem Leben und mit seiner Seele zahlen.

Er konnte Laurana nur einen Blick zuwerfen. Ein Blick, in

dem die Botschaft seines Herzens liegen mußte, denn er spürte Kitiaras braune Augen, die ihn aufmerksam beobachteten. Und andere Augen waren auf ihn gerichtet.

Sich dieser Augen bewußt, zwang sich Tanis, in seinem Gesicht nichts über seine Gedanken zu enthüllen. Seine ganze Beherrschung aufbringend, spannte er seine Kiefer an, hielt seinen Blick sorgfältig ausdruckslos. Laurana hätte eine Fremde sein können. Kalt drehte er sich von ihr weg, und er sah die Hoffnung in ihren leuchtenden Augen flackern und sterben. So wie eine Wolke die Sonne verdunkelt, verwandelte sich Lauranas Liebe in schiere Verzweiflung, die Tanis frösteln ließ.

Er hielt den Knauf seines Schwertes fest umklammert, um sein Zittern zu unterdrücken, und wandte sich Takisis, der Königin der Finsternis, zu.

»Eure Dunkle Majestät«, rief Kitiara, während sie Laurana am Arm ergriff und nach vorn zog, »ich überreiche Euch mein Geschenk – ein Geschenk, das uns den Sieg bringen wird!«

Einen Moment lang war sie von stürmischem Beifall unterbrochen. Sie hob ihre Hand, erbat sich Ruhe und fuhr fort.

»Ich gebe dir die Elfenfrau Lauralanthalasa, Prinzessin der Qualinesti-Elfen, Befehlshaber der schädlichen Ritter von Solamnia. Sie war es, die die Drachenlanzen zurückbrachte, sie war es, die die Kugel der Drachen im Turm des Oberklerikers anwendete. Auf ihren Befehl reisten ihr Bruder und ein Silberdrache nach Sanction, wo sie es mit Hilfe der Unfähigkeit von Lord Ariakus schafften, in den heiligen Tempel einzubrechen und die Zerstörung der Eier der guten Drachen zu entdecken.« Ariakus trat einen drohenden Schritt vor, aber Kitiara ignorierte ihn kühl. »Ich schenke sie Euch, meine Königin, damit Ihr mit ihr verfahrt, wie sie es Eurer Meinung nach verdient hat.«

Kitiara schleuderte Laurana nach vorn. Die Elfenfrau stolperte und fiel vor der Königin auf die Knie.

Du hast dich bewährt, Fürstin Kitiara, und du wirst reich belohnt werden. Wir werden diese Elfe in die Todeskammern führen lassen, dann werden wir dir deine Belohnung gewähren.

»Vielen Dank, Majestät.« Kitiara verbeugte sich. »Bevor wir

unseren Handel abschließen, bitte ich Euch um zwei Dinge.« Sie streckte ihre Hand aus und fing Tanis mit ihrem starken Griff. »Zuerst möchte ich Euch jemanden vorstellen, der in Eurer großartigen und siegreichen Armee dienen möchte.«

Kitiara legte eine Hand auf Tanis' Schulter und deutete mit einem festen Druck an, daß er sich hinknien sollte. Unfähig, den letzten Blick von Laurana aus seinem Bewußtsein zu löschen, zögerte Tanis. Er konnte sich noch immer von der Dunkelheit abwenden. Er konnte sich immer noch zu Laurana stellen, und sie würden gemeinsam dem Ende entgegensehen.

Dann grinste er höhnisch.

Wie selbstsüchtig ich bin, sagte er bitter, daß ich sogar in Erwägung ziehe, Laurana für einen Versuch zu opfern, meine eigene Dummheit zu decken. Nein, ich allein werde für meine Untaten bezahlen. Wenn ich nichts Gutes mehr in meinem Leben machen kann, dann will ich wenigstens sie retten. Und ich werde dieses Wissen mit mir tragen wie eine Kerze, die meinen Weg beleuchtet, bis die Dunkelheit mich verzehrt hat!

Kitiaras Griff war selbst durch die Drachenschuppenrüstung schmerzhaft. Die braunen Augen hinter dem Drachenhelm begannen vor Wut zu flimmern.

Langsam sank Tanis mit gebeugtem Kopf vor Ihrer Dunklen Majestät auf die Knie.

»Ich stelle Euch Euren demütigen Diener, Tanis, den Halb-Elfen, vor«, fuhr Kitiara kühl fort, obwohl Tanis eine Spur Erleichterung in ihrer Stimme zu erkennen glaubte. »Ich habe ihn zum Kommandanten meiner Armee ernannt, als Nachfolger meines verstorbenen Kommandanten Bakaris.«

Unser neuer Diener soll vortreten, hörte Tanis in seinem Bewußtsein.

Tanis spürte Kits Hand auf seiner Schulter, als er sich erhob. Sie zog ihn zu sich. Schnell flüsterte sie: »Vergiß nicht, du bist jetzt das Eigentum Ihrer Dunklen Majestät, Tanis. Sie muß völlig überzeugt sein, oder nicht einmal ich werde dich retten können, und du wirst deine Elfenfrau nicht retten können.«

»Ich vergesse es nicht«, sagte Tanis ausdruckslos. Er schüttelte sich aus Kitiaras Griff frei, trat nach vorn, um am äußersten Rand der Plattform unter dem Thron der Dunklen Königin stehenzubleiben.

Hebe deinen Kopf. Sieh mich an, kam der Befehl.

Tanis nahm seinen ganzen Mut zusammen, bat tief in seinem Innern um Stärke, eine Stärke, von der er nicht sicher war, sie zu besitzen. Wenn ich versage, ist Laurana verloren. Um der Liebe willen, muß ich die Liebe verbannen. Tanis hob seine Augen.

Sein Blick wurde festgehalten. Wie hypnotisiert starrte er auf die dunkle Form, unfähig, sich abzuwenden. Es war nicht notwendig, sich zu Ehrfurcht und Verehrung zu zwingen, denn das kam von allein, so wie es mit allen Sterblichen geschah, die einen Blick auf Ihre Dunkle Majestät warfen. Aber selbst jetzt stellte er tief in seinem Innern fest, daß er immer noch frei war. Ihre Macht war nicht vollkommen. Sie konnte ihn nicht gegen seinen Willen verzehren. Obwohl Takisis sich bemühte, diese Schwäche nicht zu enthüllen, war sich Tanis des Kampfes bewußt, den sie führte, um in die Welt zu treten.

Ihre dunkle Gestalt schwankte vor seinen Augen, enthüllte sich in all ihren Verkleidungen, bewies, daß sie über keine die Kontrolle besaß. Zuerst erschien sie ihm als fünfköpfiger Drache gemäß der solamnischen Legende. Dann änderte sich die Gestalt, und sie war die Verführerin – eine Frau, für die Männer ihr Leben geben würden. Eine neue Gestalt. Jetzt war sie der Dunkle Krieger, ein hochgewachsener und mächtiger Ritter des Bösen.

Aber obwohl sich die Gestalten änderten, blieben die dunklen Augen beständig, starrten in Tanis' Seele, die Augen des fünfköpfigen Drachen, die Augen der wunderschönen Verführerin, die Augen des furchterregenden Kriegers. Tanis fühlte sich ihrer Prüfung hilflos ausgesetzt. Er konnte es nicht ertragen, er hatte nicht die Kraft. Niedergeschlagen warf er sich wieder auf die Knie, vor der Königin kriechend, sich selbst verachtend, als er hinter sich einen qualvollen, würgenden Schrei hörte.

Die Hörner des Untergangs

Sich schwerfällig durch den nördlichen Korridor schleppend, auf der Suche nach Berem, ignorierte Caramon die überraschten Schreie und Rufe und Hände der Gefangenen, die sich ihm aus den Zellen entgegenstreckten. Aber Berem war nirgendwo zu sehen und auch keine Spuren seines Vorbeikommens. Er versuchte, die anderen Gefangenen zu fragen, ob sie ihn gesehen hätten, aber die meisten waren durch die Folter, die sie ertragen mußten, so verwirrt, daß ihre Antworten keinen Sinn ergaben, und schließlich ließ Caramon sie voller Entsetzen und Mitleid in Ruhe. Er lief weiter den Korridor entlang, der ihn immer tiefer nach unten führte. Er sah sich um und fragte sich verzweifelt, wo er den verrückten Mann finden konnte. Sein einziger Trost war, daß von diesem Korridor kein anderer abzweigte. Berem mußte also diesen Weg genommen haben. Aber wo steckte er dann?

Caramon spähte in die Zellen, stolperte in die Ecken und hätte beinahe einen Hobgoblinwächter nicht bemerkt, der sich auf ihn stürzte. Gereizt schwang er sein Schwert, über die Unterbrechung verärgert, und schlug den Kopf der Kreatur ab und setzte bereits seinen Weg fort, bevor der Körper auf den Steinboden aufschlug.

Dann seufzte er erleichtert auf. Als er eine Treppe hinuntereilte, wäre er beinahe auf den Körper eines anderen toten Hobgoblins getreten. Sein Hals war von starken Händen erwürgt worden. Berem war also hier gewesen, und das vor nicht allzu langer Zeit, denn der Körper war noch warm.

In der Gewißheit, auf der Spur des Mannes zu sein, begann Caramon zu laufen. Die Gefangenen in den Zellen nahm er gar nicht mehr wahr. Ihre Stimmen, die um Freiheit bettelten, hallten in seinen Ohren wider.

Wenn ich sie freilasse, hätte ich eine Armee, dachte Caramon plötzlich. Er spielte mit dem Gedanken, die Zellentüren zu öffnen, als er auf einmal ein schreckliches Heulen und Schreien hörte.

Berems Brüllen erkennend, stürzte Caramon weiter. Die Zellen endeten, der Korridor verengte sich zu einem Tunnel, der sich tief in den Boden schnitt. Fackeln schimmerten an den Wänden, aber es waren wenige, und sie waren in großen Abständen aufgestellt. Caramon lief weiter, das Brüllen kam immer näher. Der Krieger versuchte sich zu beeilen, aber der Boden war glitschig und schleimig, die Luft wurde noch dumpfer und schwerer von der Feuchtigkeit, je tiefer er in den Tunnel lief. Um nicht auszurutschen und zu fallen, mußte er langsamer gehen. Die Schreie wurden lauter. Der Tunnel wurde heller – er näherte sich offenbar seinem Ende.

Und dann sah er Berem. Zwei Drakonier schlugen auf ihn

ein, ihre Schwerter glänzten im Fackellicht. Berem wehrte sie mit bloßen Händen ab. Das Licht des grünen Edelsteins ließ den kleinen Raum in einer unheimlichen Helligkeit erstrahlen.

Nur Berems Wahnsinn gab ihm die Kraft, sie so lange abzuwehren. Blut strömte aus einer Schnittwunde über sein Gesicht. Als Caramon ihm zu Hilfe sprang und im Schleim ausrutschte, ergriff Berem mit einer Hand die Schwertklinge eines Drakoniers, gerade als die Spitze seine Brust berührte. Der Stahl drang in sein Fleisch, aber er nahm den Schmerz nicht wahr. Blut floß über seine Hände, als er die Klinge drehte und den Drakonier mit einem Ruck nach hinten schob. Dann taumelte er, japste nach Luft. Der andere Drakonier näherte sich.

Da die Wachen nur auf ihr Opfer achteten, bemerkten sie Caramon nicht. Er sprang aus dem Tunnel und dachte nur daran, die Kreaturen nicht zu erstechen, um sein Schwert nicht zu verlieren. Er packte eine Wache mit seinen riesigen Händen und drehte ihr den Kopf um, bis das Genick brach. Dann ließ er den Körper fallen und begegnete dem Sprung des anderen Drakoniers mit einer schnellen Bewegung der Handkante gegen die Kehle der Kreatur. Sie fiel zurück.

»Berem, ist alles in Ordnung?« Caramon drehte sich um und wollte Berem helfen, als er plötzlich einen stechenden Schmerz in seiner Seite spürte.

Vor Schmerz aufkeuchend, taumelte er herum und sah auf einen Drakonier. Offenbar hatte er sich in den Schatten versteckt gehalten, vielleicht hatte er Caramon kommen gehört. Sein Schwerthieb hätte töten sollen, aber er war in Eile ausgeführt worden und an Caramons Kettenrüstung abgeglitten. Caramon stolperte zurück, um sein Schwert zu suchen und Zeit zu gewinnen.

Aber der Drakonier hatte nicht vor, ihm Zeit zu lassen. Er hob erneut seine Klinge und sprang auf Caramon zu.

Eine Bewegung, grünes Licht blitzte auf, und der Drakonier fiel tot vor Caramons Füße.

»Berem!« keuchte Caramon und preßte seine Hand auf seine Seite. »Danke! Wie...«

Aber Berem starrte nur Caramon an, schien ihn nicht wiederzuerkennen. Doch dann nickte er langsam, drehte sich um und wollte weiterlaufen.

»Warte!« rief Caramon. Er biß die Zähne vor Schmerzen zusammen, sprang über die Körper der Drakonier und eilte Berem hinterher. Er ergriff ihn am Arm und hielt ihn an. »Warte, verdammt!« wiederholte er.

Die plötzliche Bewegung forderte ihren Tribut. Der Raum verschwamm vor seinen Augen. Caramon war gezwungen, einen Moment stillzustehen und den plötzlichen Schmerz abklingen zu lassen. Als er wieder sehen konnte, blickte er sich um, um sich zu orientieren.

»Wo sind wir?« fragte er, ohne eine Antwort zu erwarten. Er wollte nur, daß Berem seine Stimme hörte.

»Tief, tief unter dem Tempel«, erwiderte Berem mit hohler Stimme. »Ich bin in der Nähe. Ganz in der Nähe.«

»Ja«, stimmte Caramon zu, ohne etwas zu verstehen. Er hielt Berem weiter fest und sah sich um. Der Tunnel, aus dem er gekommen war, endete in einer kleinen kreisrunden Kammer. Ein Wachraum, erkannte er, als er einen alten Tisch, mehrere Stühle und eine Fackel an der Wand sah. Das ergab einen Sinn. Die Drakonier mußten hier Wache gehalten haben. Deshalb war Berem auf sie gestoßen. Aber was konnten die Drakonier bewacht haben?

Caramon sah sich schnell in der kleinen Steinkammer um, konnte aber nichts entdecken. Der Raum hatte einen Durchmesser von vielleicht zwanzig Schritten und war aus dem Fels herausgehauen worden. Die spiralförmigen Steinstufen führten vom Tunnel in diesen Raum, und gegenüber von ihnen führte ein Bogengang hinaus. Berem war auf diesen Bogengang zugelaufen, bevor Caramon ihn aufgehalten hatte. Caramon sah nichts, als er in die Öffnung spähte. Es war dunkel, so dunkel, daß Caramon dachte, er würde in die Große Finsternis starren, von denen die Legenden erzählten. Eine Finsternis, die in der Leere existiert hatte, lange bevor die Götter das Licht erschaffen hatten.

Das einzige, was er hörte, war das gurgelnde und aufspritzende Geräusch von Wasser. Ein unterirdischer Fluß, dachte er, darum die feuchte Luft. Er trat einen Schritt zurück und untersuchte den Bogengang näher.

Er war nicht aus dem Fels herausgehauen worden wie die kleine Kammer, in der sie sich befanden. Er war von fachmännischen Händen aus Steinen gefertigt worden. Er konnte schwache Umrisse von kunstvoll ausgeführten Meißelarbeiten sehen, die ihn einst verziert hatten, aber er erkannte keine Einzelheiten. Der Zahn der Zeit und die Luftfeuchtigkeit hatten sie fest zerstört.

Als Caramon die Bogen studierte, in der Hoffnung, hier einen Hinweis zu finden, stürzte er beinahe, denn Berem klammerte sich plötzlich mit einer wilden Heftigkeit an ihn.

»Ich kenne dich!« schrie der Mann.

»Sicher«, grunzte Caramon. »Was im Namen der Hölle machst du hier unten?«

»Jasla ruft...«, sagte Berem. Der wahnsinnige Blick erschien wieder in seinen Augen. Er drehte sich um und starrte in die Dunkelheit hinter dem Bogen. »Dort hinein muß ich gehen... Wachen... haben versucht, mich aufzuhalten. Du kommst mit mir.«

Dann wurde Caramon klar, daß die Drakonier diesen Durchgang bewacht haben mußten! Aber warum? Was lag dahinter? Hatten sie Berem erkannt, oder hatten sie nur dem Befehl gehorcht, jedem den Eintritt zu verwehren? Er wußte keine Antwort auf all diese Fragen, und dann kam ihm der Gedanke, daß die Antworten keine Rolle spielten, und auch nicht die Fragen.

»Du mußt hier durch«, sagte er zu Berem. Es war eine Feststellung, keine Frage. Berem nickte und trat ungeduldig einen Schritt vor. Er wäre direkt in die Finsternis gelaufen, wenn Caramon ihn nicht zurückgezogen hätte.

»Warte, wir brauchen Licht«, sagte der Krieger seufzend und trat zurück, den Blick weiter auf Berem gerichtet blieb, bis seine suchende Hand eine Fackel an der Wand berührte. Er hob sie aus der Halterung und kehrte zu Berem zurück.

»Ich gehe mit dir«, sagte er mit schwerer Stimme, während er sich fragte, wie weit er noch laufen konnte, bevor er vor Schmerzen und Blutverlust zusammenbrechen würde. »Hier, halt mal.« Er reichte Berem die Fackel, riß einen Streifen von Berems zerfetztem Hemd ab und verband damit die Wunde. Dann nahm er wieder die Fackel und trat in den Bogengang.

Als er an zwei Steinträgern vorbeiging, spürte Caramon etwas sein Gesicht streifen. »Spinnenweben!« murmelte er und griff voller Ekel danach. Er sah sich ängstlich um; er fürchtete sich vor Spinnen. Aber es waren keine da. Achselzuckend setzte er seinen Weg fort und zog Berem mit sich.

Hörnerrufe zerrissen die Luft.

»In der Falle!« sagte Caramon grimmig.

»Tika!« keuchte Tolpan stolz, als sie durch den düsteren Verlieskorridor liefen. »Dein Plan hat funktioniert.« Der Kender riskierte einen Blick über seine Schulter. »Ja«, bekräftigte er atemlos. »Ich glaube, *alle* folgen *uns!*«

»Wunderbar«, murrte Tika. Irgendwie hatte sie nicht erwartet, daß ihr Plan so gut funktionieren würde. Noch nie hatte einer ihrer Pläne in ihrem Leben funktioniert. Wer hätte gedacht, daß ausgerechnet dieser erfolgreich sein würde? Auch sie warf schnell einen Blick über die Schulter. Es mußten sechs oder sieben Drakonier mit langen Krummschwertern in ihren Klauenhänden sein, die ihnen nachjagten.

Obwohl die klauenfüßigen Drakonier nicht so schnell laufen konnten wie das Mädchen und der Kender, so verfügten sie doch über eine unglaubliche Ausdauer. Tika und Tolpan hatten zwar einen guten Vorsprung herausgeholt, aber er schrumpfte stetig. Das Mädchen japste bereits nach Luft, und an ihren Seiten spürte sie einen solch stechenden Schmerz, daß sie sich am liebsten vor Qual gekrümmt hätte.

Aber mit jeder Sekunde, die ich renne, gebe ich Caramon ein bißchen mehr Zeit, sagte sie sich. Ich ziehe die Drakonier einfach von ihm weg.

»Sag mal, Tika«, Tolpans Zunge hing aus seinem Mund, sein

Gesicht, fröhlich wie immer, war vor Erschöpfung blaß, »weißt du, wohin wir laufen?«

Tika schüttelte den Kopf. Sie hatte keinen Atem zum Sprechen. Sie spürte, wie sie langsamer wurde, ihre Beine waren wie Blei. Ein weiterer Blick zeigte ihr, daß die Drakonier rasch aufholten. Sie sah sich schnell um, hoffte, eine Abzweigung zu finden oder eine Nische, einen Türeingang, irgendein Versteck. Aber es gab nichts. Der Korridor erstreckte sich stumm und leer vor ihnen. Es gab nicht einmal Zellen. Es war ein langer, schmaler, glatter und scheinbar endloser Steintunnel, der allmählich anstieg.

Dann brachte eine plötzliche Erkenntnis sie fast zum Anhalten. Langsamer werdend, nach Atem keuchend, starrte sie Tolpan an, der im trüben Licht der rauchenden Fackeln kaum sichtbar war.

»Der Tunnel... steigt...« Sie hustete.

Tolpan blinzelte sie verständnislos an, dann erhellte sich sein Gesicht.

»Er führt nach oben und nach draußen!« schrie er jubelnd. »Du hast es geschafft, Tika!«

»Vielleicht...«, antwortete Tika vorsichtig.

»Komm schon!« schrie Tolpan aufgeregt, zu neuer Energie erwacht. Er nahm Tikas Hand und zog sie weiter. »Ich weiß, daß du recht hast, Tika! Riech mal!« Er schnüffelte. »...frische Luft! Wir entkommen... und finden Tanis... und kommen zurück und... befreien Caramon...«

Nur ein Kender kann erzählen und zugleich durch einen Korridor rennen, während er von Drakoniern gejagt wird, dachte Tika erschöpft. Nur die Angst trieb sie selbst vorwärts, das wußte sie. Und bald würde ihr alles gleichgültig sein. Dann würde sie im Tunnel zusammenbrechen, so müde und erschöpft, daß es ihr einerlei wäre, was die Drakonier...

Dann flüsterte sie: »Frische Luft!«

Sie hatte wirklich gedacht, daß Tolpan nur gelogen hätte, um sie am Laufen zu halten. Aber jetzt konnte sie einen feinen Windhauch an ihrer Wange spüren. Hoffnung machte ihre bleiernen Beine leichter. Als sie kurz einen Blick zurückwarf, kam es ihr vor, als wären die Drakonier langsamer geworden. Vielleicht erkennen sie, daß sie uns jetzt nicht mehr kriegen! Sie wurde von Jubel erfüllt.

»Beeil dich, Tolpan!« gellte sie. Mit erneuter Kraft stürmten sie den Korridor entlang, die süße Luft wehte immer stärker und stärker.

Als sie um eine Ecke rannten, kamen sie so plötzlich zum Halt, daß Tolpan über einige lockere Steine glitt und gegen eine Mauer prallte.

»Darum also sind sie langsamer geworden«, sagte Tika leise.

Der Korridor war hier zu Ende. Zwei mit Querbalken versehene Holztüren hielten ihn verschlossen. Kleine vergitterte Fenster in den Türen ließen die Nachtluft in das Verlies wehen. Tika und Tolpan konnten nach draußen sehen, sie konnten die Freiheit sehen – aber nicht erreichen.

»Gib nicht auf!« sagte Tolpan nach einem Moment. Er erholte sich schnell und rannte zu den Türen und rüttelte an ihnen. Sie waren verschlossen.

»Verdammt«, murmelte Tolpan und untersuchte fachmännisch die Türen. Caramon wäre in der Lage gewesen, sich seinen Weg durch die Türen zu schlagen oder das Schloß mit einem Schwertschlag aufzubrechen. Aber nicht der Kender, auch nicht Tika.

Während sich Tolpan zur näheren Untersuchung über das Schloß beugte, lehnte sich Tika gegen eine Wand und schloß erschöpft die Augen. Das Blut pochte in ihren Schläfen, die Muskeln in ihren Beinen verknoteten sich in schmerzhaften Zukkungen. Ermattet schmeckte sie salzige Tränen, und ihr wurde bewußt, daß sie vor Schmerz und vor Wut und vor Enttäuschung schluchzte.

»Nicht doch, Tika!« sagte Tolpan, eilte zu ihr und tätschelte ihre Hand. »Es ist ein einfaches Schloß. Ich bringe uns hier in Null Komma nichts heraus. Wein nicht, Tika. Ich brauche nur einen kleinen Moment, aber du solltest für diese Drakonier bereit sein, falls sie kommen. Halt sie einfach beschäftigt...«

»In Ordnung«, sagte Tika und schluckte die Tränen hinunter. Eilig wischte sie mit dem Handrücken über die Nase, dann drehte sie sich mit dem Schwert in der Hand in den Korridor, während sich Tolpan wieder dem Schloß widmete.

Es war ein einfaches, ein sehr einfaches Schloß, sah er mit Zufriedenheit, mit solch einer simplen Falle kombiniert. Er fragte sich, warum sie sich überhaupt solche Umstände gemacht hatten.

Fragte sich, warum sie sich überhaupt solche Umstände gemacht hatten... Einfaches Schloß... simple Falle... Die Worte klangen in ihm nach. Vertraute Worte! Er hatte sie schon einmal zuvor gedacht... Erstaunt sah er zu den Türen hoch und stellte fest, daß er hier schon einmal *gewesen* war! Aber nein, das war unmöglich.

Wütend schüttelte Tolpan den Kopf und suchte in einem Beutel nach dem Werkzeug. Dann hielt er inne. Kalte Angst ergriff den Kender und schüttelte ihn, wie ein Hund eine Ratte schüttelt.

Der Traum!

Das waren die Türen, die er in dem Silvanesti-Traum gesehen hatte! Das war das Schloß gewesen. Das einfache, so einfache Schloß mit der simplen Falle! Und Tika hatte hinter ihm gestanden, kämpfend... sterbend...

»Sie kommen, Tolpan!« rief Tika und schloß ihre schwitzenden Hände fester um das Schwert. Sie warf ihm einen Blick über die Schulter zu. »Was machst du denn? Worauf wartest du?«

Tolpan konnte nicht antworten. Er konnte die Drakonier jetzt hören, sie lachten mit ihren groben Stimmen, nahmen sich Zeit, ihre Opfer zu erreichen, da sie wußten, daß sie nicht entkommen konnten. Sie bogen um die Ecke, und Tolpan hörte, daß ihr Lachen noch lauter wurde, als sie Tika mit dem Schwert sahen.

»Ich... ich glaube, ich schaffe es nicht, Tika!« wimmerte Tolpan, entsetzt auf das Schloß starrend.

»Tolpan«, sagte Tika schnell und grimmig, trat zurück, um

mit ihm zu reden, ohne die Feinde aus den Augen zu lassen, »wir können nicht zulassen, daß sie uns gefangennehmen! Sie wissen über Berem Bescheid! Sie werden versuchen, uns zum Reden zu bringen, was wir über ihn wissen, Tolpan! Und du weißt, was sie mit uns machen, um uns zum Reden zu bringen...«

»Du hast recht!« sagte Tolpan kläglich. »Ich versuche es.«

Du hast den Mut, auf diesem Weg zu gehen..., hatte Fizban gesagt. Er holte tief Luft und zog einen dünnen Draht aus dem Beutel. Trotz allem, sagte er streng zu seinen zitternden Händen, für einen Kender ist der Tod doch das größte aller Abenteuer. Und dann ist Flint dort draußen, ganz allein. Wahrscheinlich in alle möglichen Probleme verstrickt... Seine Hände waren jetzt ganz ruhig. Tolpan schob den Draht sorgfältig in das Schloß und machte sich an die Arbeit.

Plötzlich hörte er hinter sich rohes Gebrüll; er hörte Tika schreien und Stahl gegen Stahl schlagen.

Tolpan wagte einen schnellen Blick. Tika hatte niemals die Schwertkunst erlernt, aber sie war eine erfahrene Wirtshausraufboldin. Sie hackte und schlitzte mit der Klinge, trat und stieß und biß und schlug. Die Wut und Heftigkeit ihres Angriffs ließ die Drakonier ein Stück zurückweichen. Alle waren verletzt und bluteten; einer krümmte sich in seinem grünen Blut auf dem Boden, sein Arm hing herab.

Aber sie wird sie nicht mehr lange aufhalten können. Tolpan wandte sich wieder seiner Arbeit zu, aber jetzt zitterten seine Hände, das Werkzeug entglitt ihm. Der Trick bestand darin, das Schloß zu sprengen, ohne daß die Falle zuschnappte. Er konnte die Falle sehen – eine winzige Nadel, die von einer gewundenen Sprungfeder gehalten wurde.

Hör auf, befahl er sich. War das für einen Kender eine Art zu handeln? Er führte den Draht wieder sorgfältig ein, seine Hände waren wieder ruhig. Plötzlich, als er es fast geschafft hatte, wurde er angestoßen.

»He«, rief er gereizt zu Tika und drehte sich um. »Paß ein bißchen auf...« Er hielt inne. Der Traum! Er hatte genau dieselben Worte gesagt. Und wie in dem Traum sah er Tika zu seinen Füßen liegen, Blut floß in ihren roten Locken.

»Nein!« kreischte Tolpan vor Wut. Der Draht rutschte, seine Hand traf das Schloß.

Es klickte, als sich das Schloß öffnete. Und mit dem Klicken kam ein anderes Geräusch, ein knirschendes, kaum hörbares Geräusch. Die Falle war zugeschnappt.

Mit aufgerissenen Augen starrte Tolpan auf den winzigen Blutfleck an seinem Finger, dann auf die kleine goldene Nadel, die aus dem Schloß ragte. Die Drakonier hatten ihn jetzt bei den Schultern gepackt. Tolpan ignorierte sie. Es spielte sowieso keine Rolle mehr. Er spürte einen stechenden Schmerz im Finger, und bald würde sich der Schmerz über seinen Arm und dann auf seinen ganzen Körper ausbreiten.

Wenn er mein Herz erreicht, werde ich nichts mehr spüren, dachte er verträumt. Ich werde überhaupt nichts mehr spüren.

Dann hörte er Hörner, schmetternde Hörner, Messinghörner. Er hatte solche Hörner schon einmal gehört. Wo? Ach ja. Es war in Tarsis gewesen, kurz bevor die Drachen angegriffen hatten.

Und dann waren die Drakonier plötzlich verschwunden – sie hatten ihn losgelassen und waren hektisch in den Korridor zurückgelaufen.

»Muß eine Art Generalalarm sein«, dachte Tolpan, der mit Interesse verfolgte, daß seine Beine ihn nicht mehr tragen wollten. Er glitt auf den Boden neben Tika. Er streckte eine zitternde Hand aus und streichelte sanft ihre schönen roten Lokken, die jetzt mit Blut verschmiert waren. Ihr Gesicht war weiß, ihre Augen geschlossen.

»Es tut mir leid, Tika«, sagte Tolpan mit zugeschnürter Kehle. Der Schmerz breitete sich schnell aus, seine Finger und Füße waren bereits starr. Er konnte sie nicht mehr bewegen. »Es tut mir leid, Caramon. Ich habe es versucht, wirklich versucht...« Leise weinend lehnte sich Tolpan an die Tür und wartete auf die Dunkelheit.

Tanis konnte sich nicht bewegen, und einen Moment lang, als er Lauranas herzzerreißendes Schluchzen hörte, hatte er auch nicht das Bedürfnis, sich zu bewegen. Statt dessen betete er zu einem gnädigen Gott, ihn zu erschlagen, während er vor der Dunklen Königin kniete. Aber die Götter erfüllten ihm nicht seinen Wunsch. Der Schatten hob sich, als sich die Aufmerksamkeit der Königin von ihm weg bewegte. Tanis taumelte auf die Füße, sein Gesicht vor Scham gerötet. Er konnte Laurana nicht ansehen, er wagte nicht einmal, Kitiaras Augen zu begegnen, da er sich ihres Spotts sicher war.

Aber Kitiara hatte Wichtigeres im Sinn. Dies war der Augenblick ihres Ruhms. Alles lief nach Plan. Sie streckte ihre Hand aus und fing Tanis mit ihrem kräftigen Griff ab, als dieser vortreten wollte, Laurana zu begleiten. Kühl schob sie ihn zur Seite und stellte sich vor ihn.

»Schließlich wünsche ich einen meiner Diener zu belohnen, der mir bei der Gefangennahme der Elfenfrau geholfen hat. Fürst Soth bat um die Seele dieser Lauralanthalasa, damit er seine Rache an der Elfenfrau, die vor langer Zeit den Fluch auf ihn geworfen hat, nehmen kann. Wenn er schon verdammt ist, in ewiger Dunkelheit zu leben, dann bittet er, daß diese Elfenfrau sein Leben im Tod mit ihm teilt.«

»Nein!« Laurana hob ihren Kopf, Furcht und Entsetzen durchbohrten ihre betäubten Sinne. »Nein«, wiederholte sie mit ersterbender Stimme.

Sie trat einen Schritt zurück und sah sich panisch nach Fluchtmöglichkeiten um, aber es gab keine. Unter ihr waren die Drakonier, die erwartungsvoll zu ihr hinaufsahen. Vor Verzweiflung würgend, blickte sie noch einmal zu Tanis. Sein Gesicht wirkte düster und gefährlich; er sah sie nicht an, sondern starrte mit brennenden Augen zu der menschlichen Frau. Laurana bedauerte bereits ihren erbärmlichen Ausbruch und beschloß, lieber zu sterben, als weiter Schwäche zu zeigen. Sie richtete sich stolz auf, hob ihren Kopf, gewann ihre Beherrschung wieder.

Tanis sah Laurana nicht. Kitiaras Worte rasten wie sein Blut durch seinen Kopf, vernebelten seinen Blick und seine Gedanken. Wütend tat er zu Kitiara. »Du hast mich betrogen!« würgte er hervor. »Das war nicht Teil unserer Abmachung!«

»Sei ruhig!« befahl Kit mit ruhiger Stimme. »Oder du wirst alles vermasseln!«

»Was...«

»Halt den Mund!« schnappte Kitiara böse.

Dein Geschenk erfreut uns, Fürstin Kitiara. Wir gewähren dir deine Wünsche. Die Seele der Elfenfrau wird Fürst Soth gegeben, und wir nehmen den Halb-Elfen in unsere Dienste. In Anerkennung dessen wird er sein Schwert zu Füßen von Lord Ariakus niederlegen.

»Nun mach schon!« befahl Kitiara kühl, ihre Augen ruhten auf Tanis. Die Augen aller Anwesenden im Saal ruhten auf dem Halb-Elfen.

Seine Gedanken verschwammen. »Was?« murmelte er. »Davon hast du mir nichts erzählt! Was soll ich tun?«

»Geh zur Plattform und lege dein Schwert zu Ariakus' Füßen nieder«, antwortete Kitiara schnell und begleitete ihn zum Rand der Plattform. »Er wird es aufheben und dir zurückgeben, dann bist du ein Offizier der Drachenarmee. Es ist nur ein Ritual. Aber dadurch gewinne ich Zeit.«

»Zeit wofür? Was hast du geplant?« fragte Tanis barsch. Er griff ihren Arm. »Du hättest es mir sagen sollen...«

»Je weniger du weißt, desto besser, Tanis.« Kitiara lächelte bezaubernd, für jene, die sie beobachteten. Es gab nervöses Gelächter, grobe Witze über das, was wie die Trennung von Liebenden aussah. Aber Tanis sah kein Lächeln in Kits braunen Augen. »Vergiß nicht, wer neben mir auf dieser Plattform steht«, flüsterte Kitiara. Ihren Schwertknauf streichelnd, warf Kit Laurana einen bedeutungsvollen Blick zu. »Mach keine Dummheiten.« Sie drehte sich um und ging wieder zurück und stellte sich neben Laurana.

Tanis zitterte vor Furcht und Wut, seine Gedanken wirbelten wirr durcheinander, als er die Stufen hinabstolperte. Der Lärm der Versammlung überrollte ihn wie Meereswellen. Speerspitzen blitzten auf, Fackeln vernebelten seine Sinne. Er setzte seinen Fuß auf den Boden und ging auf Ariakus' Plattform zu, ohne sich bewußt zu sein, wo er war oder was er tun sollte. Er bewegte sich mechanisch über den Marmorboden.

Die Gesichter der Drakonier, die Ariakus' Ehrenwache bildeten, schwebten um ihn wie ein entsetzlicher Alptraum. Er sah sie als körperlose Köpfe, funkelnde Zahnreihen und zuckende Zungen. Sie teilten sich vor ihm, die Stufen materialisierten sich vor seinen Füßen, als ob sie aus einem Nebel hervorgekommen wären.

Er hob den Kopf und starrte benommen hoch. Dort stand Lord Ariakus; ein riesiger Mann, majestätisch, mächtig. Das ganze Licht im Saal schien zu der Krone auf seinem Kopf hingezogen zu werden. Ihre Helligkeit verwirrte die Augen, und Tanis, von ihr geblendet, blinzelte, als er die Stufen mit der Hand am Schwert hochstieg.

Hatte Kitiara ihn verraten? Würde sie ihr Versprechen halten? Tanis bezweifelte es. Bitterlich verfluchte er sich. Wieder einmal war er ihrem Zauber erlegen. Wieder einmal hatte er den Narren gespielt, weil er ihr vertraut hatte. Und jetzt hatte sie alle Karten in der Hand. Er konnte nichts machen... oder doch?

Ihm kam so plötzlich eine Idee, daß er, mit einem Fuß auf der oberen Stufe, mit dem anderen auf der unteren, verhielt.

Narr! Geh weiter, befahl er sich, spürte, daß ihn alle anstarrten. Er zwang sich, nach außen hin ruhig zu wirken, und stieg weiter die Stufen hoch. Je näher er Lord Ariakus kam, um so klarer wurde sein Plan.

Wer auch immer die Krone trägt, herrscht! Die Worte hallten durch Tanis' Bewußtsein.

Töte Ariakus, nimm die Krone! Es ist ganz einfach! Tanis' Blick huschte fiebrig zur Nische. Keine Wachen standen bei Ariakus. Natürlich! Kein Soldat durfte auf der Plattform stehen. Aber er hatte nicht einmal Wachen auf den Stufen wie die anderen Fürsten. Offenbar war der Mann so hochmütig, fühlte sich so sicher, daß er sie für unnötig hielt.

Tanis' Gedanken überschlugen sich. Kitiara würde ihre Seele

gegen diese Krone eintauschen. Und solange ich sie trage, wird sie *mir* gehorchen! Ich kann Laurana retten... wir können zusammen fliehen! Wenn wir erst einmal draußen in Sicherheit sind, kann ich es Laurana erklären. Ich kann alles erklären! Ich werde mein Schwert ziehen, aber statt es vor Lord Ariakus' Füße zu legen, werde ich ihn durchbohren! Wenn die Krone erst in meiner Hand ist, wird niemand wagen, mich zu berühren!

Tanis bebte vor Aufregung. Mit äußerster Anstrengung gelang es ihm, sich zu beruhigen. Er konnte Ariakus nicht ansehen, weil er fürchtete, der Mann könnte seinen verzweifelten Plan in seinen Augen lesen.

Er hielt den Blick auf die Stufen gerichtet, er wußte nur, daß er sich Lord Ariakus näherte, weil es noch fünf Stufen bis zur Plattform waren. Tanis' Hand zuckte an seinem Schwert. Als er glaubte, sich unter Kontrolle zu haben, richtete Tanis den Blick auf das Gesicht des Mannes, und einen Moment lang ließ ihn das Böse, das sich ihm enthüllte, die Fassung verlieren. Es war ein Gesicht, leidenschaftlos geworden, ein Gesicht, das den Tod Tausender Unschuldiger als Mittel zu nur einem einzigen Zweck gesehen hatte.

Ariakus hatte Tanis mit gelangweilter Miene beobachtet, mit einem Lächeln amüsierter Verachtung. Dann hatte er das Interesse an dem Halb-Elfen völlig verloren und sich seinen Sorgen gewidmet. Tanis sah, wie der Blick des Mannes zu Kitiara wanderte. Er wirkte nachdenklich. Es war der Blick eines Spielers, der über ein Spielbrett gebeugt saß, über seinen nächsten Zug brütete und die Absichten seines Gegners herauszufinden versuchte.

Voller Abscheu und Haß begann Tanis, das Schwert aus der Scheide zu ziehen. Selbst wenn sein Versuch, Laurana zu retten, scheitern würde, selbst wenn sie beide innerhalb dieser Mauern sterben würden, dann konnte er zumindest noch eine gute Tat in dieser Welt verrichten, indem er den Oberbefehlshaber der Drachenarmee tötete.

Aber als Ariakus hörte, wie Tanis sein Schwert zog, blitzten seine Augen wieder zum Halb-Elfen zurück. Sein dunkler Blick durchbohrte Tanis' Seele. Tanis spürte, wie er von der gewaltigen Macht des Mannes überwältigt wurde, sie schlug ihm entgegen wie die Hitze aus einem Kamin. Und dann traf die Erkenntnis Tanis wie ein Schlag, ließ ihn fast die Treppe hinunterstürzen.

Er wurde von der Aura der Magie umgeben... Ariakus war ein Zauberkundiger!

Blinder, idiotischer Narr! verfluchte sich Tanis. Denn jetzt, als er nähertrat, sah er um den Fürsten eine schimmernde Wand. Natürlich, deshalb hatte er keine Wachen! Seine eigene Magie beschützte ihn!

Und er war jetzt auf der Hut. Soviel konnte Tanis deutlich in den kalten, gefühllosen Augen erkennen.

Die Schultern des Halb-Elfen sackten zusammen. Es war aussichtslos.

Und dann: *Schlag zu, Tanis! Fürchte nicht seine Magie! Ich helfe dir!*

Die Stimme war nicht mehr als ein Flüstern, dennoch so deutlich und so intensiv, daß Tanis warmen Atem an seinem Ohr zu spüren glaubte. Seine Nackenhaare sträubten sich, ein Schauer überlief seinen Körper.

Bebend blickte er sich um. Niemand war in seiner Nähe, niemand, außer Ariakus! Er war nur noch drei Schritte entfernt, finster blickend, offensichtlich ungeduldig, da diese Zeremonie immer noch kein Ende fand. Als er Tanis zögern sah, bedeutete Ariakus ihm mit einer gebieterischen Geste, sein Schwert vor seine Füße zu legen.

Wer hatte gesprochen? Tanis' Augen blieben auf einer Gestalt neben der Königin der Finsternis haften. Sie war schwarz gekleidet, er hatte sie vorher nicht bemerkt. Jetzt starrte er sie an, sie kam ihm irgendwie vertraut vor. War die Stimme von dieser Gestalt gekommen? Wenn ja, dann ließ sie es nicht erkennen, weder durch ein Zeichen noch durch eine Bewegung. Was sollte er tun, fragte er sich hektisch.

Schlag zu, Tanis! flüsterte wieder die Stimme. *Schnell!*

Schwitzend und mit zitternder Hand zog Tanis langsam sein Schwert. Er befand sich jetzt auf gleicher Höhe mit Ariakus. Die schimmernde Wand der Magie umgab den Fürsten wie ein Regenbogen, der sich im schäumenden Wasser widerspiegelt.

Ich habe keine andere Wahl, sagte sich Tanis. Wenn es eine Falle ist, dann soll es so sein. Ich wähle diesen Tod.

Er gab vor zu knien, hielt sein Schwert am Knauf, um es auf die Marmorplattform zu legen. Unvermittelt hob er sein Schwert und ließ es in Richtung von Ariakus' Herz schnellen.

Der Halb-Elf erwartete den eigenen Tod. Er biß die Zähne zusammen, als er zuschlug, machte sich auf den magischen Schild gefaßt, darauf, wie ein vom Blitz getroffener Baum vernichtet zu werden.

Und ein Blitz *schlug* ein, aber nicht auf ihn! Zu seiner Verblüffung explodierte die Regenbogenmauer und ließ sein Schwert durch. Er spürte es in Fleisch eintauchen. Ein heftiger Aufschrei des Schmerzes und der Wut betäubte ihn fast.

In Tanis' Kopf explodierte eine Welle des Schmerzes. Verschwommen sah er sein Schwert neben sich fallen, rot von Blut. Einen Moment lang glaubte er, das Bewußtsein zu verlieren, und das würde seinen Tod bedeuten, seinen Tod und Lauranas Tod. Benommen schüttelte er den Kopf. Er mußte sich sammeln! Er mußte die Krone gewinnen! Er sah auf; Ariakus stand drohend über ihm. Er hielt die Hände hoch und bereitete sich auf einen Zauber vor, um Tanis' Leben ein Ende zu setzen.

Tanis konnte nichts unternehmen. Er war hilflos gegenüber der Magie, und irgendwie wußte er, daß auch sein unsichtbarer Helfer ihm nicht weiterhelfen würde. Er hatte bereits bekommen, was er gewünscht hatte.

Aber so mächtig Ariakus auch war, es gab eine größere Macht, die er nicht besiegen konnte. Er würgte, seine Gedanken schwankten, die Worte der Magie gingen im unerträglichen Schmerz verloren. Als er herabschaute, sah er sein eigenes Blut die purpurne Robe beflecken, der Fleck wurde mit jeder Sekunde größer, während sein Leben aus der Herzwunde strömte. Der Tod kam, er beanspruchte ihn. Ariakus konnte ihn nicht länger hinhalten. Verzweifelt kämpfte der Drachenfürst gegen die Dunkelheit an, schrie zu seiner Dunklen Königin um Hilfe.

Aber sie ließ Schwächlinge im Stich. So wie sie Ariakus beobachtet hatte, als er seinen Vater tötete, so beobachtete sie jetzt Ariakus selbst beim Sterben, ihr Name war das letzte Wort, das über seine Lippen kam.

Ein schreckliches Schweigen zog durch die Empfangshalle, als Ariakus zu Boden stürzte. Die Krone der Macht fiel klirrend von seinem Kopf und blieb in einem Gewirr aus Blut und dichten schwarzen Haaren liegen.

Wer würde sie beanspruchen?

Ein durchdringender Schrei stieg auf. Kitiara rief einen Namen, schrie jemandem etwas zu.

Tanis konnte es nicht verstehen. Es kümmerte ihn auch nicht. Er streckte seine Hand nach der Krone aus.

Plötzlich materialisierte sich vor ihm eine Gestalt in schwarzer Rüstung.

Fürst Soth!

Das Gefühl schierer Panik und schieren Entsetzens bekämpfend, hielt Tanis sein Bewußsein auf eine Sache fixiert. Die Krone war nur wenige Zentimeter von ihm entfernt. Verzweifelt griff er nach ihr. Dankbar fühlte er das kalte Metall in seiner Hand, als eine andere Hand – eine Skeletthand – auch danach griff.

Sie gehörte ihm! Soths brennende Augen flackerten auf. Die Skeletthand holte aus, um ihm die Beute gewaltsam zu entreißen. Tanis konnte Kitiaras Stimme hören, die zusammenhanglos Befehle kreischte.

Aber als er das blutverschmierte Stück Metall über seinen Kopf ziehen wollte, als seine Augen ohne Angst auf Fürst Soth haften blieben, wurde das Schweigen im Saal vom Klang von Hörnern, von schmetternden Hörnern durchbrochen.

Fürst Soths Hand blieb in der Luft stehen, Kitiaras Stimme verstummte plötzlich.

Ein unterdrücktes, unheilvolles Murmeln fuhr durch die

Menge. Einen Moment lang dachte Tanis in seinem schmerzumwölkten Verstand, daß die Hörner zu seinen Ehren ertönten. Aber dann, als er seinen Kopf zur Halle drehte, sah er Gesichter, die sich beunruhigt umschauten. Alle – sogar Kitiara – sahen zur Dunklen Königin.

Die dunklen Augen Ihrer Dunklen Majestät hatten auf Tanis geruht, aber jetzt war ihr Blick abgelenkt. Ihr Schatten wuchs und intensivierte sich, verbreitete sich durch die Halle wie eine dunkle Wolke. Auf einen stummen Befehl reagierend, eilten Drakonier, die ihr schwarzes Emblem trugen, von ihren Plätzen und verschwanden durch die Türen. Die schwarzgekleidete Gestalt, die Tanis neben der Königin stehen gesehen hatte, war nicht mehr da.

Und immer noch erschollen die Hörner. Tanis starrte gelähmt auf die Krone in seiner Hand. Zweimal zuvor hatten die Hörner Tod und Zerstörung gebracht. Was hatte das entsetzliche Omen dieser Musik diesmal zu bedeuten?

Wer auch immer die Krone trägt, herrscht

Der Klang der Hörner war so laut und erschrekkend, daß Caramon fast den Halt auf den nassen Steinen verlor. Berem fing ihn auf. Beide Männer sahen sich nervös um, als die schmetternden Hörnersignale in die kleine Kammer dröhnten. Von den Stufen konnten sie antwortende Hörnerrufe hören.

»Der Bogengang! Eine Falle!« wiederholte Caramon. »Nun, das wär's dann wohl. Jedes Lebewesen im Tempel weiß, daß wir hier sind! Ich hoffe bei den Göttern, daß *du* weißt, was du tust!«

»Jasla ruft...«, wiederholte Berem. Seine anfängliche Beunruhigung über die Hörner war verschwunden, und er ging weiter, Caramon mit sich ziehend.

Caramon folgte mit der Fackel, da er nicht wußte, was er sonst hätte tun sollen. Der Bogengang führte zu Steinstufen, und diese wiederum zu einem schwarzen, schnellfließenden Strom. Caramon leuchtete mit der Fackel umher, hoffte, daß es einen Pfad am Rand des Stromes geben könnte. Aber es gab nichts, zumindest nicht in ihrer Nähe.

»Warte...«, schrie er, aber Berem war bereits in das schwarze Gewässer gestiegen. Caramon hielt den Atem an, erwartete, den Mann in den wirbelnden Tiefen verschwinden zu sehen. Aber das schwarze Gewässer war nicht so tief, wie es aussah, es reichte nur bis zu Berems Waden.

»Komm!« winkte er Caramon zu.

Caramon tastete wieder nach seiner Wunde. Sie blutete weniger, der Verband war feucht, aber nicht blutgetränkt. Der Schmerz jedoch war immer noch stark. Sein Kopf dröhnte, und er war von der Angst und vom Laufen und vom Blutverlust so geschwächt, daß er benommen war. Er dachte einen kurzen Moment an Tika und Tolpan und einen noch kürzeren an Tanis. Nein, er durfte jetzt nicht an sie denken.

Das Ende ist nahe, zum Guten oder zum Bösen, hatte Tika gesagt. Caramon begann allmählich, auch daran zu glauben. Er stieg in das Wasser. Die starke Strömung riß ihn vorwärts, und er hatte das schwindelerregende Gefühl, daß die Strömung die Zeit war, die ihn nach vorn riß zu – wohin? Seinem eigenen Niedergang? Dem Ende der Welt? Oder der Hoffnung auf einen neuen Anfang?

Berem watete ungeduldig vor ihm durch das Wasser, aber Caramon zog ihn zurück.

»Wir bleiben zusammen«, sagte der große Mann, seine tiefe Stimme hallte in der Höhle wider. »Es könnten noch mehr Fallen dasein, schlimmere als diese.«

Berem wartete so lange, bis Caramon auf seiner Höhe war. Dann bewegten sie sich langsam nebeneinander über den schleimigen, tückischen Grund des Wassers.

Caramon watete weiter, atmete leichter, als etwas mit solcher Wucht gegen seinen Lederstiefel schlug, daß er fast den Boden unter den Füßen verlor. Taumelnd suchte er bei Berem Halt.

»Was war das?« knurrte er und hielt die Fackel über das Wasser.

Offenbar vom Licht angezogen, erhob sich aus der glänzenden, nassen Schwärze ein Kopf. Caramon hielt vor Entsetzen den Atem an, und sogar Berem stand einen Moment lang wie gelähmt.

»Drachen!« flüsterte Caramon. »Junge Drachen!« Der kleine Drache öffnete sein Maul zu einem schrillen Schrei. Die Fackel beleuchtete eine Reihe rasiermesserscharfer Zähne. Dann verschwand der Kopf, und Caramon spürte die Kreatur wieder an seinem Stiefel. Ein weiterer Drache schlug gegen sein anderes Bein; er spürte das Wasser durch wild schlagende Schwänze tosen.

Dank seiner Lederstiefel konnten die Kreaturen ihn nicht verletzen, aber Caramon dachte: Wenn ich falle, werden sie mir das Fleisch von den Knochen reißen!

Er hatte dem Tod in vielen Gestalten gegenübergestanden, aber keine war so beängstigend gewesen wie diese. Panik erfaßte ihn. Ich kehre um, dachte er hektisch. Berem kann allein gehen. Außerdem kann *er* nicht sterben.

Dann riß sich der Krieger zusammen. Nein, seufzte er. Sie wissen jetzt, daß wir hier unten sind. Sie werden jemanden oder etwas schicken, um uns aufzuhalten. Ich muß sie abwehren, bis Berem das tun kann, was er tun muß.

Dieser letzte Gedanke ergab überhaupt keinen Sinn, stellte Caramon fest. Es war so lächerlich, daß es fast zum Lachen war, und wie um seine Feststellung zu verhöhnen, wurde die Ruhe von aufeinanderschlagendem Stahl und barschen Schreien hinter ihnen durchbrochen.

Das ist völliger Wahnsinn! sagte er sich erschöpft. Ich verstehe es nicht! Vielleicht bin ich hier mit einem wahnsinnigen Mann! Vielleicht werde *ich* selber wahnsinnig!

Jetzt bemerkte auch Berem die Wachen. Das erschreckte ihn mehr als Drachen, und er setzte sich wieder in Bewegung. Seufzend zwang sich Caramon, die glitschigen Attacken an seinen Füßen und Beinen zu ignorieren, watete weiter durch das schwarze reißende Wasser und versuchte, mit Berem Schritt zu halten.

Der Mann starrte stetig nach vorn in die Dunkelheit, gelegentlich gab er stöhnende Laute von sich und rang unruhig die Hände. Der Strom führte sie um eine Biegung, das Wasser wurde tiefer. Caramon fragte sich, was er tun sollte, wenn es über seine Stiefel anstieg. Der junge Drache jagte immer noch hektisch hinter ihnen her, der warme Geruch menschlichen Blutes und Fleisches hatte ihn rasend gemacht. Das Rasseln von Schwertern und Speeren wurde immer lauter.

Dann flog etwas Schwärzeres als die Nacht auf Caramon zu und streifte sein Gesicht. Wild um sich schlagend, versuchte er verzweifelt, nicht in das tödliche Wasser zu stürzen, und ließ die Fackel fallen. Sie verschwand mit einem Zischen, als Berem hektisch nach ihm griff und ihn auffing. Die zwei hielten sich einen Moment gegenseitig fest und starrten verloren und verwirrt in die Dunkelheit.

Wenn man ihn blindgeschlagen hätte, wäre Caramon nicht orientierungsloser gewesen. Obwohl er sich nicht bewegte, hatte er keine Vorstellung mehr von seiner Umgebung. Er hatte das Gefühl, in das Nichts einzutauchen und ewig zu fallen, wenn er auch nur einen Schritt machen würde.

»Da ist es!« sagte Berem. »Ich sehe die zerbrochene Säule… Und sie ist da! Sie hat all diese Jahre auf mich gewartet! Jasla!« schrie er und wollte vorwärtsstürzen.

In die Dunkelheit spähend, hielt Caramon Berem zurück, obwohl er den Körper des Mannes vor Erregung beben spürte. Er konnte nichts sehen… oder doch?

Ja! Tiefe Dankbarkeit und Erleichterung strömten durch seinen schmerzgequälten Körper. Er *konnte* die Juwelen aus der Entfernung funkeln sehen – sie glänzten in einem Licht, das selbst diese tiefe Finsternis nicht auslöschen konnte.

Es waren nicht mehr als dreißig Meter bis dorthin. Er lockerte seinen Griff und dachte, vielleicht ist dies ein Weg nach draußen – zumindest für mich. Soll sich Berem mit dem Geist seiner Schwester vereinen. Ich will nur einen Weg nach draußen, einen Weg, um wieder bei Tika und Tolpan zu sein.

Sein Vertrauen kehrte zurück. Er ging weiter. Eine Angelegenheit von Minuten, und es wäre vorüber... zum Guten... oder zum...

»Shirak«, sagte eine Stimme.

Ein helles Licht flackerte auf.

Caramons Herz hörte einen Moment auf zu schlagen. Langsam, langsam hob er seinen Kopf, um in dieses helle Licht zu sehen, und dort sah er zwei goldene, glitzernde Stundenglasaugen, die ihn aus den Tiefen einer schwarzen Kapuze anstarrten.

Der Atem verließ seinen Körper als ein Seufzen, das wie das Seufzen eines sterbenden Mannes klang.

Die schmetternden Hörner erstarben, eine gewisse Ruhe kehrte in die Empfangshalle zurück. Wieder richteten sich aller Augen in der Halle – einschließlich die der Dunklen Königin – auf das Drama auf der Plattform.

Mit der Krone in der Hand erhob sich Tanis. Er hatte keine Vorstellung, was die Hörnerrufe bedeuteten, welchen Niedergang sie ankündigten. Er wußte nur, daß er das Spiel bis zum bitteren Ende spielen mußte.

Laurana... das war sein einziger Gedanke. Wo auch immer Berem und Caramon und die anderen waren, ihnen konnte er nicht helfen. Tanis' Augen blieben an der Gestalt in der silbernen Rüstung auf der schlangenköpfigen Plattform unter ihm hängen. Fast zufällig fuhr sein Blick zu Kitiara, die neben Laurana stand, das Gesicht hinter der entsetzlichen Drachenmaske verborgen. Sie machte eine Geste.

Tanis spürte die Bewegung hinter sich, die wie ein eisiger Wind über seine Haut fegte. Er wirbelte herum und sah Fürst Soth sich ihm nähern; der Tod brannte in seinen orangenen Augen.

Tanis trat mit der Krone in der Hand zurück, wußte, daß er diesen untoten Gegner nicht bekämpfen konnte.

»Halt!« schrie er und hielt die Krone über den Marmorboden der Empfangshalle. »Halt ihn auf, Kitiara, oder ich werde sie mit der letzten verbleibenden Kraft in die Menge werfen.«

Soth lachte lautlos, während er näherschritt, mit ausgestreckter Skeletthand, deren Berührung allein schon tödlich war.

»Welche *verbleibende* Kraft?« fragte der tote Ritter leise. »Meine Magie wird deinen Körper zu Staub zerfallen lassen, die Krone wird vor meine Füße fallen.«

»Soth«, ertönte eine klare Stimme von der Plattform mitten in der Halle. »Halte ein. Soll er, der die Krone gewonnen hat, sie mir bringen!«

Soth zögerte. Er hielt seine Hand immer noch ausgestreckt, während seine flammenden Augen sich fragend auf Kitiara richteten.

Kitiara nahm ihren Helm ab und sah nur zu Tanis. Ihre braunen Augen strahlten, und ihre Wangen waren vor Aufregung rot.

»Du wirst mir doch die Krone bringen, nicht wahr, Tanis?« rief Kitiara.

Tanis schluckte. »Ja«, sagte er und befeuchtete seine trockenen Lippen. »Ich werde dir die Krone bringen.«

»Meine Wachen!« befahl Kitiara und winkte sie nach vorne. »Eine Eskorte. Jeder, der ihn berührt, wird durch meine Hand sterben. Soth, sieh zu, daß er sicher zu mir kommt.«

Tanis blickte zu Fürst Soth, der langsam seine tödliche Hand zurückzog. »Er ist immer noch dein Meister, meine Dame«, meinte Tanis den toten Ritter verächtlich flüstern zu hören.

Dann trat Soth hinter ihn, die geisterhafte Eiseskälte, die von dem Ritter ausging, ließ Tanis' Blut fast gefrieren. Gemeinsam stiegen sie die Stufen hinab – ein merkwürdiges Paar – der bleiche Ritter in der geschwärzten Rüstung und der Halb-Elf mit der blutverschmierten Krone in der Hand.

Ariakus' Offiziere, die mit gezogenen Waffen am Fuß der Stufen gestanden hatten, traten zurück, einige jedoch nur zögernd. Als Tanis den Marmorboden erreichte und an ihnen vorbeiging, funkelten ihn viele böse an. In einer Hand sah er einen Dolch aufblitzen, ein stummes Versprechen in den dunklen Augen.

Kitiaras Wachen, die ihre Waffen gezogen hatten, stellten sich in seine Nähe, aber es war Fürst Soths tödliche Aura, die ihn sicher geleitete. Tanis begann unter seiner Rüstung zu schwitzen. Das ist also Macht, wurde ihm bewußt. Wer auch immer die Krone trägt, herrscht – aber das konnte alles in der dunkelsten Stunde der Nacht mit dem Dolchwurf eines Mörders ein Ende haben!

Tanis ging weiter, und bald erreichten er und Fürst Soth die Stufen, die zu der Plattform führten, die die Form eines Schlangenkopfes hatte. Oben stand Kitiara, schön in ihrem Triumph. Tanis stieg die Stufen allein hoch, Soth blieb unten stehen, seine orangenen Augen brannten in ihren leeren Höhlen. Als Tanis die Plattform erreichte, konnte er hinter Kitiara Laurana sehen. Lauranas Gesicht war blaß, kühl, gelassen. Sie warf ihm und der blutverschmierten Krone einen Blick zu, dann drehte sie ihren Kopf weg. Er hatte keine Vorstellung, was sie dachte und fühlte. Es spielte keine Rolle. Er würde es erklären...

Kitiara lief auf ihn zu und umarmte ihn. Jubel erscholl in der Halle.

»Tanis!« keuchte sie. »Dir und mir ist es bestimmt, gemeinsam zu herrschen! Du warst wunderbar, herrlich! Ich werde dir alles geben... alles...«

»Laurana?« fragte Tanis kühl im Schutz des Lärms. Seine leichtgeschlitzten Augen, die Augen, die sein Erbe verrieten, starrten in Kitiaras braune Augen.

Kit warf der Elfenfrau einen Blick zu. Lauranas Augen waren ohne Ausdruck, ihre Haut so blaß wie die eines Leichnams.

»Wenn du sie willst!« Kitiara zuckte mit den Schultern, dann trat sie näher zu ihm, was sie zu sagen hatte, war nur für ihn bestimmt. »Aber du wirst *mich* haben, Tanis. Tagsüber werden wir Armeen kommandieren, die Welt beherrschen. Die Nächte, Tanis! Sie werden nur uns gehören, dir und mir.« Ihr

Atem ging schneller, ihre Hände streichelten sein bärtiges Gesicht. »Setz die Krone auf mein Haupt, Geliebter.«

Tanis starrte in die braunen Augen, er sah sie mit Wärme und Leidenschaft und Erregung erfüllt. Kitiaras Körper war eng an seinen gepreßt, zitternd, ungeduldig. Um ihn herum schrien wild die Soldaten, der Lärm stieg wie eine Woge an. Langsam hob Tanis die Hand, die die Krone der Macht hielt, langsam hob er sie hoch – aber er setzte sie nicht auf Kitiaras Kopf, sondern auf seinen.

»Nein, Kitiara«, rief er, so daß alle es hören konnten. »Nur einer von uns wird am Tag *und* in der Nacht herrschen – ich.«

In der Halle erscholl Gelächter, vermischt mit zornigem Gepolter. Kitiaras Augen waren vor Entsetzen weit geöffnet, dann verengten sie sich.

»Wage es nicht«, sagte Tanis und hielt ihre Hand fest, die nach dem Messer an ihrem Gürtel griff. Er hielt sie fest in seinem Arm und sah sie an. »Ich werde jetzt die Halle verlassen«, sagte er leise, »mit Laurana. Du wirst uns mit deinen Soldaten hinausbegleiten. Wenn wir diesen bösen Ort sicher verlassen haben, werde ich dir die Krone geben. Verrätst du mich, wirst du sie niemals bekommen. Hast du verstanden?«

Kitiaras Lippen verzogen sich verächtlich. »Du sorgst dich also wirklich allein um *sie?«* flüsterte sie zynisch.

»Wirklich«, erwiderte Tanis. Als er ihren Arm fester packte, sah er Schmerz in ihren Augen. »Ich schwöre dies bei den Seelen von zwei Freunden, die ich von ganzem Herzen geliebt habe – Sturm Feuerklinge und Flint Feuerschmied. Glaubst du mir jetzt?«

»Ich glaube dir«, sagte Kitiara mit Wut und Bitterkeit. Sie sah zu ihm hoch, widerstrebende Bewunderung flackerte wieder in ihren Augen auf. »Du hättest so viel haben können...«

Tanis löste wortlos seinen Griff. Er drehte sich um und ging zu Laurana, die mit dem Rücken zu ihnen stand und wie blind in die Menge starrte. Tanis faßte sie am Arm. »Komm mit mir«, befahl er kühl. Der Lärm der Menge wurde lauter, während er sich der Gegenwart der Dunklen Königin bewußt war, die den

Machtwechsel aufmerksam beobachtet hatte, neugierig, wer sich als der Stärkere erweisen würde.

Laurana zuckte bei seiner Berührung nicht zurück. Sie reagierte überhaupt nicht. Sie bewegte nur langsam ihren Kopf, ihr honigblondes Haar fiel über ihre Schultern, und sah ihn an. Die grünen Augen erkannten ihn nicht, waren ausdruckslos. Er sah nichts in ihnen, keine Angst, keinen Zorn.

Es wird alles gut werden, tröstete er sie stumm, sein Herz schmerzte. Ich werde erklären...

Silber blitzte auf... goldenes Haar... Etwas schlug Tanis hart gegen die Brust. Er taumelte zurück, griff stolpernd nach Laurana. Aber er konnte sie nicht halten.

Laurana schob ihn beiseite und sprang Kitiara an, ihre Hand griff nach dem Schwert, das Kit an ihrer Seite trug. Ihre Bewegung kam für die menschliche Frau völlig überraschend. Kitiara kämpfte kurz und heftig, aber Laurana hatte bereits ihre Hände am Knauf. Mit einer schwungvollen Bewegung riß sie Kits Schwert aus der Scheide und schlug den Knauf in das Gesicht der Frau, so daß sie niederstürzte. Dann drehte Laurana sich um und lief zum Rand der Plattform.

»Laurana, halt!« schrie Tanis. Er sprang vor, um sie zu fassen, als er plötzlich die Spitze ihres Schwertes an seiner Kehle spürte.

»Beweg dich nicht, Tanthalasa«, befahl Laurana. Ihre grünen Augen waren vor Aufregung geweitet, sie hielt die Schwertspitze unbeweglich an seiner Haut. »Oder du stirbst. Ich töte dich, wenn es sein muß.«

Tanis trat einen Schritt nach vorn. Die scharfe Klinge drang in seine Haut. Hilflos blieb er stehen. Laurana lächelte traurig.

»Siehst du, Tanis? Ich bin nicht das liebeskranke Kind, das du kanntest. Ich bin nicht die Tochter meines Vaters, die am Hofe lebt. Ich bin nicht einmal der Goldene General. Ich bin Laurana. Und ich werde leben oder sterben, aber so, wie ich will, und ohne deine Hilfe.«

»Laurana, hör mir zu!« bat Tanis und streckte seine Hand aus, um die Klinge von seiner Kehle wegzuschieben.

Er sah, wie Laurana ihre Lippen fest zusammenpreßte, ihre grünen Augen glänzten. Dann seufzte sie und senkte langsam die Klinge zu seiner gepanzerten Brust. Tanis lächelte. Laurana zuckte mit den Schultern, und mit einer schnellen Bewegung schubste sie ihn nach hinten über die Plattform.

Wild um sich schlagend stürzte der Halb-Elf auf den Marmorboden. Als er fiel, sah er Laurana mit dem Schwert ihm nachspringen und mühelos auf ihren Füßen aufkommen.

Er prallte so hart auf dem Boden auf, daß es ihm fast den Atem nahm. Die Krone der Macht rollte klappernd von seinem Kopf und rutschte über den polierten Marmor. Über sich hörte er Kitiara vor Wut kreischen.

»Laurana!« Er keuchte, hatte keinen Atem zum Schreien, sah sich suchend nach ihr um. Etwas Silbernes blitzte auf...

»Die Krone! Bringt mir die Krone!« Kitiaras Stimme dröhnte in seinen Ohren.

Aber sie war nicht die einzige, die schrie. Überall in der Empfangshalle waren die Fürsten auf den Beinen und kommandierten ihre Soldaten. Die Drachen schwangen sich in die Luft. Die fünfköpfige Gestalt der Dunklen Königin erfüllte die Halle mit ihrem Schatten, sie jubelte über diesen Machtkampf, aus dem ihr stärkster Kommandant hervorgehen würde – der Überlebende.

Die Klauenfüße der Drakonier, die gestiefelten Füße der Goblins, die stahlbeschuhten Füße der Menschen trampelten über Tanis. Mühsam quälte er sich ab, auf die Beine zu kommen, kämpfte verzweifelt, nicht zerquetscht zu werden, und versuchte, das aufblitzende Silber nicht aus den Augen zu verlieren. Er sah es einmal, dann war es verloren, untergegangen in dem Getümmel. Ein verzerrtes Gesicht erschien vor ihm, dunkle Augen blitzten auf. Ein Speerende prallte in seine Seite.

Stöhnend brach Tanis auf dem Boden zusammen, während das Chaos in der Empfangshalle ausbrach.

Jasla ruft...

Raistlin! Es war ein Gedanke, kein ausgesprochenes Wort. Caramon versuchte zu sprechen, aber aus seiner Kehle kam kein Laut.

»Ja, mein Bruder«, sagte Raistlin wie gewöhnlich in Antwort auf die Gedanken seines Bruders. »Ich bin es – der letzte Wächter, derjenige, an dem du vorbei mußt, um dein Ziel zu erreichen, derjenige, dem Ihre Dunkle Majestät befohlen hat, anwesend zu sein, wenn die Hörner erschallen.« Raistlin lächelte spöttisch. »Und ich hätte wissen müssen, daß du es sein wirst, der wie ein Tor in meine Zauberfalle tritt...«

»Raist«, begann Caramon und würgte.

Einen Moment lang konnte er nicht sprechen. Erschöpft durch Furcht, Schmerz und Blutverlust, zitternd im kalten Wasser stehend – Caramon konnte dies nicht mehr ertragen. Es wäre einfacher, im dunklen Wasser zu versinken und von den scharfen Zähnen des jungen Drachen zerrissen zu werden. Jener Schmerz konnte nicht viel schlimmer sein. Dann spürte er, wie sich Berem an seiner Seite bewegte. Der Mann starrte Raistlin verwirrt an, verstand nicht. Er zog Caramon am Ärmel.

»Jasla ruft. Wir müssen gehen.«

Mit einem Schluchzen befreite Caramon seinen Arm aus dem Griff des Mannes. Berem starrte ihn wütend an, dann drehte er sich um und wollte allein weitergehen.

»Nein, mein Freund, niemand geht irgendwohin.«

Raistlin hob seine magere Hand, und Berem verhielt plötzlich taumelnd. Er hob seinen Blick zu den glänzenden goldenen Augen des Magiers, der über ihm auf einem Felsvorsprung stand. Wimmernd, die Hände ringend, starrte Berem sehnsüchtig auf die mit Juwelen besetzte Säule. Aber er konnte sich nicht bewegen. Eine große und furchtbare Macht versperrte seinen Weg, die so wirklich war wie der Magier auf dem Fels.

Caramon blinzelte seine Tränen weg. Er spürte die Macht seines Bruders, er kämpfte gegen die Verzweiflung an. Er konnte nichts ausrichten... außer zu versuchen, Raistlin zu töten. Seine Seele zog sich vor Entsetzen zusammen. Nein, lieber würde er sterben!

Plötzlich hob Caramon den Kopf. So soll es sein. Wenn ich sterben muß, dann kämpfend – so wie ich es immer wollte.

Selbst wenn es bedeutet, durch die Hand meines eigenen Bruders zu sterben.

Langsam erwiderte Caramon den Blick seines Bruders.

»Du trägst jetzt die Schwarze Robe?« fragte er mit spröden Lippen. »Ich kann nichts sehen... in diesem Licht...«

»Ja, mein Bruder«, erwiderte Raistlin und hob den Stab des Magus, damit das silberne Licht ihn beleuchtete. Eine Robe von weichstem Samt fiel über seine dünnen Schultern, schimmerte schwarz im Licht, wirkte schwärzer als die ewige Nacht, die sie umgab.

Caramon fuhr fort, obwohl er innerlich erzitterte. »Und deine Stimme, sie ist kräftiger, anders. Wie deine ... und doch nicht wie deine ...«

»Das ist eine lange Geschichte, Caramon«, erwiderte Raistlin. »Im Lauf der Zeit wirst du sie vielleicht erfahren. Aber jetzt befindest du dich in einer üblen Situation, mein Bruder. Die Drakonierwachen kommen. Sie haben den Befehl, Berem zu fangen und zur Dunklen Königin zu bringen. Das wird sein Ende sein. Er ist *nicht* unsterblich, das versichere ich dir. Sie verfügt über Zaubersprüche, die seinen Körper zerfallen lassen und nicht mehr von ihm übrig lassen als dünne Fäden von Fleisch und Seele, die vom Wind davongetragen werden. Dann wird sie seine Schwester verschlingen, und dann, endlich, wird die Dunkle Königin frei sein, um Krynn in ihrer vollen Macht und Herrlichkeit zu betreten. Sie wird die Welt beherrschen und alle Bereiche des Himmels und der Hölle. Nichts wird sie aufhalten.«

»Ich verstehe nicht ...«

»Nein, natürlich nicht, lieber Bruder«, sagte Raistlin mit einer Spur der alten Verärgerung und des Sarkasmus. »Du stehst neben Berem, dem einzigen Lebewesen auf ganz Krynn, der diesen Krieg beenden und die Königin der Finsternis in ihr Schattenreich zurücktreiben kann. Und du verstehst nichts.«

Raistlin trat näher zum Rand des Felsvorsprungs und bückte sich. Er deutete seinem Bruder an, näherzukommen. Caramon zitterte, unfähig, sich zu bewegen, fürchtend, daß Raistlin einen Zauber auf ihn werfen könnte. Aber sein Bruder musterte ihn nur aufmerksam.

»Berem braucht nur noch ein paar Schritte zu gehen, mein Bruder, und er wird wieder mit seiner Schwester vereint sein, die in all diesen Jahren des Wartens auf seine Rückkehr, um von ihrer selbstauferlegten Folter erlöst zu werden, unaussprechliche Qualen erlitten hat.«

»Und was würde dann geschehen?« stammelte Caramon, die

Augen seines Bruders hielten ihn mit einer einfachen Macht fest, die stärker war als jede Magie.

Die goldenen Stundenglasaugen verengten sich, Raistlins Stimme wurde leise. Nicht mehr zum Flüstern gezwungen, fand der Magier das Wispern dennoch unwiderstehlich.

»Der Keil wird entfernt, mein lieber Bruder, und die Tür wird zugeschlagen. Die Dunkle Königin wird heulend vor Wut in den Tiefen der Hölle zurückgelassen.« Raistlin hob seinen Blick und machte mit seiner blassen, schlanken Hand eine Geste. »Dies hier... der wiedergeborene Tempel von Istar, vom Bösen entstellt und verdorben... wird untergehen.«

Caramon keuchte, dann verhärtete sich sein Gesicht zu einem finsteren Ausdruck.

»Nein, ich lüge nicht.« Raistlin antwortete auf die Gedanken seines Bruders. »Das heißt nicht, daß ich nicht lügen *kann*, wenn es meinen Zielen nützlich ist. Aber du weißt, lieber Bruder, daß wir immer noch eng verbunden sind, so daß ich dich nicht anlügen kann. Und außerdem habe ich keinen Grund zu lügen – es ist meinen Zielen nützlich, wenn du die Wahrheit kennst.«

Caramon war verwirrt. Er verstand überhaupt nichts. Aber er hatte keine Zeit, zu grübeln. Hinter ihm hallte das Echo der Geräusche der Drakonierwachen. Seine Miene wurde ruhig und entschlossen.

»Dann weißt du, was ich tun muß, Raistlin«, sagte er. »Du bist wohl mächtig, aber trotzdem mußt du dich auf deine Magie konzentrieren. Und solange du deine Magie gegen *mich* einsetzt, ist Berem frei von deiner Macht. Du kannst ihn nicht töten.« Caramon hoffte inbrünstig, daß Berem zuhörte und zu gegebener Zeit handelte. »Vermutlich kann das nur deine Dunkle Königin. Also bleibe...«

»Du mein lieber Bruder«, sagte Raistlin leise. »Ja, ich kann dich töten...«

Er stand auf, hob eine Hand, und bevor Caramon schreien oder seine Arme hochwerfen konnte, leuchtete eine Flammenkugel wie eine Sonne in der Dunkelheit auf. Sie explodierte auf

Caramon und schleuderte ihn nach hinten in das schwarze Wasser.

Versengt und geblendet, gelähmt von der Wucht des Aufschlages fühlte Caramon, wie er das Bewußtsein verlor, als er in das dunkle Wasser sank. Dann drangen scharfe Zähne in seinen Arm, rissen ihm das Fleisch weg. Der brennende Schmerz brachte seine schwindenden Sinne zurück. Vor Qual und Entsetzen aufschreiend, kämpfte Caramon sich hektisch aus dem tödlichen Strom hoch.

Zitternd stand er auf. Die jungen Drachen, die Blut geschmeckt hatten, griffen ihn an, schlugen in rasender Enttäuschung gegen seine Lederstiefel. Caramon umklammerte seinen Arm und sah kurz zu Berem, der sich zu seiner Bestürzung keinen Zentimeter bewegt hatte.

»Jasla! Ich bin hier! Ich befreie dich!« schrie Berem, aber er stand durch den Zauber wie eingefroren da. Wild schlug er auf die unsichtbare Wand ein, die seinen Weg versperrte.

Raistlin beobachtete gelassen, wie sich sein Bruder vor ihm aufrichtete, das Blut strömte aus seinem aufgerissenen Arm.

»Ich bin mächtig, Caramon«, sagte Raistlin, kalt in die angstvollen Augen seines Zwillingsbruders starrend. »Mit Tanis' unfreiwilliger Hilfe war ich in der Lage, den Mann auf Krynn loszuwerden, der mich hätte übertreffen können. Jetzt bin ich die mächtigste Kraft der Magie auf dieser Welt. Und ich werde noch mächtiger werden... wenn die Dunkle Königin verschwunden ist!«

Caramon sah seinen Bruder benommen an, unfähig zu verstehen. Er hörte Wasser aufklatschen und die triumphierenden Schreie der Drakonier. Zu bestürzt, um sich zu bewegen, konnte er seine Augen nicht von seinem Bruder nehmen. Nur allmählich begann Caramon zu begreifen, als Raistlin seine Hand hob und eine Bewegung in Berems Richtung machte.

Auf diese Handbewegung hin war Berem frei. Er warf erst Caramon und dann den durchs Wasser watenden Drakoniern, deren Krummschwerter im Licht des Stabes aufblitzten, hastig einen Blick zu. Dann sah er zu Raistlin, der in seiner langen schwarzen Robe auf dem Fels stand. Dann – mit einem freudigen Aufschrei, der durch den Tunnel hallte – sprang Berem auf die mit Juwelen besetzte Säule zu.

»Jasla, ich komme!«

»Vergiß nicht, mein Bruder«, Raistlins Stimme hallte in Caramons Gehirn nach, »dies geschieht, weil *ich* will, daß es geschieht!«

Als Caramon einen Blick zurückwarf, sah er, wie die Drakonier vor Wut angesichts ihres entkommenen Opfers aufkreischten. Die Drachen rissen an seinen Lederstiefeln, seine Wunden schmerzten unerträglich, aber Caramon bemerkte es nicht. Er sah wieder nach vorn und beobachtete wie im Traum, wie Berem auf die mit Juwelen besetzte Säule zurannte.

Vielleicht waren es seine Fieberfantasien, aber als Berem sich der Juwelensäule näherte, schien der grüne Juwel in seiner Brust heller zu leuchten als Raistlins Flammenkugel. In dem Licht erschien im Innern der Juwelensäule die bleiche, schimmernde Gestalt einer Frau. Sie war in eine einfache Ledertunika gekleidet, auf eine zerbrechliche, anmutige Art hübsch, ihre Augen, zu jung für ihr schmales Gesicht, waren Berems sehr ähnlich.

Dann blieb Berem im Wasser stehen. Einen Moment lang bewegte sich nichts. Die Drakonier standen still, hielten die Schwerter mit ihren Klauenhänden umkrampft. Schwach wurde ihnen klar, obwohl sie es nicht verstanden, daß ihr Schicksal irgendwie auf der Waagschale lag, daß alles von diesem Mann abhing.

Caramon spürte nicht mehr die eisige Luft, auch nicht das Wasser oder den Schmerz seiner Verletzungen. Er spürte keine Angst mehr, keine Verzweiflung, keine Hoffnung. In seinen Augen standen Tränen. Berem stand seiner Schwester gegenüber, seiner Schwester, die er umgebracht hatte, seiner Schwester, die sich selbst geopfert hatte, damit er – und die Welt – Hoffnung haben konnte. Im Licht von Raistlins Stab sah Caramon das blasse, gramverzerrte Gesicht des Mannes sich vor Schmerz verziehen.

»Jasla«, flüsterte er mit ausgebreiteten Armen, »kannst du mir verzeihen?«

Außer dem reißenden Wirbel des Wassers um sie, der ständigen, seit undenklichen Zeiten von den Felsen tröpfelnden Feuchtigkeit, war es völlig still.

»Mein Bruder, zwischen uns gibt es nichts zu verzeihen.« Das Bild von Jasla öffnete grüßend ihre Arme, ihr liebliches Gesicht war mit Frieden und Liebe erfüllt.

Mit einem wilden Aufschrei, voller Schmerz und voller Freude, warf sich Berem in die Arme seiner Schwester.

Caramon blinzelte und keuchte. Das Bild verschwand. Entsetzt sah er, wie Berem seinen Körper gegen die mit Juwelen besetzte Steinsäule mit solch einer Wucht schleuderte, daß sein Fleisch von den scharfen Kanten des zerklüfteten Steins aufgespießt wurde. Sein letzter Schrei war schrecklich, schrecklich – und dennoch triumphierend.

Berems Körper zuckte. Dunkles Blut strömte über die Juwelen und löschte ihr Licht.

»Berem, du hast versagt. Es war nichts! Eine Lüge...« Heiser kreischend stürzte Caramon auf den sterbenden Mann zu, wissend, daß Berem nicht sterben würde. Das war alles Wahnsinn! Er würde...

Caramon hielt inne.

Die Steine um ihn herum erbebten. Der Boden zitterte unter seinen Füßen. Das schwarze Wasser hörte auf, schnell zu fließen, wurde plötzlich träge, unsicher, plätscherte gegen die Felsen. Hinter sich hörte er die Drakonier unruhige Schreie ausstoßen.

Caramon starrte auf Berem. Der Körper lag zerschmettert auf dem Felsen. Er rührte sich leicht, als ob er ein letztes Seufzen ausstoßen würde. Dann bewegte er sich nicht mehr. Einen Moment lang schimmerten zwei blasse Gestalten in der Juwelensäule. Dann waren sie verschwunden.

Berem – Ewigan – war tot.

Tanis hob seinen Kopf vom Boden der Halle und erblickte über sich einen Hobgoblin mit erhobenem Speer. Er rollte sich schnell zur Seite, packte die Kreatur an den gestiefelten Füßen und zog. Der Hobgoblin stürzte zu Boden, wo ein anderer Hobgoblin, in eine andersfarbige Uniform gekleidet, ihm mit einer Keule den Kopf zertrümmerte.

Eilig erhob sich Tanis. Er mußte hier verschwinden! Er mußte Laurana finden. Ein Drakonier stürzte auf ihn zu. Ungeduldig stieß er sein Schwert in die Kreatur, sich rechtzeitig daran erinnernd, es wieder herauszuziehen, bevor sich der Körper in Stein verwandelte. Dann hörte er jemanden seinen Namen rufen. Als er sich umdrehte, sah er Fürst Soth, umgeben von seinen Skelettkriegern, neben Kitiara stehen. Kits Augen waren voller Haß auf Tanis gerichtet. Sie zeigte auf ihn. Fürst Soth machte eine Handbewegung, worauf seine Skelettkrieger von der schlangenköpfigen Plattform wie eine Todeswelle strömten, alles zerstörend, was ihren Weg kreuzte.

Tanis wollte fliehen, aber er war in dem Mob gefangen. Hektisch kämpfte er sich durch, sich der eisigen Kraft hinter sich bewußt. Er wurde von Panik überflutet, konnte nicht mehr denken.

Und dann erklang ein scharfes, krachendes Geräusch. Der Boden erzitterte unter seinen Füßen. Das Kämpfen um ihn hörte unverzüglich auf, da alle damit beschäftigt waren, auf den Beinen zu bleiben. Tanis sah sich unsicher um, fragte sich, was geschehen war.

Ein riesiges Stück eines mosaikverzierten Steins fiel von der Decke auf eine Gruppe Drakonier, die aus dem Weg zu kriechen versuchten. Dem Stein folgte ein weiterer und dann noch einer. Fackeln fielen von den Wänden, Kerzen stürzten um und erloschen. Das Zittern des Bodens wurde stärker. Tanis sah kurz, daß selbst die Skelettkrieger stehengeblieben waren, ihre flammenden Augen suchten fragend ihren Anführer.

Der Boden kippte plötzlich unter seinen Füßen zur Seite weg. Tanis bekam eine Säule zu fassen, und blickte sich verblüfft um. Und dann fiel Dunkelheit herab wie ein schweres Gewicht.

Er hat mich verraten!

Der Zorn und die Wut und die Angst der Dunklen Königin schlugen so ungestüm in Tanis' Kopf ein, daß er glaubte, sein Schädel würde bersten. Vor Schmerz laut aufschreiend, hielt er seinen Kopf. Die Dunkelheit nahm zu, als Takisis, die Gefahr erkennend, verzweifelt versuchte, die Tür zur Welt offenzuhalten. Ihre gewaltige Dunkelheit löschte das Licht jeder Flamme. Die Flügel der Nacht erfüllten die Halle mit Schwärze.

Ein entsetzlich berstendes Krachen und die darauf folgenden qualvollen Schreie waren für Tanis ein erster Hinweis, daß das gesamte Gebäude einstürzen würde.

»Laurana!« schrie Tanis. Verzweifelt versuchte er, sich auf den Füßen zu halten, taumelte blind vorwärts, nur um von umherirrenden Drakoniern niedergetrampelt zu werden. Stahl klirrte. Irgendwo hörte er Kitiaras Stimme. Sie versuchte ihre Soldaten wieder zusammenzuholen.

Seine Verzweiflung niederkämpfend, taumelte Tanis weiter. Sein Arm brannte schmerzhaft. Wütend parierte er einen Schwerthieb, trat mit seiner ganzen Kraft in den Körper der angreifenden Kreatur.

Dann unterbrach ein weiteres berstendes, splitterndes Geräusch die Schlacht. Einen atemlosen Moment lang sahen alle im Tempel nach oben in die dichte Dunkelheit. Stimmen verstummten vor Ehrfurcht. Takisis, Königin der Finsternis, hing über ihnen in ihrer lebendigen Gestalt. Ihr riesiger Körper schimmerte in Myriaden von Farben. So viele, so blendend, so verwirrend, daß die Sinne ihre schreckliche Erhabenheit nicht erfassen konnten und die Farben aus dem Bewußtsein der Sterblichen ausgelöscht wurden – *in allen Farben und doch keiner* – so erschien Takisis. Die fünf Köpfe öffneten weit ihre Unheilsmäuler, Feuer brannte in unzähligen Augen, als ob jedes einzelne die Welt verschlingen wollte.

Alles ist verloren, dachte Tanis verzweifelt. Dies ist der Moment ihres endgültigen Sieges. Wir haben versagt.

Die fünf Köpfe erhoben sich im Triumph... Die kuppelförmige Decke spaltete sich.

Der Tempel von Istar begann sich zu krümmen und zu winden, baute sich neu auf, änderte sich, nahm wieder seine ursprüngliche Form an, die Tanis gekannt hatte, bevor die Dunkelheit ihn verzerrt und entstellt hatte.

In der Halle selbst schwankte die Dunkelheit, dann wurde sie von den silbernen Strahlen Solinaris, von den Zwergen *Kerze in der Nacht* genannt, zerstört.

Die Schuld ist beglichen

Und jetzt, mein Bruder, leb wohl.«

Raistlin holte aus den Falten seiner schwarzen Robe eine kleine runde Kugel hervor. Die Kugel der Drachen.

Caramon spürte seine Kräfte schwinden. Er besah seinen Verband: Er war blutgetränkt. Sein Kopf zerfloß, das Licht von seines Bruders Stab flackerte vor seinen Augen. Weit entfernt, wie in einem Traum, hörte er die Drakonier ihr Entsetzen abschütteln und ihren Marsch fortsetzen. Der Boden bebte unter seinen Füßen, vielleicht waren es aber auch nur seine zitternden Beine.

»Töte mich, Raistlin.« Caramon sah seinen Bruder mit Augen an, die jeden Ausdruck verloren hatten.

Raistlin hielt inne, seine goldenen Augen verengten sich zu Schlitzen.

»Laß mich nicht durch ihre Hände sterben«, sagte Caramon ruhig, als ob er um einen kleinen Gefallen bat. »Bereite mir ein Ende, schnell. Das schuldest du mir...«

Die goldenen Augen flackerten auf.

»Dir schulden!« Raistlin holte zischend Atem. *»Dir schulden?«* wiederholte er mit kaum hörbarer Stimme. Sein Gesicht war blaß im magischen Licht des Stabs. Wütend drehte er sich um und streckte seine Hand den Drakoniern entgegen. Blitze schossen aus seinen Fingerspitzen und trafen auf die Kreaturen. Vor Schmerzen und Verblüffung aufschreiend, fielen sie ins Wasser, das schnell aufschäumte und sich von ihrem Blut grün färbte, als die kleinen Drachen ihre Vettern verschlangen.

Caramon beobachtete das Ganze benommen, zu geschwächt und zu krank, um irgendwas zu fühlen. Er konnte noch mehr Schwerter rasseln, noch mehr Stimmen kreischen hören. Er sackte vornüber, seine Füße verloren den Halt, das dunkle Wasser überflutete ihn...

Und dann stand er auf festem Boden. Blinzelnd sah er sich um. Er saß auf dem Stein neben seinem Bruder. Raistlin hielt den Stab in seiner Hand.

»Raist!« stieß Caramon aus, Tränen stiegen ihm in die Augen. Er streckte seine zitternde Hand aus und berührte den Arm seines Bruders, fühlte den weichen Samt der schwarzen Robe.

Kühl zog Raistlin seinen Arm weg. »Damit du es weißt, Caramon«, sagte er, und seine Stimme war so eisig wie das dunkle Wasser. »Ich will dieses eine Mal dein Leben retten, und dann haben wir reinen Tisch gemacht. Dann schulde ich dir nichts mehr.«

Caramon schluchzte. »Raist«, sagte er leise. »Ich... ich meinte das nicht so...«

Raistlin ignorierte ihn. »Kannst du stehen?« fragte er barsch.

»Ich... ich glaube, ja«, antwortete Caramon zögernd.

»Könntest du nicht... könntest du nicht dieses... dieses Ding benutzen, um uns hier herauszuholen?« Er zeigte auf die Kugel der Drachen.

»Ich könnte, aber du würdest diese Reise bestimmt nicht genießen, mein Bruder. Außerdem, hast du jene vergessen, die mit dir gekommen sind?«

»Tika! Tolpan!« keuchte Caramon. Sich an den nassen Steinen festhaltend, zog er sich hoch. »Und Tanis! Was ist...«

»Tanis kommt allein zurecht. Ich habe ihm meine Schuld zehnfach bezahlt«, sagte Raistlin. »Aber vielleicht kann ich meine Schulden bei anderen begleichen.«

Schreie ertönten am Ende des Tunnels, eine dunkle Masse von Soldaten sprang in das dunkle Wasser, den letzten Befehlen ihrer Königin gehorchend.

Erschöpft legte Caramon seine Hand an den Knauf seines Schwertes, aber eine Berührung der kalten, knochigen Finger seines Bruders hielt ihn zurück.

»Nein, Caramon«, flüsterte Raistlin. Seine schmalen Lippen teilten sich zu einem grimmigen Lächeln. »Ich brauche dich jetzt nicht. Ich brauche niemanden mehr... niemals. Paß auf!«

Sofort erhellte sich die unterirdische dunkle Höhle in einer taggleichen Brillanz durch die ungestüme Macht von Raistlins Magie. Caramon mit dem Schwert in der Hand konnte nur neben seinem schwarzgekleideten Bruder stehen und ehrfürchtig zusehen, wie unter Raistlins Zaubersprüchen ein Feind nach dem anderen niederstürzte. Blitze zischten aus seinen Fingerspitzen, Flammen flackerten aus seinen Händen, Trugbilder tauchten auf – so grauenvoll real, daß jene, die sie sahen, an ihrer Furcht starben.

Goblins fielen schreiend, durchbohrt von den Lanzen einer Ritterlegion, die die Höhle auf Raistlins Befehl mit ihren Schlachtgesängen füllte, dann verschwand sie wieder auf sein Kommando. Die jungen Drachen flohen vor Entsetzen zu ihren dunklen und geheimen Brutplätzen zurück, Drakonier zerfielen in den Flammen. Dunkle Kleriker, die die Stufen auf den letzten Wunsch ihrer Königin hinunterschwärmten, wurden an einer Reihe schimmernder Speere aufgespießt, ihre letzten Gebete wurden zu wimmernden, qualvollen Verfluchungen.

Schließlich kamen die Schwarzen Roben, die Ältesten des Ordens, um diesen jungen Emporkömmling zu vernichten. Aber zu ihrem Entsetzen erkannten sie, daß sie zwar alt waren, aber Raistlin auf geheimnisvolle Weise noch älter war. Seine Macht war gewaltig; sie sahen, daß er nicht zu besiegen war. Die Luft war von Gesängen erfüllt, als einer nach dem anderen so schnell verschwand, wie er gekommen war – viele verbeugten sich vor Raistlin in tiefem Respekt, bevor sie auf den Flügeln von Wunschzaubern weggetragen wurden.

Und dann war es still. Nur das Wasser schlug träge gegen die Steine. Alle paar Sekunden erschütterte ein Beben den Tempel und ließ Caramon beunruhigt nach oben starren. Die Schlacht hatte offenbar nur wenige Momente gedauert, obwohl es Caramon schien, als ob er und sein Bruder ihr ganzes Leben lang an diesem entsetzlichen Ort gewesen wären.

Als der letzte Magier mit der Schwärze verschmolz, wandte sich Raistlin seinem Bruder zu.

»Siehst du, Caramon?« fragte er kühl.

Wortlos nickte der Krieger, die Augen weit offen.

Der Boden erbebte, das Wasser schlug heftiger gegen die Steine. Am Ende der Höhle erzitterte die Juwelensäule, dann zerbarst sie. Staub rieselte auf Caramons Gesicht, als er zu der sich auflösenden Decke starrte.

»Was bedeutet das? Was ist los?« fragte er beunruhigt.

»Das ist das Ende«, erklärte Raistlin. Er zog seine schwarze Robe enger um seinen Leib und blickte Caramon gereizt an. »Wir müssen diesen Ort verlassen. Bist du stark genug?«

»Ja, gib mir einen Moment«, knurrte Caramon. Er schob sich von den Steinen weg, trat einen Schritt nach vorn, taumelte und wäre beinahe gestürzt.

»Ich bin schwächer, als ich dachte«, murmelte er und tastete nach seiner Wunde. »Laß mich nur ... Atem holen.« Er richtete sich auf, seine Lippen waren weiß, Schweiß lief über sein Gesicht, als er einen weiteren Schritt nach vorn wagte.

Grimmig lächelnd beobachtete Raistlin, wie sein Bruder zu ihm stolperte. Dann streckte der Magier seine Arme aus.

»Lehn dich an mich, mein Bruder«, sagte er leise.

Die riesige gewölbte Decke in der Empfangshalle zerbrach. Große Steinblöcke schmetterten herab, zermalmten alles, was nicht rechtzeitig ausweichen konnte. Das Chaos in der Halle verwandelte sich umgehend in eine Schreckenspanik. Die strengen Befehle und die Peitschen ihrer Anführer mißachtend, kämpften die Drakonier um Leib und Leben, schlachteten brutal jeden ab, auch ihre eigenen Kameraden, der ihnen in die Quere kam. Gelegentlich schaffte es ein sehr mächtiger Drachenfürst, seine Leibwache unter Kontrolle zu halten und zu fliehen. Aber die meisten kamen um – niedergemetzelt von ihren eigenen Soldaten, zerschmettert von herabfallenden Steinen oder von der Menge zu Tode getrampelt.

Tanis kämpfte sich durch das Chaos und fand plötzlich das, worum er die Götter gebeten hatte – ein Mädchen, deren goldhaariges Haupt in Solinaris Licht wie eine Kerzenflamme erstrahlte.

»Laurana!« schrie er, obwohl ihm klar war, daß er in diesem Tumult nicht gehört werden konnte. Hektisch schlug er sich den Weg zu ihr frei. Ein Steinsplitter riß sich in seine Wange. Tanis fühlte warmes Blut an seinem Hals herunterlaufen, aber das Blut, der Schmerz hatten nichts Reales an sich, und er vergaß es schnell, als er auf die herumirrenden Drakonier einstach und stieß und trat, um Laurana zu erreichen. Immer wieder kam er ihr näher, nur, um wieder von der Menge weggetragen zu werden.

Sie stand in der Nähe der Tür einer Vorkammer, kämpfte gegen Drakonier, führte Kitiaras Schwert mit der Erfahrung, die sie in langen Monaten des Krieges gelernt hatte. Er hatte sie fast erreicht, als sie – ihre Angreifer besiegt – einen Moment lang allein dastand.

»Laurana, warte!« rief er wieder.

Sie hörte ihn. Sie sah zu ihm. Ihr Blick war fest.

»Leb wohl, Tanis«, rief Laurana ihm in der Elfensprache zu. »Ich verdanke dir mein Leben, aber meine Seele gehört mir.«

Damit drehte sie sich um und ließ ihn zurück, als sie durch die Tür der Vorkammer trat und in der Dunkelheit verschwand.

Ein Teil der Tempeldecke stürzte auf den Steinboden und überschüttete Tanis mit Schutt und Staub. Einen Moment lang stand er erschöpft da und starrte ihr nach. Blut floß in ein Auge. Abwesend wischte er es weg, dann plötzlich begann er zu lachen. Er lachte, bis sich Tränen mit dem Blut vermischten. Dann riß er sich zusammen, umklammerte sein blutverschmiertes Schwert und folgte ihr in die Dunkelheit.

»Das ist der Korridor, in den sie gelaufen sind, Raist... Raistlin.« Caramon stolperte über den Namen seines Bruders. Irgendwie schien der Kosename nicht mehr zu dieser schwarzgekleideten schweigsamen Gestalt zu passen.

Sie standen am Schreibtisch des Gefängniswärters, in der Nähe der Hobgoblinleiche. Um sie herum bewegten sich die Wände, verschoben sich, zerbröckelten, verdrehten sich, bauten sich neu auf. Der Anblick erfüllte Caramon mit vagem Entsetzen, wie ein Alptraum, an den er sich nicht erinnern konnte. So hielt er seine Augen auf seinen Bruder gerichtet, seine Hand klammerte sich dankbar an Raistlins dünnen Arm. Das war zumindest Fleisch und Blut, Realität inmitten eines beängstigenden Traums.

»Weißt du, wohin er führt?« fragte Caramon, während er in den östlichen Korridor spähte.

»Ja«, antwortete Raistlin tonlos.

Caramon schrak zusammen. »Du weißt... daß ihnen etwas zugestoßen ist...«

»Sie waren Narren«, sagte Raistlin bitter. »Der Traum hat sie gewarnt«, er sah seinen Bruder an, »so wie er andere gewarnt hat. Vielleicht komme ich noch rechtzeitig, aber wir müssen uns beeilen. Hör mal!«

Caramon sah zur Treppe hoch. Er hörte Klauenfüße klappern, Drakonier, die die Flucht von Hunderten von Gefangenen verhindern wollten, die durch den Zusammenbruch der Verliese befreit worden waren. Caramon legte eine Hand an sein Schwert.

»Hör auf«, schnappte Raistlin. »Denk doch mal nach! Du trägst noch eine Rüstung. Sie sind an uns nicht interessiert. Die Dunkle Königin ist verschwunden. Sie gehorchen ihr nicht länger. Sie sind nur noch auf Beute aus. Bleib bei mir. Geh unbeirrt, zielbewußt.«

Caramon holte tief Luft und tat, wie ihm gesagt wurde. Er hatte einen Teil seiner Kraft wiedergewonnen und war jetzt in der Lage, ohne Hilfe seines Bruders zu laufen. Die Drakonier ignorierend, die sie nur einmal ansahen und dann weiterflitzten, schritten die beiden Brüder den Korridor entlang. Hier veränderten die Wände immer noch ihre Form, die Decke erbebte, und der Boden hob sich. Hinter sich hörten sie schauerliche Schreie von den Gefangenen, die um ihre Freiheit kämpften.

»Zumindest wird niemand diese Tür bewachen«, sagte Raistlin nach vorn zeigend.

»Was meinst du?« fragte Caramon, der anhielt und seinen Bruder beunruhigt anstarrte.

»Sie ist mit einer Falle versehen«, flüsterte Raistlin. »Erinnerst du dich nicht an den Traum?«

Caramon wurde leichenblaß und stob durch den Korridor auf die Tür zu. Kopfschüttelnd folgte Raistlin langsamer. Als er um die Ecke bog, fand er seinen Bruder auf dem Boden kauernd neben zwei Körpern vor.

»Tika!« stöhnte Caramon. Er strich ihre roten Locken aus dem bewegungslosen bleichen Gesicht, fühlte ihren Puls am Hals. Seine Augen schlossen sich einen Moment vor Dankbarkeit, dann bewegten sich seine Hände zum Kender. »Und Tolpan... Nein!«

Der Kender öffnete beim Hören seines Namens langsam seine Augen, als ob die Lider zu schwer wären.

»Caramon...«, sagte Tolpan flüsternd mit tonloser Stimme. »Es tut mir so leid...«

»Tolpan!« Caramon nahm den kleinen, fiebrigen Körper

sanft in seine starken Arme. Er hielt ihn eng an sich gedrückt und wiegte ihn hin und her. »Psst, Tolpan, sag nichts.«

Der Körper des Kenders zuckte krampfhaft. Als Caramon sich verzweifelt umschaute, sah er Tolpans Beutel auf dem Boden liegen, ihr Inhalt wie Spielsachen in einem Kinderzimmer verstreut. Tränen traten in Caramons Augen.

»Ich habe versucht, sie zu retten...«, flüsterte Tolpan, vor Schmerzen erschauernd, »aber ich konnte nicht...«

»Du *hast* sie gerettet, Tolpan!« sagte Caramon würgend. »Sie ist nicht tot. Nur verletzt. Sie wird wieder in Ordnung kommen.«

»Wirklich?« Tolpans fiebrig glänzende Augen leuchteten in einem ruhigeren Licht auf, dann verdunkelten sie sich. »Leider... leider bin ich *nicht* in Ordnung, Caramon. Aber... aber es ist schon gut so, wirklich. Ich... ich werde Flint besuchen. Er wartet auf mich. Er hätte sowieso nicht alleine dorthin gehen sollen. Ich weiß nicht, warum... Ohne mich kommt er bestimmt nicht zurecht...«

»Was ist mit ihm?« fragte Caramon seinen Bruder, nachdem sich Raistlin schnell über den Kender gebeugt hatte, dessen Stimme in ein wirres Gebrabbel überging.

»Gift«, antwortete Raistlin, seine Augen wanderten zu der goldenen Nadel, die im Fackellicht glänzte. Er langte nach der Tür und stieß dagegen. Das Schloß gab nach, und die Tür öffnete sich einen Spalt weit.

Von draußen konnten sie das Kreischen und Schreien hören, als die Soldaten und Sklaven von Neraka dem sterbenden Tempel entflohen. Der Himmel dröhnte vom Gebrüll der Drachen. Die Fürsten kämpften gegeneinander um die Macht in dieser neuen Welt. Raistlin lächelte beim Zuhören.

Seine Gedanken wurden durch eine Hand, die seinen Arm umklammerte, unterbrochen.

»Kannst du ihm helfen?« fragte Caramon.

»Mit ihm ist es bald vorbei«, sagte der Magier kühl. »Es würde ein Gutteil meiner Kraft kosten, und wir sind noch nicht aus der Gefahr, mein Bruder.«

»Aber du kannst ihn retten?« fragte Caramon hartnäckig. »Du bist mächtig genug?«

»Natürlich«, erwiderte Raistlin achselzuckend.

Tika bewegte sich und richtete sich auf, ihren schmerzenden Kopf haltend. »Caramon«, rief sie glücklich, dann fiel ihr Blick auf Tolpan. »O nein...«, flüsterte sie. Ihren Schmerz vergessend, legte sie ihre blutverkrustete Hand auf die Stirn des Kenders. Die Augen des Kenders flackerten bei ihrer Berührung auf, aber er erkannte sie nicht. Er schrie vor Qualen.

Durch seine Schreie hörten sie die Geräusche von Klauenfüßen, die in den Korridor liefen.

Raistlin sah seinen Bruder an. Er sah, wie er Tolpan in seinen großen Händen hielt, die so sanft sein konnten.

Genauso hat er mich auch gehalten, dachte Raistlin. Seine Augen wanderten zum Kender. Lebhafte Erinnerungen an die guten alten Tage kamen ihm: Die sorglosen Abenteuer mit Flint... nun tot; Sturm, tot; Tage im warmen Sonnenschein, die grünen Äste mit Knospen an den Vallenholzbäumen in Solace... Nächte im Wirtshaus zur letzten Bleibe... jetzt eine geschwärzte Ruine, die Vallenholzbäume verbrannt und zerstört.

»Das wird meine letzte Schuld sein«, sagte Raistlin. »In voller Höhe beglichen.« Den dankbaren Ausdruck in Caramons Gesicht ignorierend, befahl er: »Leg ihn hin. Du mußt dich um die Drakonier kümmern. Dieser Zauber wird meine ganze Konzentration in Anspruch nehmen. Sie dürfen mich nicht stören.«

Sanft legte Caramon Tolpan vor Raistlin auf den Boden. Die Augen des Kenders waren starr, sein Körper versteifte sich in krampfhaften Zuckungen. Sein Atem rasselte durch die Kehle.

»Vergiß nicht, mein Bruder«, sagte Raistlin kühl, als er in eine seiner vielen Geheimtaschen in der schwarzen Robe griff, »du trägst die Uniform eines Offiziers der Drachenarmee. Sei diplomatisch, wenn möglich.«

»Richtig.« Caramon warf Tolpan einen letzten Blick zu, dann holte er tief Luft. »Tika«, sagte er, »bleib still liegen. Tu so, als wärst du ohnmächtig...«

Tika nickte. Sie legte sich wieder hin und schloß gehorsam die Augen. Raistlin hörte Caramon den Korridor hinuntergehen, er hörte die laute, dröhnende Stimme seines Bruders, dann vergaß der Magier seinen Bruder, vergaß die Drakonier, vergaß alles, als er sich auf seine Magie konzentrierte.

Raistlin zog eine leuchtende, weiße Perle aus einer Innentasche hervor und hielt sie in seiner Hand, während er aus einer anderen ein graugrünes Blatt nahm. Er öffnete die verkrampften Kiefer des Kenders und legte das Blatt unter Tolpans geschwollene Zunge. Der Magier musterte einen Moment die Perle, rief sich die verschlungenen Sätze des Zaubers ins Gedächtnis zurück, wiederholte sie im Geiste, bis er sich der richtigen Reihenfolge und Aussprache jedes Wortes sicher war. Er würde eine Gelegenheit haben, und nur eine Gelegenheit. Wenn er versagte, würde nicht nur der Kender sterben, sondern mit großer Sicherheit auch er selbst.

Nachdem er die Perle erst an seine Brust, dann an sein Herz geführt hatte, schloß er seine Augen und begann den Zauberspruch sechsmal hintereinander aufzusagen. Mit einem prikkelnden Gefühl der Ekstase spürte er die Magie durch seinen Körper strömen, die einen Teil seiner eigenen Kraft entzog und in der Perle konzentrierte.

Nun war der erste Teil des Zaubers abgeschlossen, und er hielt die Perle über das Herz des Kenders. Wieder schloß er seine Augen und wiederholte den Zauber, doch diesmal rückwärts. Langsam zermalmte er die Perle in seiner Hand und streute das leuchtende Pulver auf Tolpans starren Körper. Raistlin war fertig. Erschöpft öffnete er seine Augen und beobachtete triumphierend, wie die Leichenblässe aus dem Gesicht des Kenders schwand und durch einen friedlichen Ausdruck ersetzt wurde.

Tolpans Augen sprangen auf.

»Raistlin! Ich... bah!« Tolpan spuckte das grüne Blatt aus. »Iiih! Was war das denn für ein ekelhaftes Zeug? Und wie ist das überhaupt in meinen Mund gekommen?« Tolpan richtete sich benommen auf, dann sah er seine Beutel. »He! Wer hat meine Sachen durchwühlt?« Er sah anklagend zum Magier hoch, dann riß er seine Augen auf. »Raistlin! Du trägst die Schwarze Robe! Wie wunderbar! Darf ich sie berühren? Oh, ist ja schon gut. Du brauchst mich gar nicht so anzufunkeln! Sie sieht nur so weich aus. Sag mal, bedeutet das, daß du nun wirklich schlecht bist? Kannst du etwas Böses für mich zaubern, nur so zum Zugucken. Ich weiß Bescheid! Ich hab' mal gesehen, wie ein Zauberer einen Dämon gerufen hat. Könntest du das für mich tun? Nur einen kleinen Dämon? Du kannst ihn ja dann sofort wieder zurückschicken! Nein?« Tolpan seufzte enttäuscht auf. »Nun... He, Caramon, was stellen diese Drakonier mit dir an? Und was ist mit Tika los? Oh, Caramon, ich...«

»Halt's Maul!« brüllte Caramon. Den Kender wütend anstarrend, zeigte er auf ihn und Tika. »Der Magier und ich wollten diese Gefangenen unserem Fürsten bringen, als sie sich gegen uns gewendet haben. Es sind wertvolle Sklaven, insbesondere das Mädchen. Und der Kender ist ein gerissener Dieb. Wir wollen sie nicht verlieren. Auf dem Markt in Sanction bringen sie einen hohen Preis. Da die dunkle Königin nicht mehr da ist, muß jeder für sich selbst sorgen, oder?«

Caramon stieß einen Drakonier in die Rippen. Die Kreatur knurrte zustimmend auf, seine schwarzen Reptilienaugen waren gierig auf Tika gerichtet.

»Dieb!« schrie Tolpan beleidigt, seine schrille Stimme scholl durch den Korridor. »Ich bin...« Er schluckte und verstummte plötzlich, als die angeblich ohnmächtige Tika ihm einen sanften Rippenstoß versetzte.

»Ich helfe dem Mädchen«, sagte Caramon, während er den lüsternen Drakonier finster ansah. »Du behältst den Kender im Auge, und ihr da drüben helft dem Magier. Durch seine Zauberei ist er völlig erschöpft.«

Ein Drakonier verbeugte sich respektvoll vor Raistlin und half ihm dann auf die Füße. »Ihr zwei«, befahl Caramon den restlichen Soldaten, »geht vor uns und seht zu, daß wir keine Schwierigkeiten auf dem Weg zum Stadtrand bekommen. Vielleicht könnt ihr mit uns nach Sanction gehen«, fuhr Caramon fort, während er Tika hochzog. Sie schüttelte benommen ihren Kopf, tat so, als würde sie gerade wieder das Bewußtsein erlangen.

Die Drakonier grinsten zustimmend, während einer von ihnen Tolpan am Kragen packte und ihn zur Tür schob.

»Aber meine Sachen!« jammerte Tolpan.

»Geh weiter!« donnerte Caramon.

»Na gut«, seufzte der Kender, seine Augen hingen zärtlich an seinen kostbaren Besitztümern, die auf dem blutverschmierten Boden verstreut lagen. »Das ist wahrscheinlich nicht das Ende meines Abenteuers. Und – wie dem auch sei – in leere Taschen paßt mehr rein, wie meine Mutter zu sagen pflegte.«

Als Tolpan hinter zwei Drakoniern herstolperte, sah er in den sternenklaren Himmel. »Es tut mir leid, Flint«, sagte er leise. »Jetzt mußt du doch noch ein bißchen länger auf mich warten.«

Kitiara

Als Tanis die Vorkammer betrat, war die Veränderung so verblüffend, daß sie ihm eine Minute lang völlig unverständlich blieb. Nur einen Moment zuvor hatte er sich abquälen müssen, um inmitten des Mobs auf den Füßen zu bleiben, und jetzt befand er sich in einem kühlen dunklen Raum, ähnlich dem, wo er und Kitiara und ihre Soldaten auf ihren Einzug in die Empfangshalle gewartet hatten.

Er sah sich schnell um; er war allein. Obwohl sein Instinkt ihn drängte, in seiner verzweifelten Suche aus dem Zimmer zu stürzen, zwang er sich, stehenzubleiben, Atem zu holen und das Blut aus den Augen zu wischen. Er versuchte sich zu erinnern, wo der Eingang zum Tempel war. Die Vorkammern, die in einem Kreis um die Empfangshalle angeordnet waren, waren mit dem vorderen Teil des Tempels durch eine Reihe sich windender Korridore verbunden. Einst, vor langer Zeit in Istar, mußten diese Korridore eine logische Ordnung gebildet haben. Aber die Formveränderung des Tempels hatte sie zu einem Labyrinth verzerrt, dem man nicht entrinnen konnte. Korridore hörten abrupt auf, wenn er erwartete, daß sie weiterführten, während jene, die kurz zu sein schienen, ewig weitergingen.

Der Boden unter seinen Füßen gab nach, während Staub von der Decke wirbelte. Ein Gemälde fiel krachend von der Wand. Tanis hatte keine Vorstellung, wo er Laurana finden konnte. Er hatte nur gesehen, daß sie hierher verschwunden war.

Sie war in dem Tempel eingesperrt gewesen, aber im unterirdischen Bereich. Er fragte sich, ob sie überhaupt ihre Umgebung erkannt hatte, als man sie hierher gebracht hatte, ob sie eine Vorstellung davon hatte, wie man wieder herauskam. Und dann stellte Tanis fest, daß er selbst nur eine verschwommene Vorstellung davon hatte, wo er sich befand. Er fand eine brennende Fackel, ergriff sie und beleuchtete das Zimmer. Eine mit Tapeten verkleidete Tür, nur an einem zerbrochenen Scharnier hängend, war leicht geöffnet. Er spähte hinein und sah, daß sie zu einem schwach beleuchteten Korridor führte.

Tanis hielt den Atem an. Er wußte nun, wo er Laurana finden konnte!

Eine Brise wehte durch den Gang – frische Luft, prickelnd von den Düften des Frühlings, kühl durch den gesegneten Frieden der Nacht – und berührte seine linke Wange. Laurana mußte diese Brise gespürt und vermutet haben, daß der Korridor aus dem Tempel führte. Schnell lief Tanis weiter, ignorierte den Schmerz in seinem Kopf, zwang seine erschöpften Muskeln, seinem Willen zu gehorchen.

Eine Gruppe Drakonier tauchte plötzlich aus einem Zimmer kommend vor ihm auf. Tanis fiel ein, daß er immer noch die Uniform der Drachenarmee trug, und hielt sie an.

»Die Elfenfrau!« schrie er. »Sie darf nicht entkommen. Habt ihr sie gesehen?«

Sie hatten sie offenbar nicht gesehen, wie man ihrem hastigen Knurren entnehmen konnte. Auch die nächste Gruppe, auf die Tanis stieß, war ihr nicht begegnet. Aber zwei Drakonier, die nach Beute suchend durch die Hallen wanderten, hatten sie gesehen. Sie zeigten in die Richtung, auf die Tanis bereits zusteuerte. Sein Mut stieg.

Inzwischen hatten die Kämpfe in der Halle geendet. Die überlebenden Drachenfürsten waren entkommen und befanden sich nun mit ihren Soldaten außerhalb der Tempelmauern. Einige kämpften, andere zogen sich zurück und warteten ab, wer als Sieger hervorgehen würde. Zwei Fragen beschäftigten alle. Die erste war, ob die Drachen bleiben oder mit ihrer Königin verschwinden würden, so wie es im Zweiten Drachenkrieg der Fall gewesen war. Und zweitens, falls die Drachen blieben, wer würde dann ihr Herr sein?

Tanis brütete selbst über diese Fragen, während er durch die Korridore lief, manchmal um die falsche Ecke bog und bitter fluchte, wenn er einer festen Mauer gegenüberstand und gezwungen war, wieder zurückzulaufen, bis er wieder die frische Luft riechen konnte.

Aber schließlich wurde er zu müde, um überhaupt über etwas nachzudenken. Erschöpfung und Schmerzen forderten ihren Tribut. Seine Beine wurden schwer, jeder Schritt wurde zur Qual. Sein Kopf hämmerte, die Wunde über seinem Auge begann wieder zu bluten. Der Boden erzitterte ständig unter seinen Füßen. Statuen stürzten von ihren Sockeln. Steine fielen von der Decke und hüllten ihn in Staubwolken ein.

Langsam verlor er die Hoffnung. Obwohl er sich sicher war, daß er die einzige Richtung eingeschlagen hatte, die sie genommen haben konnte, hatten die wenigen Drakonier, denen er später begegnet war, sie nicht gesehen. Was konnte passiert sein? Hatte sie… Nein, daran wollte er nicht denken. Er ging weiter. Vor ihm wehte die frische Nachtbrise, hinter ihm blähten sich Rauchschwaden auf.

Der Tempel begann zu brennen.

Als er einen schmalen Korridor passierte und über einen Haufen Schutt stieg, hörte Tanis ein Geräusch. Er blieb stehen. Ja, da war es wieder – genau vor ihm. Er spähte durch den Rauch und den Staub und griff nach seinem Schwert. Die letzte Gruppe Drakonier, der er begegnet war, war betrunken und mordlustig gewesen. Ein einzelner menschlicher Offizier könnte da schnell zum leicht erlegbaren Wild werden... Aber glücklicherweise hatte sich einer von ihnen erinnert, Tanis mit der Finsteren Herrin gesehen zu haben. Beim nächsten Mal würde er vielleicht nicht mehr so viel Glück haben.

Vor ihm lag der Korridor in Trümmern, ein Teil der Decke war eingebrochen. Es war tiefdunkel – seine Fackel bot das einzige Licht –, und Tanis haderte mit sich über die Notwendigkeit, etwas zu sehen, und der Angst, gesehen zu werden. Schließlich entschied er, das Risiko einzugehen, sie brennen zu lassen. Er würde Laurana niemals finden, wenn er in der Dunkelheit herumirrte.

Wieder einmal mußte er seiner Verkleidung vertrauen.

»Wer da?« brüllte er mit barscher Stimme und hielt die Fakkel kühn in den zerstörten Korridor.

Er erhaschte eine rennende Gestalt in einer glänzenden Rüstung, aber sie rannte vor ihm weg – und nicht auf ihn zu. Merkwürdig für einen Drakonier... sein erschöpftes Gehirn schien drei Schritte hinterher zu stolpern. Er konnte die Gestalt jetzt deutlich erkennen, schlank und geschmeidig und viel zu schnell laufend...

»Laurana!« schrie er, dann in der Elfensprache: *»Quisalas!«*

Die herumliegenden Säulen und Marmorsteine verfluchend, stolperte und lief Tanis, zwang seinen schmerzenden Körper zu Gehorsam, bis er sie eingeholt hatte. Er packte sie am Arm und hielt sie an.

Jeder Atemzug war ein heftiger Schmerz. Er war so benommen, daß er glaubte, ohnmächtig zu werden. Aber er hielt sie in einem todesähnlichen Griff fest, hielt sie sowohl mit seinen Augen als auch mit seiner Hand.

Jetzt verstand er, warum die Drakonier sie nicht gesehen hatte. Sie hatte ihre silberne Rüstung abgestreift und eine Drakonierrüstung übergezogen, die sie einem toten Krieger abgenommen hatte. Einen Moment lang konnte sie Tanis nur anstarren. Sie hatte ihn anfangs nicht erkannt und beinahe ihr Schwert in ihn gestoßen. Nur das Elfenwort hatte sie aufgehalten, *quisalas,* Geliebte. Das – und der eindringliche Blick der Qual und des Leidens in seinem blassen Gesicht.

»Laurana«, keuchte Tanis mit jener gebrochenen Stimme, die Raistlin einst gehabt hatte. »Verlaß mich nicht. Warte... hör mir bitte zu!«

Mit einer Armdrehung befreite sich Laurana aus seinem Griff. Aber sie verließ ihn nicht. Sie wollte zu sprechen anfangen, aber ein weiteres Beben des Gebäudes hinderte sie daran. Als Staub und Schutt auf sie rieselten, zog Tanis Laurana an sich, um sie zu beschützen. Sie umklammerten sich ängstlich, dann war es vorüber. Aber nun standen sie in der Dunkelheit. Tanis hatte die Fackel fallen lassen.

»Bist du verletzt?« fragte Laurana kühl, versuchte wieder, sich seinem Griff zu entziehen. »Wenn ja, kann ich dir helfen. Wenn nicht, schlage ich vor, auf weitere Abschiedsfloskeln zu verzichten. Was...«

»Laurana«, sagte Tanis leise und schweratmend. »Ich bitte dich nicht, zu verstehen – *ich* verstehe es selbst nicht. Ich bitte dich nicht um Vergebung – ich kann mir selbst nicht vergeben. Ich könnte dir sagen, daß ich dich liebe, daß ich dich immer geliebt habe. Aber das wäre nicht wahr, denn Liebe kann nur von jemandem kommen, der sich selbst liebt, und gerade jetzt kann ich mein eigenes Spiegelbild nicht ertragen. Ich kann dir nur sagen, Laurana, daß...«

»Psst!« flüsterte Laurana und legte ihre Hand auf Tanis' Mund. »Ich habe etwas gehört.«

Lange Zeit standen sie zusammengedrängt in der Dunkelheit und lauschten. Zuerst konnten sie nur ihre eigenen Atemzüge hören. Sie konnten nichts sehen. Dann flackerte eine Fackel auf, blendete sie, und eine Stimme ertönte.

»Was möchtest du Laurana sagen, Tanis?« fragte Kitiara mit freundlicher Stimme. »Fahr fort.«

Ein blankes Schwert glänzte in ihrer Hand. Frisches Blut – rotes und grünes – glitzerte an der Klinge. Ihr Gesicht war weiß vom Steinstaub, sie blutete aus einem Schnitt über der Lippe. Ihre Augen waren vor Erschöpfung dunkel, aber ihr Lächeln war wie immer hinreißend. Sie steckte ihr blutiges Schwert in die Scheide, wischte ihre Hände an ihrem Umhang ab, dann fuhr sie mit einer Hand abwesend durch ihr lockiges Haar.

Tanis schloß vor Müdigkeit die Augen. Sein Gesicht schien zu altern; er sah sehr menschlich aus. Schmerz und Erschöpfung, Trauer und Schuld würden für immer ihre Spuren hinterlassen, trotz der ewigen, elfischen Jugendlichkeit. Er fühlte, wie Laurana sich versteifte, ihre Hand bewegte sich zum Schwert.

»Laß sie gehen, Kitiara«, sagte Tanis ruhig und hielt Laurana fest. »Halte dein Versprechen, und ich halte meins. Ich will sie nur nach draußen bringen. Dann komme ich zurück...«

»Das glaube ich dir aufs Wort«, bemerkte Kitiara und starrte ihn amüsiert und verblüfft an. »Ist es dir noch nie in den Sinn gekommen, Halb-Elf, daß ich dich küssen und im gleichen Moment töten könnte, ohne mit der Wimper zu zucken? Nein, ich glaube nicht. Ich könnte dich jetzt töten, aus dem einfachen Grund, weil ich weiß, daß es das Schlimmste wäre, was ich der Elfenfrau antun könnte.« Sie hielt die Fackel näher zu Laurana. »Da – sieh dir ihr Gesicht an!« höhnte Kitiara. »Was für eine schwache und schwächende Sache die Liebe doch ist!«

Kitiaras Hand fuhr wieder durch ihre Haare. Achselzuckend sah sie sich um. »Aber ich habe keine Zeit. Dinge bewegen sich. Große Dinge. Die Dunkle Königin ist gestürzt. Eine andere wird ihren Platz einnehmen. Was ist mit dir, Tanis? Ich habe bereits meine Autorität über die anderen Drachenfürsten gefestigt.« Kitiara tätschelte ihren Schwertknauf. »Ich werde über ein riesiges Reich verfügen. Wir könnten zusammen herr...«

Sie brach abrupt ab, ihr Blick fuhr zu dem Korridor, aus dem sie gekommen war. Obwohl Tanis weder sehen noch hören konnte, was ihre Aufmerksamkeit erregt hatte, so spürte er doch die eisige, an den Knochen nagende Kälte, die sich im Gang ausbreitete. Tanis wußte, wer sich näherte, noch bevor er die orangenen Augen oberhalb der Rüstung flackern sah.

»Fürst Soth«, murmelte Kitiara. »Entscheide dich schnell, Tanis.«

»Meine Entscheidung ist vor langer Zeit gefallen, Kitiara«, antwortete Tanis ruhig. Er trat vor Laurana, schirmte sie so gut es ging mit seinem Körper ab. »Fürst Soth wird erst mich töten müssen, um sie zu erreichen, Kit. Und auch wenn ich weiß, daß mein Tod ihn nicht aufhalten wird – und auch dich nicht –, sie zu töten, wenn ich nicht mehr dasein werde, so bete ich mit meinem letzten Atemzug zu Paladin, daß er ihre Seele beschützt. Die Götter sind mir etwas schuldig. Irgendwie weiß ich, daß meine letzte Bitte erfüllt werden wird.«

Hinter sich spürte Tanis, wie Laurana ihren Kopf an seinen Rücken lehnte; er hörte sie leise schluchzen, und sein Herz erwärmte sich, denn in ihrem Schluchzen war keine Angst, sondern nur Liebe und Mitgefühl und Trauer um ihn.

Kitiara zögerte. Sie konnten jetzt Fürst Soth in dem zerstörten Korridor sehen, seine orangenen Augen flimmerten wie Leuchtkäfer in der Dunkelheit. Dann legte sie ihre blutverschmierte Hand auf Tanis' Arm. »Geht!« befahl sie barsch. »Lauft schnell, in den Korridor zurück. Am Ende ist eine Tür in der Wand. Du kannst sie fühlen. Sie führt euch in die Verliese. Von dort könnt ihr entkommen.«

Tanis starrte sie einen Moment lang verständnislos an.

»Lauft!« schnappte Kit und schubste ihn.

Tanis warf Fürst Soth einen Blick zu.

»Eine Falle«, flüsterte Laurana.

»Nein«, erwiderte Tanis, seine Augen fuhren wieder zu Kit. »Diesmal nicht. Leb wohl, Kitiara.«

»Leb wohl, Halb-Elf«, sagte sie mit leiser, leidenschaftlicher Stimme, ihre Augen glänzten hell im Fackellicht. »Vergiß nicht, ich tue dies aus Liebe zu dir. Geht jetzt!«

Kitiara schleuderte ihre Fackel fort und verschwand völlig in der Dunkelheit, als ob sie von ihr verschlungen worden wäre.

Tanis blinzelte, geblendet von der plötzlichen Schwärze, streckte seine Hand nach ihr aus. Dann zog er sie zurück. Er drehte sich um, seine Hand fand Lauranas Hand. Zusammen stolperten sie durch den Schutt, tasteten sich ihren Weg an der Wand entlang. Die Kälte, die von dem toten Ritter ausging, ließ ihr Blut erstarren. Als Tanis zurückschaute, sah er Fürst Soth immer näher kommen, seine Augen schienen direkt auf sie zu starren. Hektisch tastete Tanis die Steinwand ab, seine Hände suchten die Tür. Dann spürte er nicht mehr den kalten Stein, sondern Holz. Er griff nach dem Eisengriff und drehte ihn. Die Tür öffnete sich bei seiner Berührung. Er zog Laurana nach, die zwei stürzten durch die Öffnung. Das plötzliche Aufflackern von Fackeln an den Stufen ließ sie für einen Moment erblinden, fast genauso wie die Dunkelheit zuvor.

Hinter sich hörte Tanis Kitiaras Stimme, die Fürst Soth zu sich rief. Er fragte sich, was der tote Ritter, der seine Beute verloren hatte, mit ihr anstellen würde. Der Traum fiel ihm wieder lebhaft ein. Wieder sah er Laurana sterben... Kitiara sterben... und er stand hilflos daneben, unfähig, beide zu retten. Dann löste sich das Bild auf.

Laurana wartete auf der Treppe, das Licht der Fackel glänzte auf ihrem goldenen Haar. Eilig schlug er die Tür zu und lief zu ihr.

»Das war die Elfenfrau«, sagte Fürst Soth, seine flammenden Augen folgten mühelos den beiden, die vor ihm wie verängstigte Mäuse wegliefen. »Und der Halb-Elf.«

»Ja«, sagte Kitiara ohne jegliches Interesse. Sie zog ihr Schwert hervor und begann, das Blut mit dem Saum ihres Umhangs abzuwischen.

»Soll ich ihnen nachgehen?« fragte Soth.

»Nein. Auf uns warten jetzt wichtigere Angelegenheiten«, erwiderte Kitiara. Sie sah zu ihm hoch und lächelte ihn bezaubernd an. »Die Elfenfrau würde dir sowieso nicht gehören, nicht einmal im Tod. Die Götter beschützen sie.«

Soths flackernder Blick wandte sich Kitiara zu. Die bleichen

Lippen kräuselten sich vor Abscheu. »Der Halb-Elf bleibt trotzdem dein Meister.«

»Nein, das glaube ich nicht«, entgegnete Kitiara. Sie sah sich um, als Tanis gerade die Tür hinter sich schloß. »Manchmal, in den dunkelsten Stunden der Nacht, wird er neben ihr im Bett liegen, und dann wird er an *mich* denken. Er wird sich an meine letzten Worte erinnern, er wird von ihnen gerührt sein. Ich habe ihnen ihr Glück gegeben. Und *sie* muß mit dem Wissen leben, daß *ich* für immer einen Platz in Tanis' Herzen habe. Welche Liebe sie auch zueinander finden werden, ich habe sie vergiftet. Meine Rache an beiden ist vollendet. Nun, hast du das dabei, wonach ich dich geschickt habe?«

»Das habe ich, Finstere Herrin«, erwiderte Fürst Soth. Mit einem Zauberwort brachte er einen Gegenstand hervor und hielt ihn ihr mit seiner Skeletthand hin. Ehrfürchtig legte er ihn ihr zu Füßen.

Kitiara hielt den Atem an, ihre Augen glänzten in der Dunkelheit fast genauso hell wie die des toten Fürsten. »Hervorragend! Kehre nach Burg Dargaard zurück. Sammle die Soldaten. Wir werden die Kontrolle über die Fliegenden Zitadellen übernehmen, die Ariakus nach Kalaman geschickt hat. Dann werden wir uns zurückziehen, uns neu gruppieren und abwarten.«

Das grauenvolle Gesicht von Fürst Soth lächelte, als er auf den Gegenstand zeigte. »Sie gehört dir nun rechtmäßig. Jene, die sich gegen dich gestellt haben, sind entweder tot, wie du befohlen hast, oder sind geflohen, bevor ich sie erreichen konnte.«

»Ihr Untergang ist lediglich aufgeschoben«, sagte Kitiara, die ihr Schwert wieder einsteckte. »Du hast mir gut gedient, Soth, und ich werde dich reich belohnen. Auf dieser Welt gibt es genug Elfenmädchen.«

»Jene, die auf deinen Befehl sterben sollen, werden sterben. Jene, denen du das Leben gestattest«, Soths Blick flackerte zu der Tür, »werden leben. Vergiß nicht – von allen, die dir dienen, Finstere Herrin, kann nur ich allein dir *unsterbliche* Loyalität anbieten. Das mache ich jetzt mit Freuden. Meine Krieger und ich werden nach Burg Dargaard zurückkehren, wie es dein Wunsch ist. Dort werden wir deine weiteren Befehle abwarten.«

Er verneigte sich vor ihr und nahm ihre Hand in seinen Skelettgriff. »Leb wohl, Kitiara«, sagte er, dann hielt er inne. »Wie fühlt man sich, meine Liebe, wenn man weiß, daß man den Verdammten Freude gebracht hat? Du hast mein langweiliges Totenreich interessant gemacht. Wie wäre das nur gewesen, wenn ich dich als lebender Mann gekannt hätte!« Das bleiche Gesicht lächelte. »Aber meine Zeit ist ewig. Vielleicht warte ich auf eine, die mit mir meinen Thron teilen kann...«

Kalte Finger liebkosten Kitiaras Fleisch. Sie erschauerte krampfhaft, endlose, schlaflose Nächte taten sich wie gähnende Abgründe vor ihr auf. So lebhaft und erschreckend war das Bild, daß Kitiaras Seele angstvoll zuckte, als Fürst Soth sich bereits in Dunkelheit aufgelöst hatte.

Jetzt stand sie allein in der Finsternis, und einen Moment lang hatte sie Angst. Der Tempel erzitterte. Kitiara wich gegen eine Wand zurück, ängstlich und allein. So allein! Dann berührte ihr Fuß etwas. Sie bückte sich, und ihre Finger schlossen sich dankbar um den Gegenstand. Sie hob ihn hoch.

Das war Wirklichkeit! Hart und fest, dachte sie und atmete erleichtert auf.

Kein Fackellicht leuchtete auf seine goldene Oberfläche oder fiel auf die blutroten Juwelen. Kitiara brauchte keine Fackeln, um das zu bewundern, was sie in ihren Händen hielt.

Lange Zeit stand sie in dem zerstörten Gang, ihre Finger fuhren über die rauhen Metallränder der blutverschmierten Krone.

Tanis und Laurana liefen die Wendeltreppe hinunter zu den Verliesen. Sie hielten am Schreibtisch des Gefängniswärters an. Tanis sah auf den Leichnam des Hobgoblins.

Laurana starrte ihn an. »Komm schon«, drängte sie und zeigte in östliche Richtung. Als sie ihn zögern und in den Norden schauen sah, zuckte sie die Schultern. »Du willst nicht dort lang gehen! Dorthin... haben sie mich gebracht.« Sie drehte sich schnell um, ihr Gesicht wurde blaß, als sie die Schreie und Rufe aus den Gefängniszellen hörte.

Ein wie ein Plünderer aussehender Drakonier lief vorbei. Vielleicht ein Deserteur, vermutete Tanis, denn die Kreatur knurrte wütend und schreckte angesichts der Rüstung eines Offiziers zurück.

»Ich habe Caramon gesucht«, murmelte Tanis. »Man muß sie hierhergebracht haben.«

»Er ist mit mir gekommen«, sagte Tanis. »Mit Tika und Tolpan und... Flint...« Er stockte, dann schüttelte er den Kopf. »Nun, falls sie hier waren, jetzt sind sie es nicht mehr. Komm weiter.«

Laurana errötete. Sie sah zu den Steinstufen zurück, dann zu Tanis.

»Tanis...«, begann sie stammelnd. Er legte eine Hand auf ihren Mund.

»Wir werden später Zeit zum Reden haben. Jetzt müssen wir einen Weg nach draußen finden!«

Wie um seine Worte zu bekräftigen, wurde der Tempel von einem weiteren Beben erschüttert. Diesmal war es stärker als die anderen und schleuderte Laurana gegen eine Wand. Tanis' Gesicht, das vor Erschöpfung und Schmerz blaß war, wurde noch blasser, als er versuchte, auf den Beinen zu bleiben.

Ein lautes Poltern und ein zermalmendes Krachen kam aus dem nördlichen Korridor. Das Geschrei aus den Gefängniszellen erstarb abrupt, während eine riesige Staubwolke aus dem Korridor stieg.

Tanis und Laurana flohen. Schutt rieselte auf sie herab, während sie in östlicher Richtung liefen, über Leichen und Steinhaufen stolperten.

Ein weiteres Beben erfaßte den Tempel. Sie konnten nicht mehr stehen. Sie fielen auf Hände und Knie und konnten nur noch entsetzt beobachten, wie sich der Korridor langsam hob und senkte, sich wie eine Schlange krümmte und wand.

Sie krochen unter einen eingestürzten Balken, kauerten sich zusammen, mußten mit ansehen, wie sich Boden und Wände im Korridor wie Wellen im Ozean bewegten. Über sich hörten sie seltsame Geräusche, wie von riesigen Steinen, die aneinander rieben, nicht stürzten, sondern nur ihre Position veränderten. Dann plötzlich hörte das Beben auf. Alles war ruhig.

Benommen erhoben sie sich und rannten los, die Angst trieb ihre schmerzenden Körper weiter. Alle paar Minuten erzitterten die Grundmauern des Tempels. Aber sooft Tanis auch erwartete, daß die Decke über ihren Köpfen einstürzen würde, sie blieb stehen. Die unerklärlichen Geräusche über ihnen waren so seltsam und beängstigend, daß sie den Einsturz der Decke fast als Erleichterung begrüßt hätten.

»Tanis!« schrie Laurana plötzlich. »Luft! Nachtluft!«

Erschöpft sammelten sie ihre letzten Kräfte und kämpften sich weiter durch den sich schlängelnden Korridor vor, bis sie auf eine Tür stießen, die offen an ihren Scharnieren hing. Auf dem Boden war ein roter Blutfleck und...

»Tolpans Beutel!« murmelte Tanis. Er kniete nieder und sah auf die Schätze des Kenders, die über den ganzen Boden verteilt waren. Dann sank sein Mut. Voller Trauer schüttelte er den Kopf.

Laurana kniete sich zu ihm. Ihre Hand schloß sich um seine.

»Zumindest war er hier, Tanis. Er ist so weit gekommen. Vielleicht hat er es geschafft.«

»Er würde niemals seine Schätze zurücklassen«, sagte Tanis. Der Halb-Elf sank auf den bebenden Boden und starrte nach draußen auf Neraka. »Sieh mal«, sagte er schroff zu Laurana. »Das ist das Ende, so wie es das Ende für den Kender war. Sieh!« verlangte er wütend, als er ihr Gesicht sah, auf das sich eine dickköpfige Ruhe gelegt hatte, sah, daß sie sich weigerte, die Niederlage einzugestehen.

Laurana schaute.

Die kühle Brise, die ihr entgegenschlug, erschien ihr jetzt wie blanker Hohn, denn sie brachte nur den Gestank von Rauch und Blut und die qualvollen Schreie der Sterbenden. Orangefarbene Flammen erleuchteten den Himmel, wo kreisende Drachen kämpften und starben, während ihre Fürsten zu entkommen versuchten oder wie ihre Drachen weiterkämpften. Die Nachtluft brannte von den aufzischenden Blitzen und Flammen. Drakonier strömten durch die Straßen, töteten alles, was sich bewegte, schlachteten sich gegenseitig in ihrem Wahnsinn ab.

»Das Böse richtet sich gegen sich selbst«, flüsterte Laurana, ihr Kopf lehnte an Tanis' Schulter, während sie ehrfürchtig das schreckliche Spektakel beobachtete.

»Was hast du gesagt?« fragte er müde.

»Etwas, was Elistan immer sagte«, erwiderte sie. Der Tempel erbebte wieder.

»Elistan!« Tanis lachte bitter auf. »Wo sind jetzt seine Götter? Sehen von ihren Schlössern in den Sternen aus zu, genießen die Vorstellung? Die Dunkle Königin ist verschwunden, der Tempel zerstört. Und hier sind wir – in einer Falle. Wir würden draußen keine drei Minuten überleben...«

Plötzlich stockte er.

Sanft schob er Laurana beiseite, seine Hand suchte in Tolpans zerstreuten Schätzen. Eilig schob er die glänzende Scherbe eines zerbrochenen blauen Kristalls beiseite, einen Vallenholzsplitter, einen Edelstein, eine kleine weiße Hühnerfeder, eine verwelkte schwarze Rose, einen Drachenzahn und ein von Zwergenhand geschnitztes Holzstück, das einen Kender darstellte.

Unter all diesen Dingen war ein goldener Gegenstand, der im flackernden Schein des Feuers und der Zerstörung funkelte.

Als er ihn aufhob, füllten sich seine Augen mit Tränen. Er hielt ihn fest in seiner Hand, spürte die scharfen Kanten in sein Fleisch schneiden.

»Was ist das?« fragte Laurana, die nicht verstand, ihre Stimme bebte vor Angst.

»Verzeih mir, Paladin«, flüsterte Tanis. Er zog Laurana zu sich, hielt seine Hand aus und öffnete sie.

In seiner Hand lag ein feingeschnitzter, zierlicher Ring aus goldenen, miteinander verbundenen Efeublättern. Und um den Ring, immer noch in seinem magischen Schlaf, lag ein goldener Drache.

Das Ende
Zum Guten oder zum Bösen

Nun, wir sind außerhalb der Stadttore«, sagte Caramon zu seinem Zwillingsbruder, die Augen auf die Drakonier gerichtet! »Du bleibst bei Tika und Tolpan, ich gehe zurück, um Tanis zu suchen. Ich werde diesen Haufen mitnehmen...«

»Nein, mein Bruder«, antwortete Raistlin leise, seine goldenen Augen glitzerten in Lunitaris rotem Licht. »Du kannst Tanis nicht helfen. Sein Schicksal liegt in seinen eigenen Händen.« Der Magier blickte hoch zum flammenden, mit Drachen gefüllten Himmel. »Du befindest dich selbst noch in Gefahr, so wie jene, die auf dich angewiesen sind.«

Tika stand erschöpft neben Caramon, ihr Gesicht war schmerzverzerrt. Und obwohl Tolpan wie immer fröhlich grinste, war sein Gesicht blaß, und in seinen Augen lag ein Ausdruck nachdenklicher Trauer, den man wohl niemals zuvor bei einem Kender gesehen hatte. Caramon setzte eine verbissene Miene auf, als er auf die beiden blickte.

»Schön«, sagte er. »Aber wohin sollen wir gehen?«

Raistlin hob seinen Arm und zeigte in eine Richtung. Die schwarze Robe schimmerte, seine Hand, blaß und knochendürr, hob sich gegen den Nachthimmel ab.

»Dort oben auf dem Hügel brennt ein Licht...«

Alle drehten sich um, auch die Drakonier. Weit hinter der verlassenen Ebene konnte Caramon den dunklen Schatten eines Hügels erkennen, der sich im mondbeleuchteten Ödland erhob. Auf seiner Spitze strahlte ein reines weißes Licht, hellglänzend und beständig wie ein Stern.

»Jemand wartet dort auf euch«, sagte Raistlin.

»Wer? Tanis?« fragte Caramon gespannt.

Raistlin warf Tolpan einen Blick zu. Der Kender starrte wie gebannt auf das Licht.

»Fizban...«, flüsterte er.

»Ja«, erwiderte Raistlin. »Und jetzt muß ich gehen.«

»Was?« stammelte Caramon. »Aber... komm mit mir... uns... du mußt! Um Fizban zu sehen...«

»Ein Treffen zwischen uns wäre nicht erfreulich.« Raistlin schüttelte den Kopf, die Falten seiner schwarzen Kapuze bewegten sich mit ihm.

»Und was ist mit ihnen?« Caramon deutete auf die Drakonier.

Seufzend trat Raistlin zu den Drakoniern. Er hob seine Hand und sprach ein paar seltsame Worte. Die Drakonier wichen zurück, Angst und Entsetzen verzerrten ihre Reptiliengesichter. Caramon schrie auf, als Blitze aus Raistlins Fingerspitzen zischten. Vor Qual aufschreiend, gingen die Drakonier in Flammen auf und stürzten sich windend zu Boden. Ihre Körper verwandelten sich in Stein, als der Tod sie zu sich nahm.

»Das hätte nicht sein müssen, Raistlin«, sagte Tika mit hoher, zitternder Stimme. »Sie hätten uns in Ruhe gelassen.«

»Der Krieg ist vorbei«, fügte Caramon streng hinzu.

»Ist er das?« fragte Raistlin sarkastisch und holte einen kleinen schwarzen Beutel aus seinen Geheimtaschen hervor. »Ein schwächliches, sentimentales Gequassel, mein Bruder, was nur die Fortsetzung des Krieges bestätigt. Diese hier«, er zeigte auf die steinernen Körper, »sind nicht von Krynn. Sie wurden mit Hilfe der schwärzesten aller schwarzen Magien geschaffen. Ich weiß es. Ich habe bei ihrer Erschaffung zugesehen. Sie hätten euch niemals *in Ruhe gelassen.*« Seine Stimme wurde schrill, ahmte Tikas nach.

Caramon errötete. Er versuchte zu sprechen, aber Raistlin ignorierte ihn kühl, und schließlich gab der Krieger auf, als er sah, daß sein Bruder in der Magie verloren war.

Wieder hielt Raistlin die Kugel der Drachen in seiner Hand. Er schloß seine Augen und begann leise zu singen. Farben wirbelten in dem Kristall auf, dann begann die Kugel hell zu leuchten.

Raistlin öffnete seine Augen und suchte den Himmel ab. Er brauchte nicht lange zu warten. Innerhalb von Sekunden wurden die Monde und Sterne von einem riesenhaften Schatten ausgelöscht. Tika wich beunruhigt zurück. Caramon legte tröstend seinen Arm um sie, obwohl sein Körper erzitterte und seine Hand zu seinem Schwert fuhr.

»Ein Drache«, sagte Tolpan ehrfürchtig. »Aber ein ganz großer. Ich habe niemals so einen großen gesehen... oder doch?« Er blinzelte. »Er kommt mir irgendwie bekannt vor.«

»Du hast ihn gesehen«, sagte Raistlin kühl und steckte die dunkel werdende Kristallkugel in seinen schwarzen Beutel zurück, »im Traum. Es ist Cyan Blutgeißel, der Drache, der den armen Lorac, den Elfenkönig, gequält und gepeinigt hat.«

»Warum ist er hier?« keuchte Caramon.

»Er kommt auf meinen Befehl«, antwortete Raistlin. »Er kommt, um mich nach Hause zu bringen.«

Der Drache kreiste tiefer und tiefer, seine gigantischen Flügel warfen eisige dunkle Schatten. Selbst Tolpan (obwohl er sich später weigerte, es zuzugeben) klammerte sich bebend an Caramon, als der monströse grüne Drache landete.

Einen Moment lang blickte Cyan auf die erbärmliche, zusammengekauerte Gruppe von Menschen. Seine roten Augen flammten auf, seine Zunge zuckte zwischen seinen geifernden Kiefern, als er sie haßerfüllt anstarrte. Aber durch einen stärkeren Willen bezwungen, wurde Cyans Blick weggezogen und richtete sich in Groll und Wut auf den schwarzgekleideten Magier.

Auf ein Zeichen von Raistlin neigte sich der Kopf des Drachen, bis er im Sand ruhte.

Raistlin stützte sich leicht auf den Stab des Magus, als er zu Cyan Blutgeißel schritt und auf den riesigen, schlangenförmigen Hals stieg.

Caramon starrte den Drachen an, kämpfte gegen die Drachenangst, die ihn zu überwältigen drohte. Tika und Tolpan klammerten sich angstbebend an ihn. Dann schob er sie mit einem heiseren Aufschrei beiseite und lief auf den Drachen zu.

»Warte! Raistlin!« schrie Caramon mit rauher Stimme. »Ich komme mit dir!«

Cyan hob beunruhigt seinen Riesenkopf, beäugte den Menschen mit flammendem Blick.

»Würdest du?« fragte Raistlin leise und legte eine besänftigende Hand auf den Hals des Drachen. »Würdest du mit mir in die Finsternis kommen?«

Caramon zögerte, seine Lippen wurden trocken, Furcht dörrte seine Kehle aus. Er konnte nicht sprechen, aber er nickte zweimal, biß sich vor Qual auf seine Lippe, als er hinter sich Tika aufschluchzen hörte.

Raistlin musterte ihn, seine Augen wirkten wie goldene Punkte in der tiefen Schwärze. »Ich glaube es dir wahrhaftig«, sinnierte der Magier. Einen Moment lang saß Raistlin auf dem Rücken des Drachen und grübelte. Dann schüttelte er entschieden den Kopf.

»Nein, mein Bruder, du kannst mir nicht dorthin folgen, wohin ich gehe. Stark wie du bist, es würde dich doch in den Tod führen. Wir sind schließlich so geworden, wie es die Götter vorgesehen hatten, Caramon – zwei ganze Menschen, und hier trennen sich unsere Wege. Du mußt lernen, allein deinen Weg zu gehen, Caramon«, einen Moment lang flackerte ein geisterhaftes Lächeln in Raistlins Gesicht auf, »oder mit jenen, die mit dir gehen wollen. Leb wohl – mein Bruder.«

Auf ein Wort seines Herrn breitete Cyan Blutgeißel seine Flügel aus und erhob sich in die Lüfte. Das Licht von Raistlins Stab wirkte wie ein winziger Stern in der tiefen Schwärze der Flügel des Drachen. Und dann wurde auch dieser Stern von der Dunkelheit verschluckt.

»Da kommen jene, auf die du gewartet hast«, sagte der alte Mann sanft.

Tanis hob seinen Kopf.

In den Schein des Feuers traten drei Leute – ein riesiger und starker Krieger, in die Rüstung der Drachenarmee gekleidet, im Arm eine junge Frau mit lockigem Haar. Ihr Gesicht war bleich vor Erschöpfung und blutverschmiert, und in ihren Augen lag tiefe Sorge und tiefes Leid, wenn sie zu dem Mann aufblickte. Hinter ihnen her stolperte schließlich, so müde, daß er sich kaum bewegen konnte, ein ungepflegter Kender in zerrissenen blauen Hosen.

»Caramon!« Tanis erhob sich.

Der große Mann hob seinen Kopf. Sein Gesicht hellte sich auf. Er öffnete seine Arme und zog Tanis mit einem Schluchzen an seine Brust. Tika beobachtete die zwei Freunde mit Tränen in den Augen. Dann wurde sie sich einer Bewegung am Feuer gewahr.

»Laurana?« fragte sie zögernd.

Die Elfenfrau trat vor, ihr goldenes Haar glänzte im Schein des Feuers heller als die Sonne. Obwohl sie eine blutverschmierte, zerbeulte Rüstung trug, hatte sie die Haltung, den majestätischen Blick der Elfenprinzessin bewahrt, die Tika vor vielen Monaten in Qualinesti kennengelernt hatte.

Unsicher befingerte Tika ihr blutverklebtes Haar. Die weiße Bluse mit den Puffärmeln hing in Fetzen an ihr, allein ihre zusammengewürfelte Rüstung hielt alles zusammen. Unkleidsame Narben verschandelten ihre wohlgeformten Beine, und von diesen wohlgeformten Beinen war viel zuviel sichtbar.

Laurana lächelte, und dann lächelte auch Tika. Es spielte keine Rolle. Laurana trat schnell zu ihr und legte ihre Arme um sie und hielt sie fest.

Der Kender stand einen Moment ganz allein am Rande des Feuerscheins, seine Augen auf den alten Mann gerichtet. Hinter dem alten Mann schlief ein großer goldener Drache, ausgestreckt auf dem Hügel liegend, seine Flanken hoben und senkten sich mit seinem Schnarchen. Der alte Mann winkte Tolpan zu sich.

Einen Seufzer ausstoßend, der von seinen Zehenspitzen zu kommen schien, senkte Tolpan seinen Kopf. Mit schleppenden Schritten ging er langsam zu dem alten Mann.

»Wie heiße ich?« fragte der alte Mann, der seine Hand ausstreckte, um den Zopf des Kenders zu berühren.

»Nicht Fizban«, sagte Tolpan jämmerlich, weigerte sich, ihn anzusehen.

Der alte Mann lächelte und streichelte über den Zopf des Kenders. Dann zog er Tolpan näher zu sich, aber der Kender gab nicht nach, sein kleiner Körper versteifte sich. »Aber bis jetzt war es mein Name«, sagte der alte Mann sanft.

»Und wie lautet er nun?« murmelte Tolpan mit abgewandtem Gesicht.

»Ich habe viele Namen«, antwortete der alte Mann. »Bei den Elfen bin ich als *E'li* bekannt. Die Zwerge nennen mich *Thak*. Bei den Menschen heiße ich *Skyblade*. Aber mein Lieblingsname ist der, unter dem ich bei den Rittern von Solamnia bekannt bin – *Draco Paladin.*«

»Das habe ich mir gedacht!« stöhnte Tolpan und warf sich auf den Boden. »Ein Gott! Ich habe alle verloren! Alle!« Er begann bitterlich zu weinen.

Der alte Mann musterte ihn einen Moment lang zärtlich,

wischte sogar mit einer schwieligen Hand über seine feuchten Augen. Dann kniete er sich zu dem Kender und legte tröstend einen Arm um ihn. »Sieh mal, mein Junge«, sagte er und legte einen Finger unter Tolpans Kinn und richtete seine Augen zum Himmel, »siehst du da oben den roten Stern? Weißt du, welchem Gott dieser Stern gewidmet ist?«

»Reorx«, antwortete Tolpan mit dünner Stimme, seine Tränen hinunterwürgend.

»Er ist rot wie das Feuer seiner Schmiede«, sagte der alte Mann. »Er ist rot wie die Funken, die von seinem Hammer fliegen, wenn er die geschmolzene Welt, die auf seinem Amboß ruht, formt. Neben der Schmiede von Reorx steht ein Baum von unübertrefflicher Schönheit, so etwas hat ein lebendiges Wesen niemals gesehen. Unter diesem Baum sitzt ein grummelnder alter Zwerg, der sich vom vielen Arbeiten ausruht. Ein Krug Bier steht neben ihm, das Feuer der Esse wärmt seine Knochen. Er verbringt den ganzen Tag unter diesem Baum, schnitzt und formt das Holz, das er so liebt. Und jeden Tag kommt jemand an diesem wunderschönen Baum vorbei und will sich zu ihm setzen.

Der Zwerg funkelt sie dann so streng an, daß sie sich unverzüglich wieder erheben. Dieser Platz ist heilig, grummelt der Zwerg. Irgendwo ist ein lahmdenkender Türknopf von Kender auf Abenteuern unterwegs, der sich selbst und all jene, unglücklich genug, mit ihm zusammen zu sein, in eine nichtendenwollende Kette von Schwierigkeiten bringt. Achtet auf meine Worte. Eines Tages wird er hier erscheinen, und er wird meinen Baum bewundern und sagen: Flint, ich bin müde. Ich glaube, ich ruhe mich hier ein bißchen aus bei dir. Dann wird er sich hinsetzen und sagen: Flint, hast du schon von meinem neuesten Abenteuer gehört? Nun, da war dieser schwarzgekleidete Zauberer und sein Bruder und ich, und wir waren auf einer Reise durch die Zeit, und die wundervollsten Dinge sind passiert... Und ich muß mir wieder so eine verrückte Geschichte anhören... Und so grummelt er weiter. Jene, die unter diesem Baum sitzen möchten, verbergen ihr Lächeln und lassen ihn in Ruhe.«

»Dann... ist er nicht allein?« fragte Tolpan und wischte sich mit einer Hand über die Augen.

»Nein, Kind. Er ist geduldig. Er weiß, daß du in deinem Leben noch eine Menge zu erledigen hast. Er wartet. Außerdem hat er bereits all deine Geschichten gehört. Du mußt ihm schon mit ein paar neuen kommen.«

»Aber *diese* hat er noch nicht gehört«, sagte Tolpan mit erwachender Aufregung. »Oh, Fizban, es war wundervoll! Ich bin fast gestorben – wieder einmal. Und ich habe meine Augen geöffnet, und da war Raistlin in schwarzer Robe!« Tolpan erbebte vor Entzücken. »Er sah so – na ja – so böse aus! Aber er hat mein Leben gerettet! Und – uh!« Er hielt entsetzt inne, dann ließ er seinen Kopf hängen. »Es tut mir leid. Ich habe es vergessen. Ich vermute, ich sollte dich nicht mehr Fizban nennen.«

Der alte Mann erhob sich und tätschelte ihn sanft. »Nenn mich Fizban. Von nun an soll das mein Name bei den Kendern sein.« Die Stimme des alten Mannes wurde nachdenklich. »Um die Wahrheit zu sagen, der Name ist mir richtig ans Herz gewachsen.«

Der alte Mann ging zu Tanis und Caramon und lauschte einen Moment ihrer Unterhaltung.

»Er ist gegangen, Tanis«, sagte Caramon traurig. »Ich weiß nicht, wohin. Ich verstehe es nicht. Er ist immer noch zerbrechlich, aber nicht mehr schwach. Dieser entsetzliche Husten ist verschwunden. Seine Stimme ist seine eigene, aber doch anders. Er ist...«

»Fistandantilus«, sagte der alte Mann.

Tanis und Caramon drehten sich um. Als sie den alten Mann sahen, verbeugten sie sich ehrfürchtig.

»Oh...« schnappte Fizban. »Kann dieses Verbeugen nicht ertragen. Ihr seid Heuchler! Ich weiß, wie ihr hinter meinem Rükken über mich geredet habt.« Tanis und Caramon erröteten. »Nicht schlimm.« Fizban lächelte. »Ihr habt das geglaubt, was ich wollte, daß ihr glaubt. Nun, was deinen Bruder betrifft, hast du recht. Er ist er selbst, und er ist es nicht. So wie es vorausgesagt wurde, ist er der Herr über Gegenwart und Vergangenheit.«

»Ich verstehe das nicht.« Caramon schüttelte den Kopf. »Hat die Kugel der Drachen das bei ihm angerichtet? Wenn das stimmt, könnte man sie vielleicht zerstören oder...«

»Nichts hat etwas *bei ihm angerichtet*«, sagte Fizban, der Caramon streng musterte. »Dein Bruder hat sich für dieses Schicksal entschieden.«

»Ich glaube das nicht! Wer ist dieser Fistan... wie auch immer? Ich will Antworten...«

»Die Antworten, die du suchst, kann ich nicht geben«, unterbrach Fizban. Seine Stimme war immer noch sanft, aber in ihr lag eine Spur von Stahl, die Caramon zum Schweigen brachte. »Und hüte dich vor diesen Antworten, junger Mann«, fügte Fizban leise hinzu. »Hüte dich vor weiteren Fragen!« Caramon sagte lange Zeit nichts, starrte in den Himmel, dem grünen Drachen nach, obwohl er schon längst verschwunden war.

»Was wird nun aus ihm werden?« fragte er schließlich.

»Ich weiß es nicht«, antwortete Fizban. »Er nimmt sein Schicksal in die eigenen Hände, so wie du. Aber eins weiß ich, Caramon. Du mußt ihn loslassen.« Die Augen des alten Mannes fuhren zu Tika, die sich zu ihnen gesellt hatte. »Raistlin hatte recht, als er sagte, daß eure Wege sich trennen müßten.«

Tika lächelte Caramon an und kuschelte sich an ihn. Er umarmte sie und küßte ihre roten Locken. Aber selbst als er ihr Lächeln erwiderte und ihr Haar streichelte, streifte sein Blick zum Nachthimmel, wo die Drachen immer noch ihre flammenden Schlachten um die Macht über das zerbröckelnde Reich austrugen.

»Das ist also das Ende«, sagte Tanis. »Das Gute triumphiert.«

»Gut? Triumph?« wiederholte Fizban und starrte den Halb-Elfen scharf an. »Das stimmt nicht, Halb-Elf. Das Gleichgewicht ist wiederhergestellt. Die bösen Drachen werden nicht verbannt. Sie bleiben hier, so wie die guten Drachen. Das Pendel schwingt wieder frei.«

»All dieses Leiden, nur dafür?« fragte Laurana, die zu Tanis trat. »Warum soll das Gute nicht gewinnen und die Finsternis für immer vertreiben?«

»Hast du nichts gelernt, junge Frau?« rügte Fizban Laurana und zeigte mit einem knochigen Finger auf sie. »Es *gab* einmal eine Zeit, in der das Gute vorherrschte. Weißt du, wann das war? Direkt vor der Umwälzung!

»Ja«, fuhr er fort, als er ihre Verblüffung sah, »Istars Königspriester war ein guter Mann. Überrascht euch das? Sollte es nicht, denn gerade ihr beide habt gesehen, was dieses Gutsein bewirken kann. Ihr habt es bei den Elfen gesehen, der uralten Verkörperung des Guten! Daraus entwickelt sich Intoleranz, eine Starre, ein Glaube, der sagt, weil ich recht habe, sind jene, die nicht glauben, was ich glaube, im Unrecht.

Wir Götter haben die Gefahr erkannt, die diese Selbstgefälligkeit in die Welt bringen kann. Wir sahen, daß viel Gutes zerstört wurde, weil es einfach nicht verstanden wurde. Und wir sahen die Königin der Finsternis, die auf der Lauer lag, wartete, daß ihre Zeit kommen würde; denn dieser Zustand konnte natürlich nicht anhalten. Die übergewichtigen Waagschalen würden sinken, und dann würde sie zurückkehren...

Und darum – die Umwälzung. Wir trauerten um die Unschuldigen. Wir trauerten um die Schuldigen. Aber die Welt mußte vorbereitet werden, oder die zu erwartende Dunkelheit würde niemals wieder verschwinden.« Fizban sah Tolpan gähnen. »Aber genug der Lektionen. Ich muß gehen. Dinge erledigen. Habe eine anstrengende Nacht vor mir.« Er drehte sich abrupt um und trottete auf den schnarchenden goldenen Drachen zu.

»Warte!« rief Tanis plötzlich. »Fizban – äh – Paladin, bist du jemals in dem Wirtshaus Zur letzten Bleibe in Solace gewesen?«

»Ein Wirtshaus? In Solace?« Der alte Mann hielt inne, strich über seinen Bart. »Ein Wirtshaus... es gibt so viele. Aber ich glaube mich an würzige Kartoffeln zu erinnern... Ja, genau!« Der alte Mann spähte an Tanis vorbei, seine Augen glitzerten. »Ich habe dort immer den Kindern Geschichten erzählt. Ein recht aufregender Platz, dieses Wirtshaus. Ich erinnere mich an eine Nacht – eine wunderschöne junge Frau trat ein. Eine Barbarin war es, mit goldenem Haar. Sang ein Lied über einen blauen Kristallstab, der einen Aufstand ausgelöst hatte.«

»Das warst du, der nach den Wachen geschrien hat!« rief Tanis aus. »*Du* hast uns in diese Sache verwickelt!«

»Ich habe die Bühne vorbereitet, Bursche«, sagte Fizban listig. »Ich habe euch ein Drehbuch gegeben. Aber die Dialoge kamen von euch.« Er sah zu Laurana, wieder zu Tanis, dann schüttelte er den Kopf. »Muß aber gestehen, daß ich hier und dort ein bißchen verbessert habe, aber – macht euch nichts daraus.« Er drehte sich wieder um und begann den Drachen anzuschreien. »Wach auf, du faules, von Flöhen zerbissenes Vieh!«

»Von Flöhen zerbissen!« Eisenkies riß seine Augen auf. »Nun, du klappriger alter Magier! Du kannst doch noch nicht einmal im tiefsten Winter Wasser in Eis verwandeln!«

»Oh, kann ich nicht?« schrie Fizban rasend vor Wut und schlug mit seinem Stab auf den Drachen ein. »Nun, ich werde es dir zeigen.« Er fischte ein zerbeultes Zauberbuch hervor und begann wild die Seiten durchzublättern. »Feuerkugel... Feuerkugel... Ich weiß genau, es steht hier irgendwo.«

Geistesabwesend vor sich murrend, kletterte der alte Magier auf den Rücken des Drachen.

»Bist du endlich bereit?« fragte der uralte Drache mit krächzender Stimme, dann – ohne eine Antwort abzuwarten – spreizte er seine knirschenden Flügel, schlug sie auf und ab, um die schmerzhafte Steifheit abzuschütteln.

»Warte! Mein Hut!« schrie Fizban wild.

Zu spät. Heftig mit den Flügeln schlagend, erhob sich der Drache unsicher in die Luft. Nachdem er ein wenig schwankte und gefährlich über den Rand des Hügels hing, ließ sich Eisenkies von der nächtlichen Brise treiben und flog in den Himmel.

»Halt! Du verrückter...«

»Fizban!« schrie Tolpan.

»Mein Hut!« jammerte der Magier.

»Fizban!« schrie Tolpan wieder. »Er ist...«

Aber die zwei waren bereits außer Hörweite. Bald waren sie nichts weiter als schwindende goldene Funken, als die Schuppen des Drachen in Solinaris Licht glitzerten.

»Er ist auf deinem Kopf«, murmelte der Kender seufzend.

Die Gefährten hatten stumm zugesehen, dann wandten sie sich um.

»Hilf mir bitte, Caramon«, bat Tanis. Er schnallte seine Drachenrüstung ab und schleuderte ein Teil nach dem anderen von sich. »Was ist mit deiner Rüstung?«

»Ich glaube, ich behalte meine noch an. Wir haben noch eine lange, gefährliche Reise vor uns.« Caramon zeigte auf die in Flammen stehende Stadt. »Raistlin hatte recht. Die Drachenmänner werden ihre Bösartigkeiten nicht verlieren, nur weil ihre Königin verschwunden ist.«

»Wohin wirst du gehen?« fragte Tanis nach einem tiefen Atemzug. Die Nachtluft war sanft und warm und roch nach dem Versprechen neuen Wachstums.

Dankbar, die verhaßte Rüstung nicht mehr tragen zu müssen, ließ er sich erschöpft am Rande eines Wäldchens nieder. Laurana setzte sich in seine Nähe, aber nicht zu ihm. Sie hielt ihr Kinn auf ihre Knie gestützt, ihre Augen blickten nachdenklich über die Ebene.

»Tika und ich haben darüber schon geredet«, sagte Caramon. Die beiden setzten sich zu Tanis. Er und Tika sahen sich an, beide schienen nicht gewillt zu sein zu reden. Schließlich räusperte sich Caramon. »Wir gehen nach Solace zurück, Tanis. Und ich ... ich glaube, daß wir uns wieder trennen müssen, weil ...«, er stockte.

»Wir wissen, daß du nach Kalaman zurückkehrst«, ergänzte Tika leise mit einem Blick auf Laurana. »Wir haben erwogen, mit euch zu gehen. Immerhin sind da noch diese großen Zitadellen, die in der Luft schweben, und all diese abtrünnigen Drachenmänner. Und wir würden sehr gerne Flußwind und Goldmond und Gilthanas wiedersehen. Aber ...«

»Ich will nach Hause, Tanis«, unterbrach Caramon sie mit schwerer Stimme. »Ich weiß, es ist nicht einfach, zurückzukehren, Solace verbrannt und zerstört zu sehen«, fügte er hinzu, Tanis' Einwände vorwegnehmend. »Aber ich habe an Alhana und an die Elfen gedacht, was sie bei ihrer Rückkehr nach Silvanesti erwartete. Ich bin froh, daß meine Heimat nicht so ist wie… ein grausamer Alptraum. Ich werde in Solace gebraucht, Tanis, um es wiederaufzubauen. Man wird meine Kraft brauchen. Ich…ich bin es gewohnt, gebraucht zu werden…«

Tika schmiegte ihre Wange an seinen Arm, er streichelte sanft über ihr Haar. Tanis nickte verständnisvoll. Er würde Solace auch gern wiedersehen, aber für ihn war es keine Heimat mehr. Nicht ohne Flint und Sturm und…und andere.

»Was ist mit dir, Tolpan?« fragte Tanis lächelnd den Kender, der zur Gruppe getrottet kam, einen Wasserschlauch mit sich schleppend, den er an einem nahe gelegenen Bach aufgefüllt hatte. »Kommst du mit uns nach Kalaman?«

Tolpan errötete. »Nein, Tanis«, sagte er unbehaglich. »Weißt du, da ich so nah dran bin – habe ich gedacht, *meiner* Heimat einen Besuch abzustatten. Wir haben einen Drachenfürsten getötet, Tanis«, Tolpan hob stolz sein Kinn, »ganz allein. Die Leute werden uns jetzt mit Respekt behandeln. Unser Führer, Kronin, wird wahrscheinlich ein Held in der krynnischen Geschichte.«

Tanis kratzte sich am Bart, um sein Lächeln zu verbergen, hielt sich aber zurück, Tolpan zu erzählen, daß der Fürst, den die Kender getötet hatten, der aufgeblasene, feige Truppführer Toede gewesen war.

»Ich glaube, *ein* Kender wird mit Sicherheit als Held gefeiert werden«, sagte Laurana ernsthaft. »Es wird der Kender sein, der die Kugel der Drachen zerbrochen hat, der Kender, der im belagerten Turm des Oberklerikers gekämpft hat, der Kender, der Bakaris gefangengenommen hat, der Kender, der alles aufs Spiel gesetzt hat, um einen Freund aus den Händen der Königin der Finsternis zu befreien.«

»Wer ist das?« fragte Tolpan interessiert, dann machte er: »Oh!« Plötzlich begreifend, über wen Laurana gesprochen hatte, wurde Tolpan rot bis zu den Ohrspitzen und setzte sich völlig überwältigt mit einem dumpfen Knall hin.

Caramon und Tika lehnten sich gegen einen Baumstamm. Auf beider Gesicht lag im Moment Frieden und Ruhe. Tanis, der sie beobachtete, beneidete sie, fragte sich, ob er jemals solch einen Frieden finden würde. Er wandte sich zu Laurana, die aufrecht saß, ihr Blick auf den flammenden Himmel gerichtet, in Gedanken weit weg.

»Laurana«, sagte Tanis unsicher, seine Stimme versagte, als sich ihr wunderschönes Gesicht zu ihm wandte, »Laurana, du hast mir einst dies hier gegeben«, er hielt den goldenen Ring in seiner Hand, »bevor einer von uns wußte, was wahre Liebe oder Bindung bedeutet. Es bedeutet mir inzwischen sehr viel, Laurana. In dem Traum brachte mich der Ring wieder aus der Dunkelheit des Alptraums zurück, so wie deine Liebe mich vor der Dunkelheit meiner eigenen Seele gerettet hat.« Er hielt inne, spürte einen stechenden Schmerz des Bedauerns, während er sprach. »Ich möchte ihn gern behalten, Laurana, wenn du das noch möchtest. Und ich würde dir gern einen passenden Ring schenken.«

Laurana starrte lange Zeit wortlos auf den Ring, dann nahm sie ihn aus Tanis' Hand und warf ihn mit einer plötzlichen Bewegung über den Hügel. Tanis keuchte, erhob sich halb. Der Ring blitzte in Lunitaris rotem Licht auf, dann verschwand er in der Dunkelheit.

»Das ist wohl deine Antwort«, sagte Tanis. »Ich kann dir keine Schuld geben.«

Laurana drehte sich wieder ihm zu, ihr Gesicht war ruhig. »Als ich dir diesen Ring schenkte, Tanis, war es die erste Liebe eines unwissenden Herzens gewesen. Du hattest recht, ihn mir zurückzugeben, das weiß ich jetzt. Ich mußte erwachsen werden, lernen, was wahre Liebe ist. Ich bin durch Flammen und Dunkelheit gegangen, Tanis. Ich habe Drachen getötet. Ich habe über dem Körper einer Person, die ich geliebt habe, geweint.« Sie seufzte. »Ich war ein Führer. Ich hatte Verantwortung. Flint sagte mir das. Aber ich warf alles fort. Ich lief in Kitiaras Falle. Ich bemerkte zu spät, wie oberflächlich meine Liebe in Wirklichkeit war. Flußwinds und Goldmonds beständige Liebe brachte Hoffnung in die Welt. Unsere kleinliche Liebe hätte beinahe die Welt zerstört.«

»Laurana«, begann Tanis, sein Herz schmerzte.

Ihre Hand schloß sich um seine.

»Psst, nur noch einen Moment«, flüsterte sie. »Ich liebe dich, Tanis. Ich liebe dich, weil ich dich jetzt verstehe. Ich liebe das Helle und das Dunkle in dir. Darum habe ich den Ring fortgeworfen. Vielleicht wird unsere Liebe eines Tages ein Fundament bilden, das stark genug ist, um etwas auf ihm zu errichten. Vielleicht werde ich dir eines Tages einen anderen Ring schenken und deinen annehmen. Aber es wird kein Ring mit Efeublättern sein, Tanis.«

»Nein«, sagte er lächelnd. Er legte seine Hand auf ihre Schulter und zog sie an sich. Kopfschüttelnd widerstand sie ihm. »Es wird ein Ring sein, der zur Hälfte aus Gold und zur Hälfte aus Stahl sein wird.« Tanis umfaßte sie fester.

Laurana sah in seine Augen, dann lächelte sie und gab nach, sank zurück, um an seiner Seite zu ruhen, ihr Kopf lag an seiner Schulter.

»Vielleicht sollte ich mich rasieren«, flüsterte Tanis.

»Nein«, murmelte Laurana, während sie Tanis' Umhang enger um ihre Schultern zog. »Ich habe mich daran gewöhnt.«

Die ganze Nacht über hielten die Gefährten gemeinsame Wache unter den Bäumen und warteten auf die Morgendämmerung. Erschöpft und verwundet, wie sie waren, konnten sie nicht schlafen, und sie wußten auch, daß die Gefahr nicht gebannt war.

Von ihrem Aussichtspunkt aus konnten sie Drakonierbanden beobachten, die aus dem Tempelareal flohen. Ihrer Anführer entledigt, würden sie bald rauben und morden, um ihr eigenes Überleben zu sichern. Es gab immer noch Drachenfürsten. Obwohl keiner ihren Namen erwähnte, wußten die Gefährten, daß einer mit großer Sicherheit das Chaos um den Tempel überlebt hatte. Und vielleicht gab es noch anderes Unheil, gegen das man kämpfen mußte, größeres Unheil, mächtiger und beängstigender, als sich die Freunde vorzustellen wagten.

Aber jetzt gab es einen Augenblick des Friedens, und sie wollten ihn auskosten. Denn mit der Dämmerung würde auch der Abschied kommen.

Keiner sprach, nicht einmal Tolpan. Es bestand keine Notwendigkeit, Worte zu wechseln. Alles war gesagt worden oder hatte noch Zeit, gesagt zu werden. Sie hatten keine Eile. Sie baten die Zeit, einen Moment stillzustehen, um sich ausruhen zu können. Und vielleicht würde die Zeit darauf eingehen.

Kurz bevor der Morgen dämmerte, als nur ein Hauch der Sonne blaß am östlichen Himmel auftauchte, explodierte der Tempel von Takisis, Königin der Finsternis. Der Boden erbebte von der Erschütterung. Das Licht war hell, blendend wie die Geburt einer neuen Sonne.

Ihre Augen waren von dem flackernden Licht geblendet, sie konnten nichts deutlich erkennen. Aber sie hatten den Eindruck, daß die funkelnden Teile des Tempels in den Himmel stiegen, von einem himmlischen Wirbelwind nach oben gefegt wurden. Immer heller glänzten die Teile, als sie in die sternenklare Dunkelheit geschleudert wurden, bis sie so strahlend wie die Sterne selbst schienen.

Und dann *waren* sie Sterne. Einer nach dem anderen nahm seinen Platz am Himmel ein, füllte die zwei schwarzen Löcher, die Raistlin im vergangenen Herbst auf dem Krystalmir-See vom Boot aus gesehen hatte.

Die Konstellationen glitzerten wieder am Himmel.

Wieder nahm der tapfere Krieger Paladin – der Platin-Drache – seinen Platz in der einen Hälfte des Nachthimmels ein, während ihm gegenüber die Königin der Finsternis, Takisis, der fünfköpfige, vielfarbene Drache, erschien. Und so nahmen sie ihre endlose Bewegung wieder auf, wobei sie sich gegenseitig im Auge behielten, während sie um Gilean, den Gott des Ausgleichs, die Waagschale der Balance, kreisten.

Die Heimkehr

Niemand begrüßte ihn, als er die Stadt betrat. Er kam mitten in einer stillen, schwarzen Nacht; der einzige Mond am Himmel war derjenige, den nur seine Augen sehen konnten. Er hatte den grünen Drachen weggeschickt. Er passierte nicht die Stadttore; keine Wache bezeugte seine Ankunft.

Er brauchte nicht durch Tore zu gehen. Grenzen, für normale Sterbliche errichtet, bedeuteten ihm nichts mehr. Ungesehen und unbekannt ging er durch die stummen, schlafenden Straßen.

Und doch wurde sich einer seiner Gegenwart bewußt. In der großen Bibliothek hielt Astinus – wie immer in seine Arbeit vertieft – mitten im Schreiben inne und hob den Kopf. Seine Feder blieb einen Moment lang über dem Pergamentboden in der Luft stehen, dann nahm er mit einem Achselzucken seine Arbeit an den Chroniken wieder auf.

Der Mann bewegte sich schnell durch die dunklen Straßen, auf einen Stab gestützt, der oben mit einer Kristallkugel, die von der goldenen, körperlosen Klaue eines Drachen umklammert wurde, verziert war. Die Kugel war dunkel. Er brauchte kein Licht, das ihm leuchtete. Er wußte, wohin er ging. Im Geiste war er viele Jahrhunderte lang diesen Weg gegangen. Die schwarze Robe raschelte sanft um seine Knöchel. Seine goldenen Augen, die unter der schwarzen Kapuze glänzten, schienen die einzigen Lichtfunken in der schlummernden Stadt zu sein.

Er hielt nicht an, als er den Stadtkern erreichte. Er warf nicht einmal den verlassenen Gebäuden mit ihren dunklen Fenstern, die wie Augenhöhlen in einem Schädel klafften, einen Blick zu. Seine Schritte zögerten nicht, als er durch die eisigen Schatten der hohen Eichen schritt, obwohl diese Schatten selbst einen Kender zu erschrecken vermochten. Die fleischlosen Hände des Wächters, die ihn greifen wollten, zerfielen vor seinen Füßen zu Staub, und er trat auf sie, ohne sich darum zu kümmern.

Der hohe Turm kam in Sichtweite, erhob sich schwarz gegen den schwarzen Himmel wie ein in die Dunkelheit geschnittenes Fenster. Und hier endlich blieb der schwarzgekleidete Mann stehen. Er stand vor den Toren und sah zum Turm hoch; seine Augen nahmen alles auf, würdigten kühl die zerborstenen Minarette und den polierten Marmor, der im kalten, durchdringenden Licht der Sterne glitzerte. Er nickte langsam, er war zufrieden.

Die goldenen Augen senkten ihren Blick auf die Tore des Turms, auf die entsetzlich flatternden Roben, die an ihnen hingen.

Kein normaler Sterblicher könnte vor diesen schrecklichen

Toren stehen, ohne von dem namenlosen Schrecken wahnsinnig zu werden. Kein normaler Sterblicher könnte unbeschadet durch die wachenden Eichen gehen.

Aber Raistlin stand hier. Er stand ruhig und gelassen und ohne Angst da. Er hob seine schmale Hand und ergriff die zerfetzten schwarzen Roben, die immer noch mit dem Blut seines Trägers verschmiert waren, und riß sie von den Toren.

Ein eisiges, durchdringendes Jammern der Wut stieg aus den Tiefen der Hölle. Es war so laut und beängstigend, daß alle Bewohner von Palanthas schaudernd aus tiefstem Schlaf erwachten und in ihren Betten lagen und von Angst gelähmt auf das Ende der Welt warteten.

Die Wachen an den Stadtmauern konnten weder Hand noch Fuß bewegen. Sie schlossen ihre Augen, kauerten sich in Schatten und erwarteten den Tod. Kleine Kinder wimmerten ängstlich im Schlaf, Hunde zogen den Schwanz ein und schlichen unter die Betten, Katzenaugen funkelten auf.

Das Kreischen kam wieder, und eine bleiche Hand reckte sich aus den Toren. Ein geisterhaftes, wutverzerrtes Gesicht schwebte in der naßkalten Luft.

Raistlin bewegte sich nicht.

Die Hand kam näher, das Gesicht versprach die Foltern der Hölle. Die Skeletthand berührte Raistlins Herz. Dann hielt sie zitternd inne.

»Damit du es weißt«, sagte Raistlin ruhig und sah zum Turm hoch, seine Stimme wurde so laut, daß sie auch von jenen im Turm gehört werden konnte. »Ich bin der Herr über Vergangenheit und Gegenwart! Mein Kommen wurde vorausgesagt! Für mich werden sich die Tore öffnen.«

Die Skeletthand zog sich zurück, und mit einer langsamen, einladenden Geste teilte sich die Dunkelheit. Die Tore öffneten sich.

Raistlin schritt hindurch, ohne die Hand oder das Gesicht, das sich ehrfürchtig neigte, eines Blickes zu würdigen. Als er eintrat, verbeugten sich huldigend alle schwarzen und formlosen, dunklen und schattigen Dinge, die im Turm weilten.

Dann blieb Raistlin stehen und sah sich um.

»Ich bin zu Hause«, sagte er.

Friede breitete sich über Palanthas aus, der Schlaf vertrieb die Furcht.

Ein Traum, murmelten die Leute. Sie drehten sich in ihren Betten und glitten wieder in ihren Schlummer zurück, gesegnet von der Dunkelheit, die Ruhe vor der Morgendämmerung bringt.